集英社オレンジ文庫

葬儀屋にしまつ民俗異聞

鬼のとむらい

鷺かのう

本書は書き下ろしです。

もくじ

黒塚

人の屍《しかばね》は荒野に似ている。

――火葬炉《ろ》から取り出された遺骨を目の当《ま》たりにするたび、俺はつくづくそう感じる。

さっきまで一つの形を保っていた生き物の体に対して「野」とたとえるのも妙な話だが、あれこれ言葉をいじり回してみても、やはりそうとしか言いようがない。

長方形の骨上げ台に散らばった、熱気の立ち上る骨、骨、骨。しかも、一目見て骨とわかるものではないのだ。千度を超える火力で燃やし尽くされて、骨格はバラバラになり、ところどころ黒く焼け焦《こ》げ、溶け崩れ、細かな灰と化している。

岩と石くれと砂の混じり合った白い荒地。テレビの中で見る、アフリカかどこかの砂漠地帯そっくりだ。目を凝《こ》らせばインパラくらい走っているかも――なんて冗談めかして考えるのは、いくら数をこなしてもこの儀式には気が滅入《めい》るから。

そう、どうしたって気が滅入る。生まれながらに葬儀屋の血筋で、我ながら今さらにもほどがあるはずなのに。ご遺体も骨も見慣れてきたはずなのに、いまだに。

しかし、現実逃避もかねて、仕事のたびに無駄な物思いに耽《ふけ》るこの悪癖は、いい加減どうにかしたいところだった。仕事も仕事、今は請け負った葬儀の真っ最中なのだ。俺はため息まじりに床に視線を投げる。

ピカピカに磨かれた大理石の床や壁は鏡のようで、自分の姿もよく映る。ちらりと横目をやれば、「お前に見下ろされると妙に威圧感があるから、金槌《かなづち》で上から叩くなりして頭一つ分は縮むがいいよ。おまけに眼光まで無駄に鋭いし、葬儀屋よりは殺し屋に見えるじゃないか」などとめんどくさい身内に文句を言われる、百八十センチを超える上背にくっついた黒い両目が、こちらを無感動に見つめていた。

清潔感は保っておきたいと心がけて、染めもせず短めに整えた髪。完全しょうゆ系の顔立ちは、件《くだん》の身内に「まったくお前ときたら、毎日毎日通夜《つや》と葬式ばっかりしていそうな陰気な面構《つらがま》えだね。まあ事実その通りなんだけれど」と貶《けな》される無表情と無愛想。

加えておあつらえ向きに、のりのピシッと利いた黒いスーツに黒ネクタイが、仕事着にして一張羅である。

似矢西待《にせやにしまつ》。それが俺の名前だ。

曲がりなりにも二十三年生きてきたが、およそ同じ姓名の人間に会ったことがない。苗字もかなり稀《まれ》だが、名前なんて輪をかけて珍しがられる。似矢と西待、どっちが名前だかわかりやしない。

幼い頃から「名前苗字」とからかわれ続け、小中高大と決まって「子供服」があだ名だった。なぜこんな奇妙キテレツな名にされてしまったかといえば、つまりは「古くから続く家業のために縁起を担《かつ》いだ云々《うんぬん》」とかどうとか。加えて親のネーミングセンスが壊滅的、と条件が揃《そろ》っての悲劇である。

ではその縁起とはなんぞやと問えば、「西方《さいほう》浄土から阿弥陀《あみだ》様の来迎を待つ」という意味が込められているらしい。……およそ人間が生まれて初めて受け取るプレゼントが名前だというが、俺に限ってはそれが「お迎えを待つ」とは、果たして。由来を聞かされた時、子供心にも、なんてものをつけやがったんだと頭を抱えた記憶がある。

（いや、だから……そろそろ集中しろよな）

内心で己に活を入れ、俺は黒ネクタイをわざときつく喉《のど》元まで締め、唇を開いた。

「それでは、ご故人様のお骨上げを行います。喪主様はどうぞこちらへ。皆様、二人ひと組となられまして、台のほうにお寄りください」

収骨の際は「違《ちが》い箸《ばし》」といって、竹製と木製、それぞれ素材もデザインも異なる箸一本ずつを合わせて一膳として揃え、骨を拾って骨壺《こつつぼ》に収めていく。

喪主や血縁の近い親族からスタートして、ひとかけ摘《つ》まみ終えるたび、箸を別の人に手渡してはリレーし、骨上げ台を囲む人々をぐるりと一周させるのだ。骨のかけら一つにつき、端と端を二人がかりで摘まんで運ぶのは、故人がつつがなく三途《さんず》の川を渡るべくあの世とこの世の「橋渡し」をするためだといわれているが、実のところ正確な端緒はよくわかっていない、……らしい。

それでも、今この国では、弔《とむら》いのしきたりとして、ごく馴染《なじ》みのある儀式だ。

いつからか、どこからか、なぜかすらわからない。

が、現状として「そうなっている」。だから、「倣《なら》って、そうする」。

そういう風習が、この国の、こういう場においては、ままある。

公営の火葬場なら斎場執行人が骨の説明や処理を行うが、ここは似矢の家が持っている民営斎場なので、全ての段取りは俺が自《みずか》ら行わねばならない。集った人々の手元を箸が一巡していくのを見守りながら、俺が次の手順に移ろうとした時だ。

「あのぅ……似矢さん、ちょっとよろしい？」

不意に。

高い声に呼び止められ、俺は顔を上げた。

振り向くと、線の細く儚《はかな》げな、黒紋付を着た白髪のご婦人がすぐ後ろに立っている。

無論、知った相手だ。享年《きょうねん》七十八という故人の細君である。しまった、俺のため息、……聞かれただろうか。長年の連合いを亡くしたばかりで、かなりショックが深そうだったのに、配慮に欠けていた。

何せ彼女は、――打ち合わせのために俺がご自宅を訪問した時から、気を失わんばかりに泣き通しだったのだ。話もできないほど取り乱す母に代わって、喪主から式の段取りから何まで、ご長男が務められたほどである。

「どうされました？」

慌《あわ》てて表情を取り繕《つくろ》って問い返すと、夫人は白いレースのハンカチを顔に押し当てながら、おずおずと視線を彷徨《さまよ》わせた。

「いえね、大したことじゃ……ないのかもしれませんけれど。うちのひと、……なんだか、やたら緑色になっておりますわよね……？　どうしてかしら……って」

真っ赤に泣き腫《は》らした目に、頼りなげな表情は変わらずだが、やっと伴侶《はんりょ》の死に目を向ける勇気が出始めたらしい。

「それは――」

俺が答えようとすると、上から被せるように胴間声《どうまごえ》が割り込んだ。

「わざわざ聞くなよお袋、そりゃ親父《おやじ》が癌《がん》だったからだよ」

声の主は故人のご次男である。いかつい刈り上げ頭をハンカチで拭きながら、彼は「ほらこっちも」と別の箇所を指さした。確かに、毒々しいまでに鮮やかな緑でまだらに染まった骨だ。白い灰ばかりの中に、時折部分的にこうして色が混じるのが、より荒野らしさを助長しているのかもしれない。砂漠における緑地というのは、まあ大体こんな感じだろう。実際どうだか知らないが。

「病気になって死ぬと、骨にまで薬が染み込んで、焼いた後は苔《こけ》でも生えたように真緑になっちまうのさ。黒やピンクんトコも同じ理由。なあそうだろ葬儀屋さん」

「そうなんですの？　まあ、骨までこんなに……さぞかし辛《つら》かったでしょうねえ……」

さて、どう答えたものか。亡夫の生前の苦痛に思いを馳《は》せてまたぞろ涙ぐむ細君と、「親父、……ああ親父、かわいそうになあ……」ともらい泣きしながらその肩を抱くご次男を前に、しばし思案をめぐらせ。俺は口を開いた。

「いえ……。ご遺骨が変色する理由は、今のところよくわかっておりません。病気や服薬の影響だとする説もありますが、骨でなく内臓のみを悪くされた方のお骨でもこうした色に染まることはありますし、正直怪しいです。お棺《かん》の中に入れられた花や衣装、または体の中に入れていた装具などの金属やプラスチックの成分が染み込んだせい……ともいわれますが、全てガラス質になるくらい炉は高温になりますので、そちらの仮説もいまいち。なお、黒くなっているのだけは、不完全燃焼による炭化ですね」

「あら、……そうなの？」

「あー……そうなのか？」

呆気《あっけ》にとられて目を丸くする細君と、デタラメを得意げに吹聴してしまったバツの悪さから口を尖《とが》らせるご次男のどちらもに向け、俺は真顔のまま頷《うなず》く。

「おそらく、火葬後の骨の変色はちゃんと調べれば科学的には説明がつく現象なのでしょう。わざわざ調べる人間がいないだけです。原因が判明したところで、亡くなった方のために役立てることはできないのですから」

すらすらと話しながら、酢を飲んだような顔になる両名を見て、「ああ、こういうところだよなあ……」と、我がことながら呆《あき》れてしまう。

気が利かない。

どうにもその場凌《しの》ぎというのが苦手なのだ。彼らは別に、故人の骨の色が変わっている理由を、本気で知りたがっているわけではないのだろう。亡くなった人の残したものが骨だけだから、それをよすがに、悼《いた》む理由を探している。

ご次男のご高説に乗っかって「そうかもしれませんね」と相槌《あいづち》を打つか、「もう今後は苦しむことはないんですからご安心ください」とでも補足して収めるか。適当にご遺族の気が済むように計らうものだ、と。「お前は本当に不器用だねえ。立ち姿やら見てくれなんかの器量はそう悪くないのに、とにかく要領が悪い。まあその器量ったって僕ほど美しくはないけどね！」と例の鬱陶《うっとう》しい身内に普段から笑われるゆえんだ。

……忌々《いまいま》しい。また嫌なことを思い出した。

そうこうするうち、台を囲む人々も、一周して骨を拾い終わったらしい。様子を見つつ、「それでは……」と俺は口を開いた。

「残りのお骨も上げさせていただきます。その前に皆様、こちらにどうぞご注目を。ご故人様の喉仏です」

俺の呼びかけで、手持ち無沙汰《ぶさた》になっていた人々の視線が、一斉に手元に集まる。示したのは、骨上げの際に紛《まぎ》れてしまわぬよう、あらかじめ取り分けておいた骨のかけらだ。

ここでいう「喉仏」とは第二頸椎《けいつい》のこと。一般的に想像されるであろう、いわゆる男性の喉頭《こうとう》隆起――ちなみにあれの中身は軟骨なので、火葬すれば燃え尽きてしまう――ではないため、もちろん女性にも存在する。その形がまるで、座して合掌《がっしょう》する仏像のように見えることから、体内に宿っていた御仏として、重宝される骨なのだ。

「綺麗《きれい》に仏様の形が残っていますね。生前の行いが良かった方は、このように美しく喉仏が残るといわれています」

口では淀《よど》みなく定型文を読みつつ。「へえ……」と感嘆すら含んで凝る眼差《まなざ》しの群れに、俺は居心地が悪くなる。なぜって、第二頸椎が崩れずにうまく残る理由など、実際のところは本人の骨の丈夫さ次第で、もしこれが燃え尽きて跡形もなければ、まるでそんな骨などはなからなかったかのように流されるくだりだからだ。

同じ人間から出てきた以上、どの骨も等しくただの骨。けれど、形に意味をこじつけて、ことさらに丁重に扱う。これまた、「いつから」「なぜ」「どのように」成立したか不明ながら、現状「そうなっている」我が国の風習だ。

解説もそこそこに、プラスチックや貴金属、服の残りの灰などをよりわけ、骨だけを骨壺に手早く納めていく。最後は金属製のちりとりのような道具に掃き集めて全て収骨してしまうと、俺はできるだけ慎重に、焼けて脆《もろ》くなった喉仏を違い箸で摘まみ上げ、積み重なった骨の上に置いた。最後に、同じく取り分けてある頭蓋骨《ずがいこつ》で蓋《ふた》をして、それから。

俺は深く息を吸い込んだ。そして。手に握った違い箸を、中心に垂直に突き立てる。

——バキバキバキ……！

表情一つ変えず、わざと大きく音を立てて、一気に骨を砕いていく。

ひゅう、と細君が喉を鳴らす音が聞こえたが強《し》いて無視した。丁寧に、骨壺をすり鉢《ばち》がわりに潰《つぶ》すようにゴリゴリと箸を動かし、粒に等しい破片にしてしまうと、できるだけ事務的に見えるよう蓋を閉め、金銀糸織の錦布で壺を包む。

『知っていたかい、西待。葬儀というのは、死者を悼む儀である以上に、生者が故人に別れを告げる通過儀礼なのさ』

例の身内の言葉が脳裏をよぎる。

うっせえよ。

声には出さず悪態をつきつつ、毎度こうして無意識のうちに、パフォーマンスのごとく骨をすり潰すようにしてしまう自分がいる。ここにあるのは単なる遺骸《いがい》で、その魂《たましい》はとうにここにはないのだと、遺族たちに強く知らしめるために。

＊

なべて葬式というのは虚飾の結晶だ――と俺などは思う。

そもそも日本の葬式費用は馬鹿《ばか》高い。俺も、この仕事をかじるようになって初めて知ったクチだが、我が国で葬式一連にかける金額は、なんと平均で二百万円以上に上る。諸外国と比べても、お隣の韓国で四十万弱、アメリカで五十万弱、イギリスなど十万ちょっとで済むというのだから桁《けた》違いである。

亡くなったものには葬式をあげてやらねば法に触れるというものでもない。ここは政教分離の国だ。人死が出れば、医師に死亡診断書を書いてもらい、埋火葬許可証が出る。そこから先の処置については、禁止事項はあっても必須項目はない。それでも日本では古来より、形や規模を変えつつも、連綿と何らかの葬儀が行われ続けてきた、らしい。

死者は蘇《よみがえ》らない。その死んだ人間のために、今まさに生きている人間の時間と金と手間を惜しみなく注いだところで、生者が得られるのは自己満足のみ。

そして、さらに言えば。葬儀社界隈《かいわい》には、地域ごとのナワバリ意識やら寺との兼ね合いやら、よく言えば昔かたぎな、ありていに評すれば時代錯誤《さくご》も甚《はなは》だしい、男尊女卑《だんそんじょひ》的な気風やら、厄介《やっかい》なしがらみやらがあれこれ存在する。

何より、家が代々の葬儀屋というのは、親はどうだったか知らないが、少なくとも子供の俺にとっては重荷でしかなかった。

最も未知で、それなのに誰しも平等に訪れる「死」。

貧乏でも金持ちでも不可避な死。避け得ないからこそ、いっそう陰鬱《いんうつ》で忌々しい、死。

それを日頃から商売にして他人《ひと》様から金をもらうというのは、幼心《おさなごころ》にも薄気味悪く、冒瀆《ぼうとく》的なことに思われた。当然、小学生の頃から「お前んち、毎日葬式やってんだろ」だの「学校でも喪服着ろよ」だの「死神家族」だの散々とからかいの的になったものである。

そういうこともあって、いつしか俺は固く心に決めていた。

――俺は、俺だけは。

絶対に家業は継ぐまい、と。

「……って言ってたのに、なんでか結局、毎日葬式やってんだよな……」

今日の予定は、珍しく先ほどのご葬儀一件だけだ。

とは言っても、俺はまだまだ見習い身分だから、「似矢」の名前で請け負った案件の半分にも関わっていない。そして、司会進行――昔ながらの業界用語では「宰領《さいりょう》」と呼ばれる花形仕事だ――を引き受けることなんて、さらに稀《まれ》である。

その稀少《きしょう》な式典の一連をどうにか回し終え、斎場の廊下に立って、精進落とし会場に向かうご遺族たちをお見送りして。俺はつい首元に手をやり、締めっぱなしになっていた黒いタイを緩めてシャツのボタンを一つ二つと外した。

――そこで。

「やあ、つつがなく終わったかい」

アルトに近い中性的なテノールがすぐ後ろから聞こえ、俺は勢いよく振り返った。

「！」

驚いた。……当たり前かもしれないが、足音がしなかった。呼吸を整えつつ胸のあたりが軋《きし》むのは、跳ねた心臓が肋骨《ろっこつ》に当たったのかもしれない。そんなわけはないか。

俺が度肝《どぎも》を抜かしたのを見て取ったのか、声の主はカラカラと高らかに笑った。

「あはは、何を鳩が豆鉄砲を喰《く》らったような顔をしているのだい、西待！　ぽかんと宙を見つめて放心しているから、目を開けて気絶しているのかと思ったじゃないか」

そこに立っていたのは、よく見知った顔。

いつ見ても作り物じみて整った、少し日本人離れした目鼻立ちの男である。色素の薄い榛《はしばみ》色の柔らかそうな髪と、黄に近い琥珀《こはく》色の瞳、白い肌。

俺よりはいくばくかは丈の低く、ずっと線の細い体躯《たいく》を、古式ゆかしい金メッキボタンの並ぶ黒い学ランに包んでいるが、これは奴の一張羅だ。脅《おど》かしてきた相手が判明して、安心するやら怒りも湧くやらで、俺は苛立《いらだ》ち紛れに抗議した。

「びっくりしただろ。急に後ろから脅かすのやめろ」

「後ろに注意を払わずに油断しているほうがいけないのさ。こんな死に近い生業《なりわい》をしているならなおさらだよ。ほら、吉田兼好《よしだけんこう》だって言っていただろう。死は前から来るとは限らない、ってね」

——死期《しご》はついでを待たず。死は前よりしも来らず。かねて後ろに迫れり。人皆死あることを知りて、待つこと、しかも急ならざるに、覚えずして来る。沖の干潟遥《ひがたはる》かなれども、磯《いそ》より潮《しお》の満つるがごとし……。

朗々《ろうろう》と淀みなく何かの一節を暗唱してみせると、「だろう？」と相手は肩をすくめた。

だろう、と同意を求められましても。俺はますます顔をしかめる。

「吉田兼好っていうと……なんだっけ、『徒然草《つれづれぐさ》』か？　……でも俺は、古文の授業ならほとんど寝てたから、いきなりぶつぶつ言われても意味なんかわからないぞ」

「寝ていた？　だめだねえ、西待。よりによって古文を寝て過ごすとは。先人の知恵はしばしば今を生きる人間を助けるものだ。そして、教養は人生を豊かにする」

説教じみた講釈を垂れつつ、己の胸ポケットに飾った紅《あか》い椿《つばき》の花を指先でいじりながら、彼はまた朗《ほが》らかに笑った。その顔があまりに綺麗なので、俺はやっぱりこいつのこういうところが気に食わないのだと実感する。

「要するにだね。人間が死ぬ瞬間なんてものは、お行儀よく物事の順序なんか待っちゃくれない、正面から素直に来てくれるとも限らない、って話だよ。人は皆、己がいつかそれに呑《の》み込まれることを頭でわかってはいる。さはさりながらろくに思いも馳せず日々を過ごし、実感を伴う前に、それはいきなり襲ってくる。およそ目には見えずとも、はなから自分の後ろにピッタリ寄り添って迫っている。……死とはそういうものだ」

浜辺に打ち寄せる波を眺めている時、水があるのは遥か遠くに思えても、気づけば潮がすぐそばまで満ちている。それに似ている、と。彼はスラスラと注釈を加え、ニヤリと口端を吊り上げてみせた。俺は思わずため息をつく。

「そんな油断しきった体《てい》たらくでは、あっという間に死に追いつかれてしまうぞ、西待。

この間抜けな不肖《ふしょう》の弟め」

「……相変わらず口数多いな、東天《あずま》兄さんは。減らず口ってまさにあんたのことだろ」

「口も舌も、食べるばかりでなくしゃべるためにもあるのだから、使わないと損だろう。お前は、小さい頃から変わらず無口なことだ。そんなふうに声の代わりにため息ばかり吐いていると、幸せが逃げるよ。教養から得られるべき豊かさもね」

青年よりは少年と表すべき幼さの残る整った顔で、歳《とし》の離れた俺の兄、——似矢東天はからりと笑った。
＊

この似矢東天《にせやあずま》という人物は、幼い頃から、何かと俺のコンプレックスをチクチクと刺激してくる男だった。

頭脳は明晰《めいせき》で、特に文系科目に明るい。運動神経もいい。

何よりその見た目。身長こそ今では俺が抜かしてしまったが、すらりと脚《あし》が長くモデルのような立ち姿で、顔のほうもそれこそ同じ日本人、いや人類か？　と疑わしく思えるレベルで整っているのだ。

生まれてこの方、俺たちは何かと比べられてきた。

いやな思い出が諸々《もろもろ》と蘇ってきて、こちらは自然としかめ面《つら》になる。

当然ながら、両親の期待の比重も、もっぱら兄に寄っていた。

もっとも、理由は外見や学業ばかりではない。葬儀屋なんて陰気くさい職を受け継ぐなどお断りだという態度を隠しもしない俺とは真逆で、この男は、昔からそのあたりの仕事に興味津々《しんしん》だったためだ。

兄の常からの口癖はこうだった。

『猫はいいね、羨《うらや》ましいよ。僕も死ぬなら好奇心に殺されたい』

こいつは根っからの太陽属性、なんでもかんでも面白がりで、病的な首を突っ込みたがりなのだ。そういうわけで東天は、例によって、中学に上がる頃にはいっぱしに仕事を手伝ったり、界隈の人間と接して顔を広めたり。よき葬儀屋になるため、「似矢」の名を継ぐためのあれこれに、積極的に打ち込んでいた。

極め付けに兄の趣味は民俗学だ。民族学のほうもかじっているとのことだが、その両者の詳しい違いを俺は知らないし、「おや、西待はそんなことも知らないのかい」などとしたり顔の兄に縷々《るる》説明されたが都度忘れてしまった。それも、葬儀にまつわる習俗やら土着信仰など、国内外を問わず知見を広めて頭に溜め込むのが楽しくてならないそうだから、どうにも始末に負えない。

家業を手伝うことで小遣いを稼いでは、葬送習俗関連の馬鹿高い本を購《あがな》ったり、「見学したいものがある」と言って理由もろくに告げずにふらりと旅に出かけたり。その行状といったら、自他ともに認める葬儀マニアといっても過言ではなく、両親もそんな兄の奇癖を微笑《ほほえ》ましく見守っていた。変人の奇態と敬遠していたのは俺だけだった。

俺と同じく、ネーミングセンス皆無の両親に、やはり得体の知れぬ名前——一応、夜明けを示す「東天紅《とうてんこう》」から来ているらしい、確かに何をどう読んでも「アズマ」でなく「トウテン」だろう——をつけられている身で。風変わりな家業を恨むどころか喜んで自らのめり込むなんて、こちらからすれば理解に苦しむ。

兄のそういうところが、俺は苦手だった。苦手なりに兄弟だからと、一応その不可思議な情熱の出どころらしきものを尋《たず》ねたこともある。

『決まっている。怖いという感情は、物事の不案内からきているからさ』

で、つまり？　と率直な疑問を顔面全体に押し出す俺に、兄はやはり楽しげに語った。

『西待だって、知らないことは怖いだろう。怖いものは逃げるのではなく、より目を凝らして見つめ、近づいて学ぶべきだ。死は誰にも避け得ない。けれど、避け得ないくせに、僕たちを含めて誰も体験したことがない。知らない、わからない。わからないから、恐ろしい……。ならばこそ余計に普段から死に親しんでおくのが吉だと僕は思うのだがね』

いつの頃からかするようになった、明治か大正時代の学生みたいな彼独特の喋《しゃべ》り方で、兄は饒舌《じょうぜつ》に語った。

得意げに披露された持論に感心することはなく、なんだそりゃ、と素直に俺は引いた。

一点だけ兄の言葉に異論を唱えさせてもらうなら、「別に、相手についてよく知れば気味悪がらずに済むというものでもないと、身をもって体現してくれたわけだな」ということだ。現に俺は、兄が葬式マニアになった理由を聞いて、ますます奴が不気味になった。

だからといって「お前の主張は破綻《はたん》しているぞ」と指摘する気はなかったが。

さて、両親の期待を一身に受け、応《こた》えるかの如《ごと》く。兄、東天は「似矢」の名を受け継ぐべく、順当に経験と研鑽《けんさん》を積み、知識を溜め、ついでに性格をもかくの如く矯《た》め、スクスク成長を続けていたはずだった。

——でも。

今、「似矢」の名を継ぐことになっているのは、俺だ。

やむにやまれぬ事情により、優秀な兄は跡目の候補から外れてしまった。

不本意にも。

不本意どころか、むしろ、青天の霹靂《へきれき》にも、——だけれども。

弟が不遜《ふそん》な思い出に身を浸しているとも知らず、今目の前にいる兄は終始上機嫌だ。彼特有の少し猫っ毛の髪は、陽光に透かすと金色に映える。それを西欧の彫像のような長い指でかきあげ、東天は「で」と口の端を吊り上げてみせた。

「今回のは無事に承《うけたまわ》ったのかい？」

「承ったってさっき終わった葬儀の宰領のことか？　いくら兄さんに比べて俺が葬儀屋として不出来でも、もうそろそろ慣れて……」

「ああ違う違う。表仕事のほうじゃない。お前が父さんや母さんに持ち出した、似矢家を継ぐ条件の話さ」

東天の淡い色の瞳は好奇心で輝いている。ああ、つくづくこういうところが苦手だ。顔をしかめる俺に、奴はうきうきと切り出した。

「やっとお前宛《あて》の、特殊葬儀の依頼が入ったんだろう。ついでに、今度こそまともな依頼だったのだね？　さあさあとっとと話してみたまえ」

「……お見通しかよ」

「千里眼さ」

何が千里眼だふざけんな。これも言いたいがグッと堪《こら》える。言えば五千倍くらいになって返ってくるのが目に見えているからだ。

「わざわざ尋ねてくるってことは、兄さんはついてくる気なんだな」

「当然だろう」

得意げに学ランの胸を反らす兄に、俺はハア、と噛《か》み潰しきれなかった分のため息を聞こえよがしに吐き出した。

兄が継ぐはずだった似矢の名前と仕事を継ぐにあたって、俺はまあ仕方がないと諦《あきら》めてはいた。しかし、両親にはこんな条件を出すことにした。

まだまだ親が現役の「にせや」の号は、正式に継ぐまで少し時間が欲しい。理由としては、学びたいことがあるから。

つまり——兄のように全国をめぐって、日本各地の葬送にまつわる土着習俗やら信仰やらを渉猟《しょうりょう》して回りたい。こちらの気が済むまでは。

『それはもちろん大いに勉強するといいけれど、西待、お前……』

『もちろん、大学を卒業したら、普段の葬儀屋の修業と手伝いもちゃんとする。旅費は出さなくていい。あれこれバイトしたり、その時の謝礼で賄《まかな》っていくから』

この申し出に、両親は見るからに困惑した。今まで跡目を継ぐことに消極的だった次男坊の、突然のやる気モードである。無理もない。

『物見遊山が目的じゃなくて、葬儀に関して困っている人を助けるような仕事もしたいんだ。流しってか、フリー？ の葬儀屋、っていうのか、そういうヤツ』

『流し？ それはあんこ屋をやりたいってことか？』

父親の怪訝《けげん》な声に、俺は首を横に振った。あんこ屋というのは、業界用語で流しの業者を指す。自社名で葬儀を出さず、他の葬儀屋の募集に応じてどこでも出向く、いわば「派遣」のようなものだ。

渋い顔で腕を組み「あんこ屋には助けられてはいるが。それでも江戸時代から続く由緒《ゆいしょ》正しい似矢の血筋が、あんこ業に足を突っ込むってのは、なあ……」と、母親と顔を見合わせる父に、俺は慌てて「いや、そうじゃなくて」と否定した。

『あんことはちょっと違う。ええと、……たとえば、特殊清掃ってあるだろ。普通のハウスクリーニングの手に余る住居を、専門職の人たちが片付けるようなの。あんな感じ。葬式は今や仏式が大半だけど、神道式とかキリスト教式とか、……もっと別の宗教やらはたまた無宗教やら、細かいニーズがあるんじゃないかって。似矢の名前を継ぐ前に、そういう注文に寄り添えるような方法を探ってみたいんだ。特殊葬儀、っていうのかな』

あらかじめ兄に入れ知恵されていた内容を口早に畳みかけると、両親はあっさり了承してくれた。「一時はどうなることかと思ったが、お前がそこまでこの家業に情熱を持つようになるなんて！」と若干《じゃっかん》暑苦しく涙ぐまれたりもした。

かくして無事に、俺は普段の葬儀屋業務と、家業から枝分かれした不思議な「特殊葬儀」の仕事も請け負うことにあいなった。

俺のこの全国津々浦々《つつうらうら》陰気紀行に、兄は大喜びでついてくる。

鬱陶しいといえば鬱陶しい。けれど、東天の葬送習俗に関する知識は侮《あなど》れないどころか、かなりの頼みになる。結局のところ、兄のサポートを受けて、俺はどうにかこうにか二足の草鞋《わらじ》を履《は》いて駆け出したのだ。

＊

さて。この身一つで、特殊葬儀屋というオリジナルの仕事を始めるにあたって、とりあえず決めているモットーは一つだけ。

『お金次第で、どんな注文のご葬儀でも承ります』

以上だ。しかし、いざ始めてみたはいいものの、まともな依頼は数えるほどだった。むしろ、数えるほどもなかった。例を挙げると、以下の通りである。

『故人の生前からの願いで、死後はできるだけコンパクトになりたいとのことで、葬儀内容としては解体と溶解のお手伝いをお願いしたいです』

『人里離れた場所で人知れず自然に還《がえ》りたいとの遺言で、山奥に運んで埋葬したいです』

『骨まで灰にできる焼却炉があれば。今朝亡くなった身内ですが小規模に済ませたくて』

いやどう考えても適法かどうか議論する前に「葬儀」じゃなくて「投棄」だろう、という内容のオンパレード。

葬儀をコンパクトにしたいがゆえの家族葬は近年のトレンドだが、死体そのものをコンパクトに収めたいなんて聞いたこともないし、むしろ「本当にそれ故人がおっしゃったんですか?」と肩を揺さぶりたくなる。あと、普通に死体損壊罪だと思う。残り二件については死体遺棄罪。刑法第百九十条で豚箱《ぶたばこ》入りである。

ついでに日本においては、遺体の処理は『墓地、埋葬等に関する法律』——通称「墓埋《ぼまい》法」で定められていて、そこには「人間は死んでから二十四時間経《た》たないと火葬してはいけない」「火葬は火葬場以外でやるな」「埋葬は墓地以外ダメだ」と明記されている。全部アウトだ。実際、「では、その遺言を確認させてください」と返すと、彼らは蜘蛛《くも》の子を散らすように退却した。通報するのも怖いのでそっとしてある。たちのよろしくないいたずらかもしれないし、むしろいたずらだったらいいなと思っている。合掌。

そんなこんなで、「法に触れる依頼は受けかねます、場合によっては警察案件にします」とホームページに注意書きを添えたところ、悪質な依頼はぴたりと止んだが、依頼そのものも来なくなった。常時メールボックスには閑古鳥《かんこどり》が鳴いていた。だから。

——〝先日亡くなったばかりの嫁の弔いをお願いしたい。〟

その依頼を受けた時も、最初はやはりいたずらかな、と思ったものだ。

けれど、詳細な情報を明かされるに従い、これはどうも本物らしい、と気づいた。

メールでのやりとりを数度。場所は少々遠い。それでも、すぐに俺は出張を決めた。

＊

暑い。

季節はまだ春で、外気温もそんなに高くないというのに、照りつける陽光の熱で目玉焼きができそうだ。遅咲きの桜吹雪がハラハラと舞い散る細道を、俺はカタツムリのような歩調でのたくら歩く。

後ろから足取り軽くついてくる兄が、鼻歌まじりに文句を垂れてくる。

「ほらほらどうしたんだい不出来な弟よ。亀にも劣《おと》る遅さじゃないか。それにひどい汗だ。息も上がって、いい若者が情けない」

「うるさい……こっちは色々持ってんだよ。兄さんはいいよな、手ぶらだから」

「ま、そりゃあね」

「あんたと一緒にするなよ。こっちがどんだけ重いもん持って歩きづめだと」

身の回りの品やら、商売道具やら諸々を詰め込んだスポーツバッグを肩にかけ、舗装されていない砂利《じゃり》道を踏みながら俺はボヤいた。荷物は最小限にしたはずだが、こうも移動続きだと、重みがずっしりのしかかってくるように感じる。

一応、葬儀業者としては、普段着でお客様に接するわけにはいかない。シャツを第一ボタンまで留めてかっちり着込んだ黒スーツと、キュッと喉笛まで隙間《すきま》なく締めた黒タイ、磨き上げた黒革靴という常通りの真っ黒ずくめスタイルが、慣れているとはいえ余計に熱のこもりぶりに拍車をかけているようにも感じる。いつもの学ラン姿の兄が羨ましいほどだが、よく考えれば見た目の暑苦しさは似たようなものかもしれない。

都内から、特急と在来線とを乗り継いで五時間。さらに、一日に五本しかないバスに一時間半揺られた先に、依頼者の家はあるらしい。「片道六時間半あれば、東南アジアのどこかには行けそうだね」と兄は呑気《のんき》に笑っていた。

そうして地図と睨《にら》めっこしながら辿《たど》り着いたのは、東北地方の山奥にある、静かな田園地帯。というより、田舎――である以上に、おそらくは、一般に「寒村」や「過疎地域」と呼ばれているであろう土地である。

どこまでも水田が広がり、その向こうには半ば朽《く》ちた社《やしろ》の鳥居が見える。桜の薄ピンク、若苗や若葉の緑と、地べたの黄土《おうど》。福寿《ふくじゅ》草の黄と蓮華《れんげ》草の赤、そして三々五々に在する農家の板塀と瓦《かわら》屋根のくすんだ色。耳をすましてみても、聞こえる音といえばトンビの鳴き声、小川のせせらぎと、風に梢《こずえ》や葉の擦《す》れ合う音くらい。

さっきまでいた都会の、灰色の高層ビル群も、彩り鮮やかな看板もない。当然、雑踏や人いきれどころか、人影一つも。一応、手入れされた家は建っているものの、中に住民がちゃんといるのか、不安になるくらいには。

「いざ受けて来たはいいけど……本当に大丈夫なのか、この話。依頼人、来るよな？」

日差しを片手で遮《さえぎ》りながら、俺は兄に言うともなくこぼした。

「お前がやると言い出したくせに。本当に仕事が来ると思っていなかった？」

面白そうに揶揄《やゆ》してくる兄に辟易《へきえき》しつつも、「そうだよ」と俺は素直に返した。

「今も正直疑ってる。万が一、廃村にいたずらで呼び出されたなら、とんだ無駄骨だ」

「まあ、確実に人はいると思うよ。ご覧」

ゆるく口の端を上げると、すい、と東天は長い指で前方を指さした。示された先は小川だ。水は驚くほどに澄んで透き通り、きらきらと陽光を跳ね返す水面の下に、川砂と、鮎《あゆ》らしき魚影も見える。だが、岸辺の草陰《かげ》に隠れるように、何か赤いものが広がっていた。

「……布?」

一瞬、花か何かにも見えたが、違う。

よく見れば、竹の棒が四本、川底に突っ立てられていて、そこに赤い布が渡されているのだ。もともとはもっと鮮やかな色味だったのだろうそれは、幾分か色褪《あ》せている。

「なんだ、あれ……」

見たこともない謎の装置に、俺は眉根を寄せた。魚を獲《と》る仕掛け網かと思ったが、水面から浮いているからたぶん違う。緑と茶ばかり配《ひしゃく》された風景で、その赤はひどく目立った。

「西待お前、そう怪訝な顔をせずとも。ほら、柄杓がそばに置いてあるね。流れ灌頂《かんじょう》だ」

「ナガレカンジョウ……?」

「まだ新しい。僕も実際に見るのは初めてだよ。近年は少なくなっているが、昔……」

東天が、何か得意げに解説を加えようとした時だ。

「あのぅ……。似矢……? さんでしょうか、葬儀屋さんの。そのぅ、お弔いを、ちょっと変わった内容でも請け負ってくださるというので、家内の件で依頼した……」

背後から唐突に声をかけられ、俺は目を見張った。

「！　はい」

慌てて振り返ると、先ほどまで人っ子ひとり見当たらなかった砂利道に、黒いゴム長靴と作業着を身につけた男性の姿がある。

歳は四十路《よそじ》手前だろうか。肌はよく焼けていて、普段から外仕事が多いのだろう。顔立ちは太い眉がいかめしく、どこか不機嫌に見えた。すぐそばには、塗装のいくばくか剝げた白い軽トラックが停まっている。彼が乗ってきたものらしい。

「ああ、依頼者さんかな。よかったよかった、本当においでなすったねえ」

隣で、兄が楽しそうに口笛を吹いた。

高橋文治《たかはしふみはる》、と。現れた彼は、依頼メールの喪主欄に書かれていた通りに名乗った。

「どうも、すみませんね。お待たせしましてねぇ……」

「いえ、むしろ迎えに来ていただいてしまって。こちらこそお手間おかけしました」

「それはもちろんですよ、うちまで歩くにはちょっと距離があるし、タクシーだって来やしませんから。けどほったらかすわけにもね。迷って誰彼構わず人を呼ばれたり行き倒れられても困りものだし」

「は、はあ……」

ボソボソと視線を合わせないままに挨拶《あいさつ》しつつ、高橋さんは俺たちを軽トラックに乗せてくれた。しかし、どうにも剣呑《けんのん》というか、虫のいどころの悪そうな調子は変わらずで、それ以上の会話は途絶えてしまう。

こんな時、放っておいてもしゃべり散らすはずの饒舌な兄は、とっとと後ろの荷台に収まってしまって役に立たない。おかげで俺は、フロントガラスを睨みつけるように運転を続ける高橋さんに気を遣いながら、無言のまま砂利道をしばらく揺られる羽目になった。

気まずい。そればかりか……どうにも、あまり歓迎されていないような。

本当に、この人が俺に依頼をかけたのだろうか。

急に不安になってきたので、「あの……亡くなったのは奥様とのことで……いえ、ご依頼をくださった喪主様でお間違いないですよね？」と俺はおっかなびっくり確認してみた。

こちらをチラリとも見もせずに返された答えはそっけない。

「喪主は喪主なんですがね。依頼したのは、アタシじゃありません。うちのお袋です」

「お母様、ですか……？」

「ええまあ、ことわりもなく。おたく、江戸時代くらいからある葬儀屋の老舗《しにせ》の系列店なんですっけ。ニセヤさん、って変わったお名前ですけれども。なんかねえ、それ知ったお袋が、一人で盛り上がっちまったみたいで……ああまったく、勝手に依頼のメールまで」

アクセルを踏みながら、高橋さんはやはりボソボソと文句を連ねた。

確かに、メールの文言には「嫁の」とあった。妻を指す場合もあれば、義理の娘のこともある単語だ。納得。

しかし、……これは本当に歓迎されていない。確信する。

居心地が悪いったらない。今頃荷台でのんびりと足を伸ばしているであろう兄の姿を思って、俺は少し恨めしくなった。

がたごとと軽トラに揺られながら向かった先、高橋さんのご自宅は、人里離れた山深くにあった。中庭を挟んで母家《おもや》と離れとに分かれ、瓦の葺《ふ》かれた屋根、典型的な田舎の日本家屋。ご遺体の安置は母家らしい。命日を伺《うかが》うと、もう三日ほど経過しているという。

「それじゃ、奥様が亡くなられてすぐに、お母様はご連絡をくださったわけですね」

「そうみたいですが、どうにもねえ。葬儀については、お袋と意見が合わなくて」

車を降り、軽トラのドアを乱暴に閉めながら、高橋さんは急に口数が多くなった。「どうぞこっちへ」とぶっきらぼうな調子で敷地内に案内されながら、彼の愚痴《ぐち》めいた身の上話に耳を傾ける。いわく、嫁いできてから土地に慣れない故人……奥方と、土着の習俗を大切にする彼の母は折り合いが悪く、日々がまさに嫁姑《よめしゅうとめ》戦争の定番だったという。

「家内とは、役場に勤めてる時に出会ったんです。気が強い奴で、強情な母とも渡り合ってた。けどアタシらの間には結局子供ができなかったもんで、母にはずいぶんそこを責められていて、悩みの種でした。そうだった、あの日も母とひどい言い争いをして、……」

そこで、高橋さんは苦いものを嚙んだように顔をしかめた。

「あいつここんところ具合が悪そうで、便所にこもりきりになったりねえ。それでも真っ青な顔して平気だなんて言い張るんで、お前ちゃんと医者にかかれってこっちもしつこく勧めてた矢先だったんで。……ええ、ええ。本当に急でしたよ。あんまりにいきなりなもんでねえ、それでアタシもまだ、よく気持ちが整理できとらんのです……」

最近ここらで死人なんて、年寄りすら出ていなかったもんだから……と。高橋さんは言葉尻を濁《にご》した。では死因はご病気だろうか……と察したが、問えるわけもなく俺は黙る。

――死は背後から突然に来る。そうと覚悟も決まらぬままに。

ここに来る前、東天がしていた徒然草の話が、急に頭をよぎった。

高橋さんが黙ると、会話はそこで途切れる。俺たちの先に立って庭石を踏みながら、悄《しょう》然《ぜん》と肩を落として首を振るその後ろ姿を見て、俺はふと気づいた。彼は、単純に不機嫌というわけではないのかもしれない。むしろ、精神的にかなり参っている様子だ。

こういう時に、明るくて外面《そとづら》も良く社交性に富む兄が助け舟を出してくれれば、スムーズに話が進むこともあるのだが。ふと、軽トラを降りてからこちら、その気配がないのに思い当たって探してみると、いつの間にやら例の黒い学ラン姿は、勝手に中庭を散策している。池を覗《のぞ》き込んでいるかと思えば、ひょいと踵《きびす》を返して池のそばの石井戸のフチによじ登ってみたりと、いくらなんでも自由気ままずぎるだろう。お前は猫か。

おい、お邪魔した先でその振る舞いは失礼だろう――と、見かねて東天に注意したくなったところで、急に前を歩く高橋さんが振り返った。

「似矢さん。せっかく来てもらったけどねえ、やっぱりお引き取りいただけませんか」

続けざまにキッパリと宣言され、俺は「はい!?」と返事の声が裏返った。

「葬儀は……まあ、いくら田舎っていっても、こっちにも業者のつてがないわけじゃないんで。それに、菩提寺《ぼだいじ》の住職とは馴染みですし、何とでもなりましょうから」

「え、は、……はい……?」

矢継ぎ早に繰り出される言葉に、よほど俺を追い返したいのは伝わってきたが、素直に聞くわけにもいかない。そもそもは彼の母からの依頼ということではないか。「息子が帰れと言ったか知らないがこちらは承知の外だ、やっぱり戻ってきてもらわなければ困る」と掌《てのひら》を返された場合、片道六時間半の二往復は色んな意味できつい。そして何より、宙ぶらりんで放置されているであろう故人が気の毒だ。俺は慌てて食い下がった。

「そういうわけには。お母様が依頼されたというなら、そのお母様とお話をさせてください。ただでさえ葬儀が遅れていると聞いていますし」

「似矢さんを呼び戻すなんて、絶対そんなことはあり得ませんって約束しますから。お袋は所用で留守にしてるんで、帰ってきたらアタシのほうでよくよく言って聞かせときます。

手付金やらここまで来られた分の交通費は払いますんでね。後生ですから何もせんで、帰ってください、ねえ」

とりつく島もないとはこのことだ。本来、そういうことはまずご家族の間でよく話し合ってから業者を呼んでほしいところだが、そうも言っていられない。俺は額《ひたい》を押さえた。

「ですから、費用の問題ではなく……！」

「高橋さん、やけに突っぱねるねえ。ところで、奥方のご遺体の処置はお済みなのかな」

業を煮やしつつある俺の声に被せるように、高めのテノールが畳みかけた。

東天だった。庭の見物に飽きたらしく、いつの間にか気配もなく俺のすぐそばにいる。

本当に猫か。だが、焦っていた俺は思わずそれに乗っかった。

「そうだ、奥様の湯灌《ゆかん》は大丈夫ですか」

最悪、それだけでもさせていただきたい。仏式の湯灌――ご遺体を納棺する前に、湯で拭き清める儀式のことだ――の心得なら俺にもあった。高橋さんの奥様は亡くなられてからもう三日も経っているという。そのままほったらかしでは、あんまりだ。

「お代はいただきませんから、せめて処置だけでも……」

「いりません。しつこいな。お引き取りください！」

幾分か荒らげられた声でピシャリと遮られ、俺は東天と顔を見合わせた。

「……今日はもう、戻りの電車も間に合いませんので。しょうがないんで今晩はうちに泊まって、それから明日の朝一で、駅までお送りします。ろくなもてなしはできませんから期待せんでください。離れを貸しますんで、くれぐれも出ないように」

それだけ口早に告げると、高橋さんは、あとはもう一言も発せずにさっさと歩き出す。

やがて、中庭を挟んで母家の対面にある離れまで先導したところで、彼は俺たちを急《せ》き立てるようにその一室に押し込むと、外からガラガラと音を立てて戸を閉めてしまった。

＊

空が茜《あかね》色を帯び始めた。

田舎の夕暮れは、静寂という言葉が、昼にもいやましてしっくりくる。近年の建築ではとんと見かけなくなった松葉模様入りのガラス窓を、カタカタと細かく揺らす風の音。天高く群れ飛ぶカラスの鳴く声が遠ざかると、今度はキジバトの声が聞こえ始める。

あの「ドゥードゥー、ポッポー」という何とも形容しがたい不気味な声が、昔から俺は苦手だ。なんであんな無駄に不安を煽《あお》る音階なんだ。ポッポーの前にドゥードゥーをつける意味がわからない。どこにどういう需要があってその鳴き方をするのか。

前述の通り、邸《やしき》の敷地こそ広いとはいえ、ここは東北山中のポツンと一軒家である。当然ながら周囲は他の民家も街灯もないので、まもなくこの部屋は、天井から吊られた裸電球と窓越しの月明かり以外に、光源がなくなるだろう。ついでに室内には空調設備もない。

日中は暑かったが、陽《ひ》が完全に落ちた後は、きっとぐんと冷え込むはず。

「えぇっと？　椅子《いす》なし、座布団は破れて綿が飛び出たのが一枚。寝具、シーツの洗濯は謎。おろか長らく干してもなさそうな煎餅《せんべい》敷布団が押し入れの中にあるけど使っていいかは謎。食事の差し入れ、海苔《のり》なし具なしのおにぎり一つと欠けた湯呑《ゆの》みにカルキくさい水が一杯。あからさまに『早く帰れ』と言われているじゃないか。塩対応もここまでくると心に寒風が吹き込んできそうだ。いやあ、いっそ清々《すがすが》しいほど歓迎されていないね！」

部屋の設備を見て回ったあと、「仕方ない、今宵《こよい》はお兄様が添い寝して温めてやろうか」などとふざけて愉快がる東天に、「あのなあ！」と俺は眉間《みけん》を押さえた。

「歓迎されてないだなんだって兄さんの言えた義理じゃないだろ！　あの時、あんたが余計な入れ知恵をしなければ、高橋さんをあんなに怒らせなかったかもしれないってのに。あと添い寝は断じて要らん」

「わかっていないな不肖の弟め。僕が原因で機嫌を損ねる人間なんて、この世にいるわけがないじゃないか。万が一にも僕のために気を悪くするやつがいたら、それは自身に問題があるか、そもそも人外魔境かのどちらかさ」

「すごい自信だな!?」

もし自信を財産に変換できるシステムがあるなら、こいつは今頃億万長者になっているに違いない。呆れてもう何も言い返す気も起きない俺に追い討ちをかけるが如く、兄は

「僕が自信過剰なのではなく、お前の自信が少なすぎるのだよ」とからりと朗らかに笑いとばした。

　誰のせいだよ、と俺は口に出さずこぼす。

　こんな身近に、顔よし頭よし社交性よし、明朗闊達《かったつ》で、両親の期待を一身に浴びて自信満々に育ったきょうだいがいれば、それは卑屈にもなるだろう、と。

　知らないうちに俺はよほどの渋面《じゅうめん》になっていたらしく、「おや、文句があるなら言ってごらんよ」と余計に東天をニヤつかせてしまった。屈辱《くつじょく》だ。

「けど高橋さん、『そろそろ母が戻ってくる頃合いなので失礼する』って言ったきり、姿見せないな……離れから出るなってことらしいけど」

　ため息一つで気持ちを切り替え、俺は外の様子に注意を払った。相変わらず、静寂そのもの。さほど大きくもない音量のはずなのに、お互いの話し声が妙に響く。

「まあ、気になるよねえ。彼の御母堂《ごぼどう》も留守だというが、戻ってくる頃合いと言った割にはその様子もない。所用といっても、周囲に明かりもない土地で、考えてみればこの時間まで外出というのはおかしいものだ。物音も気配もなかったし、母家は居間の明かりがついたきりで、話し声一つしない……さてはて。どうしたのだろうねえ」

　俺の言には同意しつつ、東天も面白そうに形のいい眉を上げる。無駄に耳元で囁《ささや》かないでくれ。なぜこの状況で楽しめるのか、非常に理解に苦しむ。

そう。……東天の指摘、それも何となく気がかりの一つだった。

日の暮れきった今、離れの周りから聞こえるのはそれこそ、キジバトの声と風の音くらいなのだ。高橋さんのお母様が発信者だったという事前の打ち合わせメールでは、葬儀は仏式希望だと聞いているが、次第の相談のために菩提寺の住職が来る気配もない。いったいぜんたいどうなっているのだろう。

今、少なくとも母家には、高橋さんがいるはず。

そして、亡くなった彼の奥さんのご遺体も。

本当に、湯灌をしなくてよかったのだろうか。涼しい気候の土地とはいえ、春も深まってきて、昼間はかなりの気温だった。屍というのは肉と皮でできているのだ。よもや冷蔵庫に入れているわけでもないだろうし、荼毘《だび》に付すならできるだけ早いほうが……そこまでとりとめもなく考えたところではっとした。まだ本格的に始めて日も浅いというのに、どうにも葬儀屋らしい思考回路が身に染み付いてきているようで、我ながら嫌になる。

それに、母親が勝手に呼んだよそ者の葬儀屋がいくら気に食わないからといって、あんなに、突っぱねるものだろうか。高橋さんの頑《かたく》なにすぎる態度を思い返すにつけ、俺は別の意味で、どうにもざわざわと胸を騒がせる不気味な予感がしてならなかった。

……ちゃんと、奥さんのご遺体はあるのだろうか。いや、むしろ。葬儀屋にも見せられないとすると、あの母家には、いったい「何」があるのだろうか――

心臓が嫌な具合に脈を速める。どくどくとやかましいそこを宥《なだ》めるように、俺はぬるりと汗の滲《にじ》み始めた手のひらを膝《ひざ》上で強く握り込んだ。

「ふふ、どうしたんだい。親鳥を見失った雛《ひな》のような目をしているじゃないか、西待」

東天にからかわれてムッとしつつ、俺は「……まあな」とおざなりに頷いた。

「気味が悪くはある。あんなに突っぱねるのは、裏がある気がするから」

「僕たちも、無事に帰れるといいよねえ」

「嫌なこと言うなよ」

「嫌なことと言われても。とりあえずお前は身の安全を考えないといけないからね」

兄の言には、どういう含みがあったものか。――改めて考えると薄ら寒い心地がして、俺は身震いした。

一応宿泊の準備はあるが、離れに風呂はないし、何となく気も抜けなくて黒スーツを脱ぐ気にもならない。せっかく出してもらった食事に手をつけるべきかと盆を見やれば、ラップのかかっていないおにぎりにはハエがたかっていたので、一気に食欲を失くした。仕方なく持参のペットボトルのお茶と栄養補助ビスケットで腹を満たすと、すっかり手持無沙汰になる。気まぐれに東天におにぎりの盆を突き出してみたが、「お前、自分が食べないものを人に勧めるんじゃない。第一そこでどうして僕が食べられると思うんだね」と突っ返されてしまった。然《さ》もありなん。

それにしても。この離れには、――やたらとハエが多い。田舎だとしても、それだけでこうも多いものか。やや大振りな黒いハエたちは、先ほどからぶんぶん飛び回っては、白い壁に鋲《びょう》を打つように点々と止まっている。おかげで余計に気持ちが安らがない。

そのまま会話も絶え、さらに静かになるかと思いきや。東天は琥珀色の眼差しをどこを見るともなく窓の外に投げたまま、ふと口を開いた。

「東北といえばかつての奥州だものねえ。人里離れた山奥で、孤独で心細い日暮れ。思い出すじゃないか、ほら。『陸奥《みちのく》の安達ヶ原《あだちがはら》の黒塚《くろづか》に鬼籠《おにこ》もれりと言ふはまことか』……」

「？　何だそりゃ」

思い出すじゃないか、と言われても。首を傾《かし》げるこちらに、薄い唇で「ふふ」と笑った後、彼は訳知り顔で解説をくれた。

「今のは六歌仙の一人、平　兼盛《たいらのかねもり》の詠《よ》んだ歌さ。東北地方には『黒塚』という伝承があってね。『安達ヶ原の鬼婆《おにばば》』と言ったほうが、よく知られているかもしれないが。聞くかい？」

もっとも、兼盛が詠んだのは伝説にかけた恋歌だけれど、と。兄はにやりとした。

東天の趣味は民俗学知識の収集だ。全国各地に伝わる伝承の類《たぐい》にも詳しい。止めたところで特に話すこともないので、俺は沈黙でもって話の続きを促《うなが》した。

「むかーしむかし。紀州の僧侶が奥州は安達ヶ原という場所を旅していた時、山奥で日が暮れてしまって、偶然に見つけた岩屋……まあ、洞穴《ほらあな》のことだね……に宿を求めた。岩屋には痩《や》せこけた老婆が一人住んでいて、親切に僧を迎え入れてくれたが、たきぎを取りに行くと言って穴を出ていく。その際に、やけに厳しく僧に言い含めるのだよ。『岩屋の奥にある部屋へは、決して入ってはならない』と」

しかし、老婆が出かけた後、奥からはやけに生臭い風が吹いてくる。僧侶は最初は言いつけを守っていたが、とうとう好奇心に負けて奥の部屋を覗いてしまう。すると――

「明かりをかざして奥の部屋の暗がりを照らしてみると。そこに積み上げられていたのは、おびただしい数の、人間の白骨死体だった」

「……」

タイトルと話の流れから、セオリー的に不穏な展開を見せるだろうと予想はついていたとはいえ。思わず、ごく、と唾《つば》を飲み込んでしまう。

「老婆は、通りかかる旅人を招き入れては殺して貪《むさぼ》り食う、恐ろしい鬼婆だったのだよ」

僧侶は老婆の正体に気づくと、泡を食って岩屋を逃げ出す。

しかし、戻ってきて僧がいないことに気づいた鬼婆は、恐ろしいその正体を顕《あらわ》すと、たちまち凄《すさ》まじいスピードで後を追いかけてきた。

白い蓬髪《ほうはつ》を風に乱し、手に持った大鎌を振りかざし。らんらんと黄色く目を光らせ、耳まで裂けた口から赤い舌と牙を覗かせ、「待てぇ、坊主」と叫び声をあげながら。鬼婆はぐんぐん追いついてくる。

その爪が今にも袈裟《けさ》に届き、もうだめだ、という瞬間。僧は思わず、肌身離さず持ち歩いていた如意輪観世音菩薩《にょいりんかんぜおんぼさつ》の像を取り出し、「お助けください」と祈った。すると――仏像は輝いて宙に舞い上がり、光の矢を鬼婆に放って、たちまち退治してしまった。おまけに、鬼婆は死んだものの、そのまま御仏の導きで成仏することが叶う。また、命が助かった僧は、犠牲となって亡くなった人々のみならず鬼婆のことも憐《あわ》れんで、塚を立てて手厚く葬《ほうむ》った。その地は「黒塚」と呼ばれるようになった、という。

「めでたしめでたし、どっとはらい、ちゃんちゃん。とまあ、こんな話さ」

「それ、なんで今話した……?」

思わず俺は頬《ほお》をひくつかせた。

確かに、普段ならどうってこともないおとぎ話である。

が、今は、――日が暮れて周辺に明かりなし・人を呼ぼうにも市街から離れた山奥と、あまりに条件が揃いすぎている。この状況、タイミングでその話題。悪意しか感じない。

文句を言ったところで五億倍で返ってくるのがわかっているので、せめて視線に抗議の意思を込めまくって東天を睨んでいると――効かないのは知っている――、彼は「別に理由がないわけじゃないさ」と嘯《うそぶ》いた。

「まず、ここと同じ東北地方の話だしね。ちょっと共通するところがないでもない」

それに、と東天は肩をすくめた。

「この鬼婆の正体はなかなかに切なくてね。本来は、京の都で、さる貴族の姫君に仕える使用人の女だったのだよ。名を岩手《いわて》といったらしい」

しかし、彼女が仕える幼い姫君は、生まれつき不治の病にかかってしまっていた。姫君のために方々治療の手段を探し、やっとのことで高名な占い師に尋ねると、「妊婦の胎内《たいない》にいる赤ん坊の生肝《いきぎも》が効く」という恐ろしい答えを得たから大変だ。

姫君を心から慕っていた岩手は、己にもまだ幼い娘がいるにもかかわらず、その子を置いて単身、赤ん坊の生肝を狩る旅に出た。身元を特定されないために遠く離れた東北の地まで流れ着くと、そこで件の岩屋を居所に定め、虎視眈々《こしたんたん》と標的になる妊婦が通りかかるのを待った。

しかし、なかなか獲物《えもの》は訪れない。長い年月が経ったある時、やっと一人の妊婦が、岩屋に一晩の宿を求めた。岩手は喜び、眠った妊婦を縛り上げ、鋭い鎌で腹を裂き、中の赤ん坊を取り出した――

「前段からかなりグロいし怖いな⁉」

ぎょっとする俺ににやりと笑い、「それどころか」と東天は続けた。

「怖いのはこの先さ。実はね、この妊婦は、かつて岩手が京に置いてきた、幼い我が子だったのだよ」

虫の息で娘が語ったところによると。実は彼女は、行方をくらました母親を追って、身重の体をおしてはるばる安達ヶ原にやってきたのだという。そして証拠に、昔岩手が娘に残したお守りが荷物から出てきた。

よりによって、成長した我が子を殺してしまった——そのことに気づいた岩手は、正気を失い、そのまま旅人を襲って食らう鬼婆に変貌《へんぼう》してしまったのだという。

鎌を振りかざして襲ってくる鬼婆の姿を想像して、たまらず俺は身震いした。

「あのな……余計になんで今その話するんだよ、ってことしかわからないんだが！」

「だから僕は教養は大事だと言ったのだよ。想像力とは抽象化の力だ。ちょっとは膨らませてみたまえ。たとえばね、ほら」

東天はニヤリと笑って窓の外を顎《あご》でしゃくった。

「ご覧。……お前は何をするにつけ粗雑だから、気づかれないよう、静かにそっとね」

やたら引っかかる物言いにいちいち気を取られつつも、ところどころ変色して赤茶けたレースカーテンを指先で摘まんで首を近づけ、わずかな隙間から恐る恐る外を窺《うかが》う。

そこには、月明かりに石灯籠《どうろう》や前栽《せんざい》の影が浮かぶ中庭と、その向こうにある木造りの母家があるばかり。特段昼間と代わり映えのない、いかにも田舎の民家らしい景色だ。視線をぐるりと一巡させて、「なんだよ、何もないだろ……」と俺が文句を言いかけた時だ。

ふと首筋をざわつかせる予感があり、俺は窓に向き直ると、母家の一角に目を向けた。

「!!」

途端に、俺はカーテンから勢いよく顔を離し、息を詰まらせる。落ち着くために深呼吸すると、ひゅうっと喉をざらついた空気が削っていった。

「見えたかい？」

「……ああ」

東天は愉快そうに尋ねてくる。この状況で何が面白いのか、こいつの神経は甚だ謎だ。

いやまあ、――見えた、というか、「いた」というか。念のため、隙間から気配を殺してもう一度だけ確認する。見間違いかと思ったが、やっぱりだ。

「高橋さんだよな……？　あれ」

母家を一巡りする縁側のガラス戸の向こう。明かりもつけず、じっとこちらを窺う人物がいるのだ。暗がりに溶け込むように、気配もなく、身動きすらせず。

能面じみたその面相は、表情筋ごと感情を削ぎ落としたかのようだ。それだけに、額をくっつけるようにひたりと縁側の窓に張り付くさまは、鬼気迫るものを感じさせる。

「自分ちなのに、何やってんだあの人……」

「それはもちろん、こちらの様子を見張っているのだろうよ。要するに、よほど見つかりたくないものがあるのさ」

「見つかりたくないもの？」

なぜか、さっき聴いたばかりの安達ヶ原の鬼婆の話が頭を離れず、俺は苦い気分になる。

この地方に古くから伝わる、旅人を襲って食う恐ろしい化物の話。高橋さんは男性だ。だからもちろん、鬼婆ではないわけだが。それ以上に、なんの関係もないはずなのに。

「さてはて、隠れて様子を見るなんて。絶対に普通の行動じゃあないよねえ。どうするかい西待。逆にこっちから母家を訪ねて行って、なんか御用ですか、むしろ暇なら今から奥様の湯灌オッケーですかぁ？』なんてアクティブに訊《き》いてみるのももちろんあり寄りのありだろうよ」

「なし寄りの皆無だ」

ふざけて煽ってくる東天に即座に言い返すと、俺はどうしたものかと額を押さえる。

「西待、お前、彼の表情をしっかり見たかい。なんとも凄まじい眼だったね。まさに鬼のようだったよねえ」

その通りだが、同意する気にもなれず黙り込む俺を、東天はなおも焚《た》き付けてくる。

「彼は、お前が寝静まるのを待っているのだろうかねえ」

「……そうだな、うん。あっちが寝てほしいならとっとと寝るのがいいよな。どこに何を隠してあるにしろ、知らなければそれまでなんだから」

早々に結論づけてパンっと手を打つと、兄には不思議そうな顔をされた。

「知らないままで本当にいいのかい？　高橋さんの隠し事、西待は気にならない？」

「あいにく、好奇心に殺されたがってた兄さんとは思考回路が根本的に違うんでな。下手《へた》に首突っ込んで深く考えるほうが危険だ。こういう場合は、君子《くんし》危《あや》うきに近寄らずに限る」

「いや、そういう意味じゃなくてだね。知らないままってだけで、本当に見逃してもらえるのかな？　というのが、純粋に気になっただけなのさ」

「……へ」

「だってねえ、繰り言になるけれど、彼の様子。尋常じゃなかったよね。隠してあるのはきっとよほどの秘密だよ。念には念をと、逆にこちらに踏み込んできたりして……」

「……」

「同じ危険ならいっそ、こっちから探りに行くほうがいいんじゃないのかねえ」

いいように乗せられている。

そうはわかりつつ、俺は俺で、確かに高橋さんの隠し事がいったい何なのか、気になって仕方ないのだった。もし、万が一にも放置すべきでない何かだとすると――

「で、どうしようね？」

ふと思う。猫の弟は猫なのかもしれない、と。

とはいえ兄と違って、俺は断じて好奇心で死にたくはないのだが。

「……俺はもう少し様子を見てみる」

逡巡《しゅんじゅん》の末、俺はそれだけ返した。

＊

しかし。

ややもすればいなくなるかと思ったのだが、こちらを見張る高橋さんは、十分経っても、三十分経ってもまったく動こうとはしなかった。まるで置き物のように、じっとそこに突っ立ったままでいる。いい加減、足が疲れないのかと要らぬ心配までしそうになる。むしろ、あれは特注の蠟《ろう》人形かマネキンか何かなのだろうか。それはそれで怖い。

「うん。あれは異常だな」

「判断が遅いよ愚《おろ》かもの」

一時間後。俺はようやく重い腰を上げ、「早く探りを入れに行こう」と急かす東天に従うことにした。

「明かりを消すと寝たと思われるよな……電気はつけっぱのほうがいいか」

「そうだねえ。ついでに、スマホで長めのトーク動画でも流しておいたらどうだい。中にお前がいて、起きてくつろいでもいる様子だとしばらく偽装できようものさ。あと、布団の類を丸めた上に荷物を積んでおけば、人の影に見えるかも」

「空き巣防止策みたいだな……」

手早く準備を済ませてしまうと、俺は玄関から靴を取ってきて、あたう限り物音を立てずに母家と反対側の窓から外に出た。人里離れた山間の夜気は、昼間の陽気が嘘《うそ》のようにひんやりとして、吸うと肺より肋骨に沁《し》みる。

足音を殺して、身を屈めながら離れの外側を回り込み、母家をそっと窺い見る。高橋さんは、やはり同じ位置で俺たちがいるはずの離れのほうを見つめていた。離れからわずかに届く薄明かりがその無表情をぼんやり照らしている。なんというか、普通に怖い。

その視界に入るのを避けるように、俺たちは母家の裏手に急いだ。板塀にひたりと張り付くように忍び足で移動して、勝手口の戸締まりを確認する。鍵は開いていた。

果たして——

扉を開けた瞬間、むわりと鼻をつく臭《にお》いに、俺は思わず鼻と口元を押さえつつ、一歩踏みこたえる。葬儀屋になってからこちら、もう少し薄いものを幾度も嗅《か》いでいるが、一向に慣れないそれ。普段接してきたものを何倍にも凝縮したような。

「兄さん。これ……」

「死臭がするのだね?」

それも酷《ひど》いものが。

家中、どこもかしこも臭いで充満していて、そこらじゅうを、ぶんぶん音を立てて我が物顔でハエが飛び回っている。その多さたるや離れの比ではない。

ここまでくるとさすがに、俺も中で何が起きているのか察せられる。おそらく、奥さんのご遺体が傷《いた》み始めているのだ。

「遺体の損傷が激しいのだろうね」

鼻を押さえることもなく、東天は肩をすくめた。俺は無言で頷きつつ、妙だと思う。

亡くなる直前、高橋さんの奥さんはひどく具合が悪そうで、医者にかかれと言われていたという。つまりは病死だ。しかし、確かに日中の気温はひどい暑さだったとはいえ、それにしたってここまでハエが出て死臭が酷くなるほど、いきなりご遺体を損なうものだろうか？　亡くなった後、そう日数も経っていないはずなのに。

まだ離れを監視しているのだろう。高橋さんが戻ってくる気配はない。

俺たちは、そっと広い土間を通り抜けると、より臭いのきついほうに向かってそろそろと歩を進めた。

やがて、古びた襖《ふすま》の奥からハエが飛び出ていることに気づき、俺は東天と目を合わせて頷き合うと、静かに手をかけてスライドさせた。

そこには、白い布を顔にかけられ、布団に横たえられた、何か細長いものがある。

正体なんてわかりきっている。――高橋さんの奥さんのご遺体だ。

故人のお顔を勝手に拝見するのは憚《はばか》られた。飛び回るハエを手で追い払いながらそろそろと近づき、白布には触れないように屈み込むと、そっと緞子《どんす》の掛け布団をまくる。

「……！」

声をあげそうになったのを、俺はすんでのところで嚙み殺した。

ご遺体は、きっと亡くなった時から着替えさせていないのだろう。青白く血の気の失われた肩や腕はほっそりと華奢《きやしや》で、生前は、今身につけている生成《きな》りのワンピースがよくお似合いだったに違いない。

しかし、露《あらわ》になったその腹はごっそりと大きく抉《えぐ》り取られ、無惨《むざん》にも赤い肉を晒《さら》している。割れた柘榴《ざくろ》のような断面からは、白い骨まで覗いていた。一斉に舞い上がったハエが一際大きく羽音を立てる。きちんと布団に寝かされているのが不釣り合いなほどだ。

「な、……んだこれ」

どう見ても、致命傷になる規模の大怪我《けが》だ。手当をした形跡もない。

病死では——なかったのか。

「奥さん、……殺されてたのか……？」

しかも、惨劇はこの場で起きた。

よく見れば、掛け布団の一部は、赤茶色に乾いたものでバリバリに固まっている。言うまでもない、血痕《けつこん》だ。それも大量の。さらに布団の敷かれた畳《たたみ》には、外に向かって擦りつけたような手形や引きずった痕《あと》まである。その途中途中で、飛び散る血の量が増える。

では、きっと最初の一撃を受けた後、彼女は這《は》って逃げようとしたのだ。それをさらに追いかけられて、とどめとばかりにさらに数度、無情にも命尽きるまで痛めつけられた。

──そんな当時の状況に気づき、たまらず背筋が粟《あわ》だった。耳奥に、知りもしないはずの金切声《かなきりごえ》の断末魔が聞こえてくる心地までする。

畳の血痕は、部屋を出る手前で途切れている。そこで息絶えたのだろう。

「う……」

その最期の瞬間を生々しく想像してしまい、猛烈な吐き気が襲ってきて、俺は口を手で覆《おお》ってどうにか耐えた。ただでさえひどい臭いなのだ。

彼女を殺したのは、やはり高橋さんなのだろうか。やたらと俺たちの行動を気にしていたのは、妻の骸《むくろ》を見れば自分が殺したことが露見するから？

体調を崩しがちだった奥さんを心配し、医者にかかるようしつこく勧めていたという彼の話を思い出し、混乱する。あれは、殺した罪悪感からか？　憔悴《しょうすい》した様子は、とても演技には思えなかったのに。けれどやはりまだわからない。外に逃げようとした相手を殺してから引きずり戻し、わざわざ同じ部屋にきちんと寝かせる、その意図はいったいどこに。

とにかくまずは警察に、──しくじった。スマホ、囮役《おとり》にして離れに置いてきたのだ。戻るか？　途中で出くわしたらどうする。逃げるか？　こんな夜の山奥から、バスもないのにどうやって。落ち着け、頭を冷やせ。……無理だ。冷静でいられるはずがない！

「こら、動揺しすぎだぞ。不肖の弟め。そう結論を急くものじゃない」

凄惨《せいさん》なご遺体を前に、頭をぐしゃぐしゃ掻《か》き回していると、すぐそばで淡々《たんたん》と状況を見守っていた東天が、ふと口を開いた。

「確かに奥方の腹は痛々しいが、布団まわりに飛び散った大量の血は、彼女のものじゃないね。ついでに、彼女を殺したのは高橋さんだろうとお前は予想をつけているのだろうが、そうとは限らない。むしろ可能性は低い。それはわかっているかい？」

「……は？」

俺は目を瞬《またた》いた。

「何言ってるんだ。奥さんの腹の大穴、どう見てもこれが致命傷だろ。状況からして」

「でも、抵抗して暴れたにしてはおかしい点がある」

「？」

「だって彼女、ご丁寧にも事前に服をわざわざ脱がされているんだよ？　這って逃げたなら刺されるのは腹でなく背中だろうしね」

「……あ」

俺は改めて屍体《したい》を見下ろした。確かに彼女は、ワンピースの前ボタンを全て外され、不自然に腹部を露出しているのだ。傷まわりの他は布地も綺麗すぎる気がする。血だまりを這ったなら、もっとしわくちゃになって汚れていそうなものなのに。

「要するにね、これは――ヒダリガマを打たせたのだろうよ」

「ヒダリガマ？」

耳慣れない単語に困惑すると、東天は大きな琥珀色の目を三日月のように曲げて、その意味を俺に教えてくれた。……それは、現代の社会通念ではなんとも理解しがたく残酷にも思えるが、どこかもの悲しく切ない、とある風習を示す言葉だった。

「……なるほどな」

思わず黙り込む俺に、東天は薄い唇の端を上げて見せる。

「さて、全体像の答え合わせといこうじゃないか。激しく損壊された奥方の死体。そして、彼女のものではない血痕。西待、お前はここからどんな真実を導き出すかな？　ヒントは安達ヶ原の鬼婆。そして、僕たちが来る時に見かけた流れ灌頂。亡くなった奥方の、生前の不調。組み合わせてごらん。視えてくるから」

言われるがままに思い出す。流れ灌頂はなんのための儀式だったか。安達ヶ原の鬼婆、岩手の正体はなんだったかを。

とすれば、奥さんを殺したのは——

「……確かに、高橋さんじゃないな。けど、それはそれとして」

物言わぬ骸の周りになすりつけられた、畳を這いずり回ったような血痕を見下ろし、俺は顔をしかめた。

「俺の考えが合っているなら、の話なんだが。……高橋さんは、奥さんを殺していなくても、別に一人殺していることにならないか？」

＊

特殊葬儀だの湯灌だの呑気に言っている場合ではない。仔細《しさい》がわかってみれば、この家で起きていたのは立派に事件だった。

離れに戻ってから警察に通報するという選択肢《し》はもはやない。高橋さんの監視下でそれができると思えないからだ。彼が俺たちを無事に帰してくれるつもりかすら怪しいのに。

俺はつけっぱなしだった黒タイを思いきり緩めて、勝手口から屋外に滑り出た。

このまま、高橋さんが離れを見張ってくれていれば。

気づかれませんようにと祈りつつ、月明かりを頼りに、そっと板塀づたいに母家裏の砂利道を踏む。すっかり闇《やみ》に沈んで影の塊《かたまり》と化した木立の葉擦れ、自分の靴裏が小石をパキパキ踏み潰す音がやけに耳について、頼むから静かにしてくれと頼みたくなった。

やがて、敷地を抜ける生垣が見えてくる。よかった、ここまで来ればもう見つかるまい──と、俺がほっと胸を撫《な》で下ろした時だ。

「どこ、行くんです？」

すぐ後ろから声が聞こえ、俺は心臓が口から飛び出るところだった。

「え……と、た、高橋さん……」

「ニセヤさん。もう夜遅いですよ。第一アタシは、離れを出ないでくださいと言ったじゃないですか」

いつの間にか、互いの手も届くようなすぐそばに。月明かりにぐっしょりと濡れそぼつように、高橋さんが佇《たたず》んでいる。背中に冷たい汗が噴き出した。

「あは、すみません……つ、月が綺麗なもので、つい……」

「それは愛してるよ、って意味？　まあ、アイラブユーを夏目漱石《なつめそうせき》がそう翻訳《ほんやく》した証拠はないそうだけれども」

この期《ご》に及んで、空気も読まずに余計な茶々を入れてくる東天を無視する。手のひらにも汗が滲んだ。さあどう誤魔化《ごまか》そうか、と俺が唇を湿した時だ。

「ニセヤさん。見たんですよね」

「え？」

「妻と、母の屍体」

そう。彼は、奥さんを殺してはいない。だが、代わりにこの場にいないもう一人——お母様を手にかけているはずなのだ。虚《うつ》ろな眼差しで呟《つぶや》く高橋さんの言葉にどきりとした瞬間、不意打ちで、シュッと焼けつくような熱が肩に走った。

「いっ……!?」

一拍遅れてジワリと痛みが広がる。指先で恐る恐る肩に触れると、スーツの一部が裂けて濡れている。高橋さんの手を見れば、鈍く光る三徳《さんとく》包丁が握られていた。

「そういえば、鬼婆の武器は鎌より包丁のほうがポピュラーだったかな？　となると現状まさしく安達ヶ原だね。民話蒐集《しゅうしゅう》好きな僕としては夢の再現ドラマ、ただし弟の命懸け」

そんなこと言ってる場合か!?

俺の後ろで呑気に頷いている東天に、今度こそ思わず怒鳴りつけたくなる。

しかし、首をそちらに振り向けた瞬間、俺は二撃目の気配を察して反射的に体を反らせていた。敷地を囲む板塀の、さっきまで己の首のあった位置に、刃が突き立てられている。高橋さんは緩慢な仕草で包丁を引き抜くと、舌打ちまじりに睨みつけてきた。夜風に髪を乱し、屈強な背を熊のように丸める姿は——まさに鬼のようで。

俺は改めて高橋さんを見据《みす》えた。一見、彼の体格は俺よりも遥かに優れ、上背もある。けれど、身のこなしは雑だ。隙をつけばどうにかできなくはない。さっきは油断して不覚を取った。でも、傷は浅い。動けないわけじゃない。

叫んでも救援は来ない。ここは人里離れた山奥なのだ。一か八か。今ここで、彼を押さえ込み、説得するしかない。

東天はいやに静かだ。手出しする気がないのは知っているが、高見の見物を決め込まれ、「この窮状《きゅうじょう》、切り抜けられる？」と無言で挑発されている心地すらした。

やってやるよ。上等だ。

「高橋さん……勝手に離れを出たことも、断りなく母家に入ったことも申し訳ないと思っています。ですが、俺、いや私は、お母様のご遺体は確認していませんよ。奥様は、……拝見しましたが」

喉に詰まっていた息を静かに吐き出し、俺は肩を押さえたまま高橋さんに語りかけた。

「うん、お母様のほうは井戸に放り込まれてたよ？」

ここでまた余計なことを東天が教えてくれる。そういえばこの家に来た時、あちこちふらふら散策しては井戸も覗き込んでいたな、と思い出した。しかし、今言わんでいい。いやまあ、いずれ警察に話すべき大事な情報だが、必要なのは今じゃない。

「おそらく色々と誤解が生じています。それを解くまでは、通報はしないとお約束しますから。とりあえず私の話を聞いていただけませんか」

そう、まずは話がしたいだけだ。しかし。

「嘘をつくな!!」

高橋さんは口角から泡を噴くと、こちらに勢いよく飛びかかってきた。

刃先が頬を掠《かす》める。俺はどうにか体を捻《ひね》って攻撃を避けると、ぶつかる対象を失って勢いそのままに前につんのめる彼の足に、すかさず自分のそれを引っ掛けた。

「……うわぁッ!?」

「失礼！」

悲鳴をあげて前のめりに砂利道に倒れ込む高橋さんの背中に、一応詫《わ》びを入れてから蹴《け》りを入れ、地べたを転がったところにのしかかる。片腕を後ろ手に捻りあげると、彼は痛みに低くうめいた。取り落とされた包丁が地に転がる。

「ほほう。我が弟は相変わらず、体術が得意だな！　まったく一見ガリヒョロもやしっ子なのに、げに隠れマッチョとはこのことか」

優雅になりゆきを見守っていた東天が楽しげに手を叩く。俺がガリヒョロもやしならお前は根腐れした豆苗《とうみょう》だ。――と、いちいち相手にもしていられないので悪態は呑み込む。

「放せ！　よそモン風情が知った風に！　あ、あれを、あの時何があったのか、……何も、見てないくせに……！」

息も絶え絶えにそれだけ絞り出して、必死に後ろに向けて首を捻ろうとする高橋さんの腕を押さえる力を強めつつ、俺はできるだけ穏やかに聞こえるよう「とりあえず話をさせてください」と呼びかけた。

「それに、俺……ではなく私は、何も見ていないわけではありません」

「うるさい!!」

いきり立つ高橋さんに含み聞かせるように、俺は息を吸い込み、キッパリと断言した。

「よく聞いてください。少なくとも俺は、あなたの奥様を殺したのは、お母様じゃないことを知っています」

拘束から逃れようともがいていた彼は、それを聞いた瞬間、「は……？」と呟いて動きを止めた。静かになった高橋さんに警戒は怠《おこた》らず、俺は畳みかける。

「高橋さん。あなたは、……亡くなった奥様のお腹《なか》を、お母様が農作業用の鎌で引き裂いていた光景に驚いて、思わずお母様を殺してしまったのではないですか」

「なんで……それを……」

ぎょっと身を跳ねさせる高橋さんに、俺はため息をついて、東天と確かめ合った「種明かし」を思い返した。

一度東天のほうを見やったが、やはり口を挟む気はなさそうだ。……仕方ない。俺は、饒舌な兄になった気分で、その推理を代わりに披露せねばならないらしい。さてどうする。切り出しに迷ったが、俺はまず、彼にとって重要であろう話を先にすることにした。

「亡くなった奥様は、ひょっとしたら妊娠していたかもしれないんです。死因も、……重症化した妊娠悪阻《おそ》だった可能性も。もちろん今となっては正確なことはわかりませんが、……少なくとも、お母様はそう認識していたはずです」

亡くなる直前、トイレに籠《こも》ったり、体調を崩していたという高橋さんの奥さん。

初期の妊娠に気づかないまま、彼女は悪阻を拗《こじ》らせてか、その他の原因でか、不幸にも亡くなった。お腹に、まだそうとわからないほど小さな赤ちゃんを身ごもったまま……。

「あいつが、……妊娠、してた？　お袋はそう思ってたって？　馬鹿な……何を根拠に」

「……証拠は、流れ灌頂です」

「は？　ナガレ……なんだって？」

「ああ、やっぱりご存じじゃないんですね。流れ灌頂とも、アライザラシとも、川施餓鬼《かわせがき》とも。日本独特の、仏教由来の古い民間信仰の一種……だそうです。あなたが迎えに来てくださった時、小川の中に突き立った四本棒と、その中に渡された赤い布があったじゃないですか。あれのことですよ」

東天の受け売りなので、まるで自分の発見のように話すのは心苦しいが、他に手段がないので仕方がない。獣《けもの》のように身を捻って唸《うな》りながら俺の話を聞いていた高橋さんは、ふと動きを止めた。

「あの赤い布？　誰が作ったのかは知らないが……だが、それとなんの関係が……？」

想定外の話題が降ってきたためだろう。高橋さんの声に、戸惑いが混じり始める。

「流れ灌頂は、亡くなった妊産婦を悼むための風習です。墨《すみ》で経典を書くなどした赤い布を、卒塔婆《そとば》など四本の棒に渡して張る。そして通りすがりの人に、布の中心に、そばに置いてある柄杓で水を注ぎかけてもらうんです。幾度も幾度も水を浴びるうちに、だんだん文字の墨色や布地の赤色が褪せてくる。そして、すっかり色が抜けた時、死者は成仏し、浮かばれるといわれている……」

ちなみに、余談だが。先ほど——東天はこうも言っていた。

『亡くなった妊産婦を特別視するのは、血盆経《けつぼんきょう》の影響なのさ』

ケツボンキョウ？　と耳なれない単語をおうむ返しにする俺に、「そうか知らないか、では物知らずな弟に特別講義だ！」と満更でもなさそうな笑顔で、兄は続けた。

『血盆経、正式には、仏説大蔵正経《ぶっせつだいぞうしょうきょう》血盆経。室町時代中期には、中国から日本に伝わっていたとされる経典さ。ちなみに個人的な趣味をいえば、僕はこの教えが大変嫌いだ』

説明しながらおぞましそうに顔をしかめる兄に、珍しいなと俺は思った。こういう決めつけや、聞き手の先入観になりそうな感想をあらかじめ伝えてくることは、東天はあまりしないたちだ。しかし、追ってその内容を聞いてなるほどと納得する。

血盆経とは、とにかく女性を目の敵《かたき》にした教えらしい。血盆とは血の池地獄を指す。女は経血を川に流すことによって聖人の飲み水を汚すため、生まれつき罪障が深く、かならず血の池地獄に堕《お》ちるものであるからして、そうした女性全ての救済を行うための教えである——と。

『現代の視点から見れば、なんとまあナンセンスな考えだね。そういうものが蔓延《はびこ》るのも仕方なくはある。日本には古来、血の汚れや死の汚れを忌《い》み嫌う土着の風潮があった。それが仏教と結びついて、女性そのものを穢《けが》れた存在として扱う、嫌な信仰上の流れができたのさ。それがかつて仏教のごく一部の宗派に染み付いていた、血盆経というものだよ』

その教えにおいて、出産で亡くなった女性にはいくつもの罪が重なる、という。

赤不浄という血の穢れ。白不浄という出産の穢れ。黒不浄という死の穢れ。

身重での死は、かつては珍しいことではなかった、らしい。お産そのものが、棺桶に片足を突っ込んで行うものだと言われていたほどに。

その証左に日本には、川辺には、うぶめという妖怪が出るという伝承が各地に残る。これは、子を産めずに身ごもったまま亡くなった妊婦がなるもので、白装束の腰から下を産《さん》褥《じょく》血でぐっしょりと濡らし、川の中ほどに立ってさめざめと泣くのだとか。

『まあ、そういうわけで。道ゆく人の手向《たむ》けでそれらの罪汚れを洗い流す、という意味で、流れ灌頂という因習《いんしゅう》が生まれた。繰り返すが、昔は全てのお産は命がけだったのだからね。だが、もうこの国は医療が発達して、妊娠や出産で亡くなる女性の数もぐんと減り、そして文明の発展とともにもろもろの罪穢れという不遜な観念も廃《すた》れていった』

川施餓鬼や流れ灌頂と呼ばれる儀礼は、今でも日本各地に残っているが、実態はまったく別物だそうだ。川に経木《きょうぎ》を流して死者を弔うという、どちらかというと今でいう精霊《しょうりょう》流しに近い。そして、川で通行人の手で布に水を注がせる風習も、特に妊産婦に限らず、戦没者や交通事故死者など、寿命を全うせずに不慮の死を迎えてしまった人々を弔いあげる習慣に変わった後、やはり消滅傾向にある。

しかし、――高橋さんの母は、その風習、かつての意味を、まだ覚えていたのだ。

「高橋さんは、ここ数年近所で亡くなった方は、奥様の他にいないとおっしゃいました。そしてあの流れ灌頂はまだ新しかった。つまり、奥様を弔ったものです。奥様が実際に妊娠していたか、それを自覚していたかは今となってはわかりません。……けれど、少なくともお母様はそう考えたんでしょう」

「はあ!? そんなものわからんじゃないか……! あいつが妊娠していたかもって話だけでも信じがたいのに、あの仲の悪かったお袋が、あいつにわざわざそんなナガレカンジョウ? だかをするとは思えない! お袋の仕業《しわざ》だったたって証拠もないだろうが」

お袋が、嫁のために、彼女を悼む行為をするはずがない。

組み伏せた腕の下でもがきながら頑迷に言い張る高橋さんを四苦八苦しつつ抑え込み、俺は「いえ、証拠なら他にも」と硬い声で告げた。

「亡くなったばかりの奥様の遺体の腹部を、お母様が鎌で抉っていた。……その行為こそが、もう一つの証拠です」

「……?」

「胎児分離埋葬習俗《たいじぶんりまいそうしゅうぞく》……という言葉に聞き覚えは……」

この言葉に、高橋さんが首を傾げる。ないらしい。そりゃそうだ、俺は一人納得する。

俺も正直さっき初耳の単語だったので、「――で、合ってるよな?」と不安になって、傍《かたわ》らで口も出さずに見守っている東天にアイコンタクトを送ってみた。「いいから続けろ」と言わんばかりに顎をしゃくられたので、たぶん正しいはずだ。

「これも日本各地でかつて広く行われていた葬送の習俗です。『身一つで死んでは浮かばれない』と……つまり、子供を産まないまま妊婦が埋葬されると成仏できないので、……その、胎児を……亡くなった女性の腹を裂いて取り出したり、産道から手を突っ込んで……アレです……いや後は省略しますが、とにかく母子を離して別々に弔いあげる、ということらしいです」

自分で説明しながら想像して、俺もちょっと気分が悪くなってきた。もっとも、先ほどの流れ灌頂とは違い、この習俗は別に仏教に端を発するものではない、と東天は言っていた。

『日本でいうと、仏教とは無関係なアイヌのオロッコ族にも、懐胎したまま没した女性の腹に傷をつけて、これで産まれました、って擬《ぎ》してから弔う風習が残ってたらしいしねえ。遮光器型土偶《どぐう》の腹部にある線を、この習俗が縄文時代には存在していた証拠であると唱える学説もある。でも中世になると、この「身一つでは死にきれまい」……つまり、せめてお腹の子を産まなきゃ死者も浮かばれないって発想は、禅宗の葬儀と結びついていくのだよ』

死んだ妊婦の口に、僧が特殊な呪法を書きつけたお札を噛ませ、一定の手順を経《へ》て「棺桶の中で出産できたということで！」と見做《みな》してから、母子を別々に弔う。そういう慣わしが生まれたらしい。仏式葬儀の伝播《でんぱ》とともに、胎児と母親を分けてから葬る発想も全国的なものになった。当然、仏教繋《つな》がりで、流れ灌頂とも結びついていく。

「この胎児分離埋葬習俗も、今やほとんど行われていない。現行法では死体損壊ですし。再三の繰り返しですが、亡くなる妊婦そのものが少なくなっていますから。でも、あなたのお母様は、やっぱり覚えていて、受け継いでいたんです。古い教えを」

じっと凍りついたように動かない高橋さんに、追い討ちのようで心苦しいと思いつつ、俺は言葉を継いだ。

「……ヒダリガマ」

「え……」

「お母様が奥様のお腹を裂いていた時、左手じゃありませんでしたか。鎌で胎児を取り出す時の作法によくあるそうです。ゆえに〝左鎌〟は忌まれる行為だと……」

俺の声にピクリと腕を震わせ、やがて高橋さんは押し殺した声で返してきた。

「お袋が、どっちの手だったかなんて、覚えてるわけねえ……」

「ま、そうだよね。パニックでそれどころじゃないだろうしね」

後ろで東天がまた余計な茶々入れをしてきたが、俺は無視を決め込んだ。

「けど、……ヒダリガマって言葉には聞き覚えがあるんだ。お袋が、……アタシがとっさに、お袋の手から鎌をもぎりとって振り下ろした時に何度も叫んでた。『違う、こりゃヒダリガマだ、わしはヒダリガマ打たせたっただけなんだ』って……だからてっきり」

――不出来な嫁を、ここぞとばかりに鎌で殺してやったという意味だと思っていた。

ボソボソと消え入るような声で、高橋さんは告白した。

「あいつはずっと具合が悪そうにしていた。食べ物は吐くし、腹が痛いと便所に籠るし。寝れば治ると笑っていて、アタシも油断してた。あの時は……アタシに外で数泊する用事があって、……いくら喧嘩《けんか》ばかりの嫁姑でも、さすがにお袋が面倒を見てくれているに違いないって。忙しさにかまけて、夜遅くに何度もかかっていた電話にも気づかなかった」

しかし。不在着信に折り返しても出ない妻を不審に思い、慌てて戻った高橋さんが見つけたのは、腹部を抉られて変わり果てた妻の姿。そして、両手を赤く染め、血に濡れそぼつ鎌を握っている母親の姿だった。

「そこで、カーッとなって、頭も真っ白になって――気づいたらお袋を……」

すっかり放心して魂の抜けたようになった高橋さんの言葉に、俺は何も返せなかった。

その消沈しきった様子に、押さえつける腕の力を緩めるべきか迷う俺の隣に、いつの間にか並んで立つ影がある。

東天だった。

「おそらく彼の母は、鎌によって腹部を抉り取った奥さんの死体を普通の葬儀社に任せれば、罪に問われるかもしれないと危惧《きぐ》したのだろうね。それで前もって、わざわざ特別な葬儀屋であるお前のことを聞きつけて呼んだのかもしれない。西待」

「……」

俺は眉根を寄せて頷いた。

安達ヶ原の鬼婆の話を、なぜかまた思い出す。

血を分けた我が子を、そうと知らずに引き裂き殺した、不遇な化物の物語を。

ここが、人食い鬼の伝説が間近く残る地だからというわけでもなく。鬼は、案外誰の中にも潜んでいるのかもしれない。
＊

「もう暴れませんから……放してくださって大丈夫です。ニセヤさん」

やがて。じっと黙りこくって身じろぎもせずにいた高橋さんは、力の抜けきった声でそう言った。

俺が頷いて体を退《の》けると、彼はゆるゆると立ち上がった。そのまま母家に戻ろうとするので引き留めると、警察に自首のための電話をかけるという。

申し訳ないが、俺もあの死臭に満ちた建物に再び入りたくはない。母家のほうから切れ切れに漏れ聞こえてくる声でのみ、彼が確かに予告通りのことをしていると確かめた。

そのまま、戻ってきた高橋さんと、東天すら一言も話さない気まずい時間を、中庭に突っ立ったまま少しばかり過ごした後。やっと麓《ふもと》のほうから聞こえてきたパトカーのサイレンに、俺はほっと胸を撫で下ろした。同じように黙して時を待つ高橋さんに、ふと思い立ち、「余計なお世話かもしれませんが……」と俺は切り出す。

「もし諸々片付いた後に、……可能であれば、お母様と奥様のご遺体どちらも、ちゃんと弔えるように計らってみますので……」

俺の提案に顔を歪《ゆが》ませた後、彼は声を落とした。

「……ありがとうございます。ぜひお願いします。……出所したら、お代は必ず」

「いえ。お忘れください。サービスしておきますので、出世払いならぬ来世払いで」

このままだと後味が悪いので約束したが、余計な縁を作りたいわけではない。キッパリ断る俺に、「来世払いですか、頑張って覚えておきます」と高橋さんはクシャリと破顔した。初めて見る笑顔だった。

それから、彼はやおら申し訳なさそうな表情になる。

「すみませんでした。東京からわざわざ出てきてもらったってのに、ひどい無駄足を踏ませた上に、とんだことに付き合わせて……」

「まあ、そこは言っても仕方がないですよ」

万一殺されていたら「仕方ない」では済まなかったが、今はそれ以外の言葉もない。

とはいえ、……彼はそもそも根っから善良な人間なのだろう。言動の端々からそれは感じていた。たとえば、東京から出てきた面識もない葬儀屋など素知らぬふりをして放置もできただろうに、死体を発見される危険を冒しても俺を迎えに来てくれたことからも窺える。高橋家を探して勝手に方々に声をかけ回られたくなかったと理由を挙げてはいたが、「迷って行き倒れられても困る」とも付け加えていた。

もしくは無意識のうちに、残酷な形で一気に家族を失った孤独な混乱と狂躁《きょうそう》とを、誰かに終わらせてほしかったのかもしれない。実際のところどうなのかは、知りようがないけれど。

事態が解決して気が抜けたのだろうか。高橋さんと話す俺の後ろで、東天は庭の石に腰掛けて、上機嫌に鼻歌など歌っている。今の流行ではない。十年ほど前の曲。今の流行曲を、こいつは歌わない。歌えないのかもしれない。学ランの黒いスラックスに包まれた長い脚《あし》が、石の上でゆらゆら揺れた。

俺のほうをじっと見ていた高橋さんは、きっと彼本来の表情であろう朴訥《ぼくとつ》な笑みを浮かべ、俺を改めてねぎらった。

「第一、こんなところまで、お一人で大変だったでしょう」

学ランの足がぴたりと止まり、鼻歌がやんだ。

「お若いのに立派ですね、単身、全国をめぐって葬儀の依頼を受けていらっしゃるとか。話し相手もいない旅はなかなかしんどいでしょうし、すごいもんです」

純粋な気持ちであろう労りの言葉に、俺は苦い気持ちでかぶりを振った。

「……一人じゃありませんから」

「?」

高橋さんは、俺の答えに怪訝そうに眉根を寄せた。が、冗談だと思ったらしく、それ以上は追及してこなかった。

そのまま、物思いに耽り始めた高橋さんから、俺はそっと離れる。

代わりに、少し離れたところにある庭石に座っていたはずの兄が、不意に何か思いついたように立ち上がる。「とうっ」とふざけた掛け声とともに地を蹴った彼は――

そのまま、中空にふわりと身体《からだ》を浮き上がらせた。

地べたから完全に離れた両足。音もなく泳ぐように宙を漂う、重力法則に逆らったその状況。

こんな姿も、とっくに見慣れた。

「あーあ、西待。お前も災難だねえ。容疑者にはならずに済むとしても、ただでさえ警察の事情聴取は長いのだ。僕も、生前は無縁なものだったけれど」

なんだかんだとしっかり聞き耳を立てていたらしい兄が、そのまま空を滑ってきて、俺の頭上でけらけら笑っている。

「それから、僕のことをあまり人に言わないほうがいいんじゃないのかい。頭がおかしいと思われるよ」

ありがたいご忠告に、俺はため息をついて首を振る。

「さすがにそこまで話したつもりはないけどな。――まさか俺が、七年も前に死んだ兄さんと一緒に来たんだ、なんて」

そう。

兄はこの世のものではない。

視《み》えているのは俺一人。

俺の兄は、似矢東天は、七年前にこの世を去っている。

しかし現に、没した当時、高校生だった姿形そのままで、俺の前には兄がいる。平気で宙を彷徨い、物理法則に囚われないくせに、生前と変わらず民俗学マニアでおしゃべりで首を突っ込みたがりで、明朗闊達で鬱陶しい兄が。

「じゃあ、そろそろ僕らの実家に帰ろうか、西待。そうだ、ついでに僕の墓も綺麗に掃除してほしいものだね。お前が目の前でかじっていたらなんだか僕まで食べたくなったから、墓前には栄養補助ビスケットを供えてほしいな」

「調子乗んなよ」

風もないのに榛色の髪を遊ばせて、ゆったりと空を泳ぎながら。琥珀色の明るい眼差しをこちらに据えて愉《たの》しげに注文してくる東天に、つくづく亡霊らしからぬ陽気さだな……と、俺は顔をしかめてみせた。

ミシラズ

突然の告白で恐縮だが。

生まれてこの方、俺は海外旅行というものをしたことがない。

もっとも、旅行そのものをする機会はそこそこにあった。葬儀屋稼業の『似矢《にせや》』は、火葬場を備えた自前の葬儀場を全国にいくつも持っている規模の老舗《しにせ》だけあって、ありがたいことに経済的にはずいぶん恵まれていたほうだ……とも思う。

しかし、家族が頑《かたく》なに列島の外に行かなかったのは、ひとえに「せっかくこんなに面白い国に生まれたからには幸運を享受《きょうじゅ》して、日本を満喫しようじゃないか！」という父母共通の方針に、兄・東天《あずま》が大賛同していたからだ。ついでにそこに差し挟める俺の意向などあってないようなものだったから、まあやむをえないといえば、ない。代わりに国内ならば、北は北海道、南は沖縄まで、長期休暇のたびにあっちこっち精力的に連れ出されたが、それも兄が死ぬ前までのことだ。

兄がいなくなった後の家は、死の気配に満ちていた。

もともと、商売として近しく触れ合っていたものの、きっちりと線引きをしてプライベートエリアへの侵入を防いでいたはずの「死」という存在が、明朗闊達《かったつ》な兄という防波堤をなくしたがため、一気に滲《にじ》み出てきたようだった。あからさまに落胆《らくたん》し、生きる希望すらなくしたような両親の様子が、ただただ後ろめたくも居た堪《たま》れず。逃げ出すように、俺は遠方の大学を受けて、家を離れた。

それから、家業を継ぐ決心をするまで、滅多に実家の敷居を跨《また》ぐことはなかった。無責任だと自覚はある。……色々な意味で。

前段はさておき。

そういうわけで、まったく海外経験のない俺にとって、『海外旅行』といえば昔から、なんとなくハワイで南国で、燦々《さんさん》と輝く太陽と青い海に白い砂浜で、ビキニで海パンで名も知らぬ遠き島より流れよるヤシの実一つ、だ。そこから今に至るも一切発展がない。

この話がなにに繋《つな》がるかといえば。

——今回、特殊葬儀の依頼を受けて出向こうとしている場所が、まさしくそんなイメージを体現するかのようなところだったためだ。

果たして。俺の目の前には、眩《まぶ》しい陽光を受け、サファイア色にキラキラと光を照り返す海が広がっている。

高く澄んだコバルトブルーの空に、綿菓子をちぎって放ったような雲。遠く望める、波に洗われる真っ白い砂浜の向こうには、赤茶けた岩肌を見せる切り立った岸壁と、そこにしがみつく緑の木々。

ハワイはおろかモルディブでもタヒチでもカンクンでも、およそ世界に名だたるリゾート地というものは、きっとどこもこんな光景をしているに違いない。青天を漂う海猫のミャウミャウと鳴く声さえ、まるで用意されたＢＧＭのようではないか。

「うっわ……」

なんと表現したらいいんだろうか、これは。

絶景？　天国？　なにせやばい。美しい。バエる。語彙《ごい》が死ぬ。

島へと向かう定期船のデッキの手すりから身を乗り出し、次第に近づいてくるその姿を凝視して、俺はたまらず「すげえ……」とこぼしてしまった。

唯一難点を挙げるとすれば、自身の格好である。毎度おなじみ、黒ネクタイに黒スーツ、ピシッとのりの利いたカッターシャツという喪服姿。完全に仕事着だ。実際問題、商売で来ているのだから、もちろん文句など出ようもない。だが、バカンスこそが似合いそうな背景に、自分の姿だけがくっきりと異質で、なんとも居心地が悪いのは確かだ。かといって、隙間《すきま》時間にアロハシャツを着て単身ウェイウェイ騒ぐ度胸もないから、むしろちょうどいいのかもしれないが。

「ふふ。初めて南の海を見たような反応じゃないか。見惚《みと》れる気持ちもわかるけれど、あまりぼんやりしていると、落っこちてドザエモンからたちまち僕の仲間入りだよ、西待《にしまつ》」

俺が目を輝かせている横で、意地悪くニヤついているのはお決まりの少年。

――似矢東天である。

榛《はしばみ》色のふわふわとした猫っ毛、光の加減で黄金にも見える明るい琥珀《こはく》の瞳。気色悪いほど作り物じみて整った、白皙《はくせき》の顔立ち。

全体的に色素が薄く、体の線も細い儚《はかな》げな容姿に反して、——口を開けばタールよりもでろでろに濃ゆい性格が漏れ出てくる、不肖《ふしょう》の兄だ。

こちらもこちらで毎度おなじみ、胸ポケットに赤い侘助椿《わびすけつばき》を一輪差した、金ボタンつきの学ラン姿。俺も合わせれば黒ずくめと黒ずくめの男二人道中なので、客観的に見て相当「なんともいえない」組み合わせだろう。

ちなみに東天も俺同様、手すりに頰杖《ほおづえ》をついていた。ただし、体の向きは俺と斜《はす》向かいになるように、だ。……つまりは船のデッキ側からではなく、海側に立っているわけで。

そんなところにいたら危ないいじゃないかと、定期船の船員が直ちに飛んできそうな状況だが、あいにく誰一人見咎《とが》めるものはいない。どころか、存在に気づくものすらいない。

それもそのはず、——奴は生きている人間ではないのだから。

「死ぬにしたって水死は最悪だからやめておくがいい。なぜって死体《いたい》がひどい有様になるからね！　お前を見つけて回収する羽目になるだろう漁師やら、傷み切って魚に食われたブヨブヨの骸《むくろ》を茶毘《だび》に付さねばならんどこぞの葬儀屋やらが気の毒だ」

ふわふわと何もないはずの宙空を革靴の踵《かかと》で蹴《け》り出しながら、東天はカラリと笑った。

当の死人に言われると、なおさらに悪趣味な冗談である。

「誰が落ちるか」

俺は高揚していた気分に水を差された心地になりつつ、改めて目の前の島に向き合った。

どうせこいつの姿は俺以外の誰にも視《み》えやしないのだ。船の中には他の客の姿は見当たらなかったものの、そばを誰が通りかかるともわからない。不可視の存在と会話しているところを、独り言と勘違いされて気味悪がられても困る。

やがて、島がいよいよ目前に迫ってきた。沖に向かって長く突き出した白い桟橋《さんばし》がすぐ前方に見え、その下には濃い魚影もちらつき始める。遠目にも影どころか、キラキラと光る銀色の体が鮮明に透けて見えた。本当に、水が綺麗《きれい》なのだ。

俺たちがこれから行こうとしているそこは——九州某県の孤島、H島という。

かつて数々の旅行雑誌に取り上げられ一世を風靡《ふうび》した、日本でも有数の美しい海を誇る某諸島の一つだ。俺は未踏だが、それでも名前に見覚えがあるくらいに、知名度のある観光地。

そして今回、特殊葬儀の依頼主が住まう土地でもある。

＊

さて。

今回の依頼を受けることになった経緯を語るためには、少々、時を遡《さかのぼ》って話をしなければならない。

まずは先日の、東北での「ヒダリガマ」をめぐる騒動の顛末《てんまつ》から。

あのあと実は――俺は散々に警察の〝お世話〟になった。

正直、パトカーのサイレンが聞こえてきた時などは、「実母殺害の犯人である高橋さんが自《みずか》ら通報したのだから、部外者の俺など早々に解放されるだろう」と高をくくっていたのだが、よく考えなくてもそこに広がる現場は、ここが地獄かと思わせるほど、なんとも惨憺《さんたん》たる有様である。井戸にお母様の遺体が投げ捨てられているばかりか、奥さんの骸は詳細説明を繰り返すのを憚《はばか》られるレベルで壮絶に損壊されているし、邸内を飛び回るハエはすごいし。

結局、自首したといえども、犯行動機の鍵となる流れ灌頂《かんじょう》やら胎児分離埋葬習俗《たいじぶんりまいそうしゅうぞく》やらのややこしいなんやかやを、――ちなみに俺も無理だから決して人のことを言えた義理ではないのだが――一度聞いただけの高橋さんが弁明できるわけもなく。

放っておくわけにもいかないので、出頭して連行される彼に、なし崩しに俺も付き添うことになった。取調室にも保護者の如《ごと》く入り口まで同行して、東天に「一度聞いたことくらいキチッと覚えて自論の如くバシッと披露してみせなよ、残念な脳みその弟め」と罵倒《ばとう》まじりのサポートを受けながら、事情聴取では強面《こわもて》の刑事さんがた相手に同じ解説をしどろもどろにさせていただき。

なりゆきで現場検証にも付き合い、検視官にも「念のため……」と求められたので再び説明をし。そうこうするうちに帰りの電車がまたなくなり、ついでに周辺に宿の空きもなく。「ホントは部外者を泊めるなんて絶対ダメなんだけど、兄ちゃん巻き込まれただけだろ。はるばる東京から来たのに、あんまりに気の毒でなぁ……他所《よそ》には内緒にしたってな」と、気のいい担当警官さんのご厚意で、署内の余った取調室を借りてパイプ椅子《いす》ベッドに一泊することになった。あの警官さんには感謝してもしきれない。「ついでに腰縄と手錠もかけてみるかい」と悪ノリされたが、それは謹《つつし》んで辞退した。

おかげで前科があるわけでもないのに、取調室で夜を明かし、カツ丼の出前を食べる体験ができた。断っておくとメニューは俺の希望ではない。隣で東天が、「カツ丼だ！　これは比類なきカツ丼チャンスだ！　お前、せっかく取調室にいるんだからカツ丼を食べておけ西待！　ちなみに伝統的に語られるあれは、実は刑事の奢《おご》りではなく犯人の自腹でとっているのだ、知っていたかい」とけたたましく騒ぎ立てたがゆえである。自分では飯なんて食えやしない霊体のくせに、なぜリクエストするのか。ちなみにカツ丼は普通に美味《うま》かったし、もちろん俺も容疑者あるある同様、自腹だった。

かくしてほうほうの体《てい》で東京に戻った俺には、失敗した初仕事に思いを馳《は》せるいとまもなく、次の依頼が舞い込んできたというわけである。

……非常にありがたい話だ。

新しい依頼の概要は以下の通り。

喪主は老舗旅館の主人で、亡くなったのはその実父。死因は肺がん。臨終の場所は、九州本島某県の大学病院。

特殊葬儀のホームページ宛《あて》に届いた申し込み情報には、そう記載されていた。なお、依頼主の苗字は、読みはよくあるものだが、少し珍しい漢字で記憶に残った。

なお、前回の失敗を活かし、喪主が依頼主本人かどうかは、きっちり確認済みである。結論から言うと違った。――依頼主は喪主となる予定の人物の細君、つまり女将《おかみ》だった。そういうわけで、彼女にとっては義父の葬儀、ということになるだろう。

いわく。

喪主の母親は昔、島の空気が肌に合わず出ていってしまったため、故人は男手一つで彼を育ててくれたそうだ。依頼者の女将は、「故人と主人との親子仲はとても良好だった。本州から嫁いできた私にも親切で、我が子のように接してくれた大事な義父なので、ことさら丁重に弔《とむら》いたい」という。ここまでは特殊でもなんでもない、なんなら微笑《ほほえ》ましいほどごく普通の筋書きである。

ただし、少し変わっているのはこの先だった。

故人が亡くなったのは、もう一カ月も前。もちろんご遺体は、もう火葬済みらしい。しかし、葬祭一連だけが、まったく手付かずなのだそうだ。要は、通夜《つや》と告別式を残すばかりで、遺骨が宙ぶらりんになっているのをどうにかしたい、――という。

喪主夫婦ともに深く慕われていたはずの亡父の遺骨が、何ゆえに、ひと月も放置されているのか。その理由は、葬儀と戒名《かいみょう》をどうするか……という点で揉めているためだ。

故人は生前、息子夫婦の前で、繰り返し「身軽に死にたい。葬儀はするなとは言わないが、やるなら身内だけで手軽に、ごく簡素にしてほしい」「戒名も仏壇も、なんなら位牌《いはい》も要らん」「菩提寺《ぼだいじ》にある先祖代々の墓には入りたくないから、火葬後は島を囲む海に散骨してくれ」と願っていたという。ならばこそ、しっかりと義父の遺志を汲《く》みたいと依頼主である女将は考えている。

しかし故人の実の息子である喪主はそうではないらしい。代々のしきたり通り、派手に通夜と葬儀を執り行い、供養のため菩提寺にも大いに布施をはずみ、戒名も最高のものを——と主張している。

もっとも、当初は、喪主のほうも父の意向に添いたいと言っていた。その考え方が変わったのは、父の葬儀について知らせを出そうとしたところ、近隣のH島民たちの大反発に遭《あ》ってしまったからだ。

ではなぜ、赤の他人である島民たちが、ごくプライベートな一個人の葬儀というものに干渉してくるのか。

その背景理由は、聞くだに複雑だ。——H島は、現在でこそ観光リゾート地として名が売れているが、もともとは、江戸時代の半ばに九州本島から移り住んだ人々の手で創《つく》られた小さな集落だという。そしてその開闢《かいびゃく》以来、住民はみんな島内にある菩提寺の檀家《だんか》であり、葬儀に関しても古式ゆかしい「親分」「子分」の制度が生きている。

ちなみに。「親分」「子分」がどういうものかといえば、――またまた東天の受け売りで恐縮だが――季節の祝祭やら島民たちの冠婚葬祭やらで、集落みんなの統率をとって動かねばならない場合、全体を取り仕切って回す世話役である「親分」と、それに従う「子分」を決めておく制度のこと、らしい。

喪主の家は、昔から島の他家全ての世話をする立場たる、目上の「親分」の本家筋であり、その家格に沿った大規模な葬儀をあげないと「ミシラズ」と呼ばれてしまう。ミシラズとは身の程知らずのことだ。

親分より派手な葬儀を、子分である他の島民はあげられない。だから親分の家系は、不幸があれば率先して盛大に葬儀をし、通夜振る舞いも精進落としも島中から人をかき集めて行い、最上級の戒名をおしいただくべき――そういうものだ、と。

ゆえに、「父の弔いは、家族葬で内々に……」と島の自治組織に通知したところ、他の島民たちから「それはいただけない」「伝統なので、やはり葬儀は盛大に」「戒名は最上のものを」「遺骨も菩提寺で永代供養を」と総突き上げを喰《く》らってしまった、という。

俺のもとに届いた相談書の備考欄では、「主人はかなりのお人好《よ》しで、ついでに優柔不断だ」と――依頼主である女将は愚痴《ぐち》を漏らしていた。島民が入れ替わり立ち替わり説得に来るものだから、「親父《おやじ》の遺志を尊重しよう」と互いに合意していたはずなのに、すっかり判断をぐらつかせてしまったそうだ。

喪主は一人息子で、「本家」といいつつ分家は途絶えたので、他に親戚もない。ついでに、一時的なリゾートブームが去ってからというもの、H島からはめっきり客足が遠のいてしまい、旅館は経営難で、家計はカツカツ。だというのにこれまた伝統のために香典もさほどの額は期待できないから、葬儀費用はほぼ持ち出しなのだとか。

そんなこんなで女将は、断固として「義父の意向通り簡素な家族葬で済ませ、ついでに遺骨は散骨して菩提寺とも無関係を貫かねば」と決心した。けれどやりように困って情報収集するうちに、「厄介《やっかい》な葬儀なんでも承《うけたまわ》り屋」な俺を偶然見つけて依頼することにした――とまあ、大体、そんな次第らしい。

喪主であるご亭主は、俺が行くこと自体は承知しているが、葬儀の簡素化についてはいまだに煮え切らず頭を悩ませている。だから、色々なパターンの葬儀のあり方を示して、お値段と規模とその他諸々《もろもろ》の事情を突き合わせ、落とし所を探してもらわねばならない。

念のため、「似矢」本社や実家と関係のある葬儀社のパンフレットやリーフレットを、参考資料にありったけ持参してきた。それらから方向性を拾いつつも、定番のコースに囚われず、ご夫婦お二人ともに納得いただけるご葬儀を編み出すべく、彼らの相談に乗るのが目下の仕事――という、なんとも「特殊葬儀」屋らしい依頼だ。

依頼二件目にして「こういうのを！　待ってた！」と言うべき内容に、俺がそっと内心奮起したのはここだけの話である。

『ははあ。……ま、この依頼を出してきた女将さんの気持ちは、ようくわかるよ。そもそも、日本の葬式は金がかかりすぎるのだよねえ。……って、知っているかい、西待？』

先日の事件で囮《おとり》役に使ったものの奇跡的に破壊されず無事でいてくれたスマホで、俺が依頼のメールを念入りに読み返していると。ぷかぷか宙に寝そべりながら、後ろから画面を覗《のぞ》き込んでいた東天が、こんな問いを投げてきた。

もちろん俺もよくよく知っている話である。日本の葬儀費用は平均二百万を軽く超える。これは、世界でも類を見ないクラスに高額だ。

『そりゃさすがに、俺も知ってる』

『じゃあ、なんでそんなに高いかは知っているかい？　ほとんどが仏式だからなのさ』

そうなのか。

思わず眉根を寄せる俺に、『考えてもごらんよ』と東天は得意げに嘯《うそぶ》いた。

『日本らしいといえば、他に神道式の葬儀なんかがあるけれど、その手順は祝詞《のりと》を上げて弔っておしまいだ。火葬費用と場所代といった、葬儀そのものにかかる費用だけでことはすむ。でも仏式は違う。僧侶への布施の相場も桁《けた》違いだし、初七日に四十九日に……と、後々の法要にもいちいち金がかかる。おまけに、死後の手向《たむ》けと戒名で最上級のものを付けようとすると、ひと文字何万、何十万と上乗せされる』

死者のためとは名ばかり。なんとも、葬儀とは生者のための欺瞞《ぎまん》と虚飾の塊《かたまり》だ——と。

似たような違和感を常々覚えていた身からすれば、当の死者から論拠を次々と並べられ、なんとなく居心地が悪くなる。何も返せず、俺は黙った。

東天は続ける。

『僕としてはとりわけ興味深いのが戒名だ。この戒名ってのは実に不思議で、別に死んだ人間が今さら改心して出家するわけでもなく。ついでに日本の僧侶は、実質大半が妻帯肉食の破戒《はかい》僧。誰が誰に何を授けているのかわかったものではないってのに、場合によっては数文字数百万の世界になる。さてはて……あの文化はなんなのだろうね？』

面白そうに知識を披露した後、兄は『で、準備するかい？　早速受けるんだろう？』と見透かしたように口角を上げた。

三日月形に歪《ゆが》められた薄い唇の赤が、血を吸ったような鮮やかさで。兄の顔は生前と同じように美しく整っていて、それがなおのこと不気味だった。こいつは亡霊のくせに妙に生々しいのはなんなんだろう、と、俺はとりとめのないことを考えた。

＊

錆《さび》の浮いた鎖に係留された定期船のタラップを踏むと、ギシギシと足場が揺れた。それなりに波が高かったようだが、船酔いせずに済んでよかった、とぼんやり思う。

「おえっ、と醜態《しゅうたい》を晒《さら》さずよかったねえ西待。何せお前がまだ小学生だった時分、海峡めぐりの遊覧船に家族で乗った時なんか、そりゃあ酷《ひど》かったものだからさ。乗る前に食べたオムライスを根こそぎ海にリバース、そこにたちまち魚が寄ってきて」

「ちょっと黙ってろクソ兄」

「ほほう。黙るのは、ちょっとでいいのかい。よかろう。ではこの兄が情けをかけて、ちょっとの間だけ待ってやったら、存分に思い出語りの続きをしてあげようね」

「わかった俺が間違えた。未来永劫《えいごう》黙ってろ」

そりゃあ死人は船酔いしないし吐かないから、その点は羨《うらや》ましいことだ。死人といえば口無しなどという諺《ことわざ》があるが、俺の知る限り、この死人は生きている俺よりよっぽど雄弁で、ついでに口を開けば余計なことしか言わない。「誰にも聴こえていないのだから構うまいよ」を免罪符に、勝手に俺の過去の恥を全力開帳してくる東天に辟易《へきえき》していると、その上から被せるように鈍いうめき声が聴こえてきた。

「オエエ……」

「ああ、ほら。話をすれば、昔のお前の醜態、リバイバル上演がすぐそこに」

ニコニコ笑って東天が指さした先には、桟橋から海に向かってしゃがみこみ、なにがどうと詳述しては申し訳ない感じの状態になっている人がいた。どうも、同じ便に乗っていたらしい。というか、今さらだが……他に客がいたんだな。気づかなかった。

——いや、リバイバル上演とか悠長に言っている場合か。

「！　大丈夫ですか」

船員は舫《もやい》取りに夢中で気づいていないようだ。俺は慌《あわ》ててそちらに駆け寄った。

どうやら屈んでいるのは女性である。まだ若いらしい——とは、そのほっそりした小柄なシルエットや、生成《きな》りのシャツにブラックデニムのスキニーパンツという格好からの予想である。脂《あぶら》汗で頬《ほお》に張り付いた黒髪で隠されて、横顔は窺《うかが》えず。ただやたらと白い首筋から、気の毒なくらい血の気が失せているのが察せられるばかりだ。大きなエイやらスズキやらの魚がその下の水面に集っては、彼女の口から絶えず出てくる、……その、なんというかなんだろう、虹色モザイクなブツを、バチャバチャと音を立てて漁っていた。

ひとしきり吐き終わってスッキリしたのか、女性が口を拭《ぬぐ》って首をふったので、俺はショルダーバッグから未開封だったペットボトルの水を取り出し、「あの、よろしければこれ」と蓋《ふた》を緩めて差し出した。肩で息をしながらも、受け取った水を一口含むと、彼女はぺこ、と緩慢な仕草で頭を下げる。俯《うつむ》いたままで、顔はまだ見えない。

「ご、ご親切に……ど、どうも……」

やがて聞こえた返事は、かぼそく疲弊《ひへい》しきった声で、やはり気の毒だった。

「おやおや、僕の弟はなんともジェントルマンだねえ」

すかさず茶々を入れてくる東天に、うるせえよ、と思いつつ口をつぐんでいると。不意に、女性はやおら面《おもて》を上げて、大きく頷《うなず》いた。

やっとその顔が見えて、ああ、予想に違《たが》わず若い人だった――と思う前に。

「いやホントですよね、まさにジェントルの中のジェントル、超ジェントルですよ。うら若き乙女がこんなに派手にゲエゲエ吐いてても他の誰も見向きもしなかったってのに。ありがとうございます、ありがとうございます！　おかげで死地より生還できました」

甲高《かんだか》いソプラノボイスで、立板に水でマシンガンじみた返答が来て、俺は固まった。

いや、むちゃくちゃ元気じゃないか、ということや。ついでに、彼女には東天の声が聞こえているのか――ということよりも。その顔に、見覚えがありすぎたのだ。

そっけない黒縁メガネに、うなじでひっつめたセミロングヘア、白い頬に少しだけそばかすの浮く、ややもすると女子高生に見えなくもない童顔。

「あっれぇ？　っていうか、ひょっとしてひょっとしなくてもですよ、そこなジェントルは西待くんじゃないです？　それに、お決まりの背後霊こと東天お兄さんまで。えっやだぁ奇遇すぎるじゃないですか、なにしにこんなとこ来たんですかバカンス？　リゾートでバカンスですか仕事来なくて暇だったんですか？　いいなあ、暇なのいいなあ！」

まさかこんなところで知人に出会おうとは――とたじろぐ俺と、隣で珍しく眉間《みけん》を押さえて無言を貫く東天を見比べながら。

その顔見知りの女性——里見環《さとみたまき》は、ノンブレスの長台詞《ぜりふ》を絶え間なく繰り出しながら、黒目の大きなどんぐり眼《まなこ》をシパシパと瞬《またた》いてみせた。

俺は思わず聞こえないようにうめく。

「それはこっちのセリフだ……」

よりによって、特殊葬儀依頼の二件目で、ばったり会うのが環とは。

「まあ全然いいですけど、水もらえたし！　ぬるかったけど非常に助かりました！　ぬるかったけど改めてありがとうございます！　ぬるかったけど!!」

ため息まじりに項垂《うなだ》れる俺に、当の環は揃《そろ》えた指先をこめかみにピシッとつけて敬礼の真似《まね》事をしてきた。……場所が海辺だからか、敬礼は傾斜の急な海軍式である。

里見環、二十八歳。

性別は女性。特徴は十歳以上サバが読めそうな童顔と低身長。特技は高音域で高速射出される、形ばかりは敬語の体裁を取ったガトリング式慇懃《いんぎん》無礼トーク。

実は彼女は、似矢の家が代々世話になっている寺の娘である。俺にとっても東天にとっても、単なる顔見知りと称するには、そこそこお互いについて詳しい間柄。強《し》いて該当《がいとう》する概念を探すとすれば、……幼馴染《おさななじ》みの、年上のお姉さんというやつなのだろう。それらの単語に多少のロマンを覚えていたい身としては、あまり認めたくはないものだが。

そして。

寺生まれということと因果関係《いんが》があるかはわからないが、彼女はいわゆる「霊感」とでもいうべきものがあり、東天の姿を視たり声を聞いたりすることができる、大変に稀有《けう》な存在である。

――あっれえ？　西待くん。もしかしてもしかしなくても、今なんか霊的なやつに憑《つ》かれちゃってません？　ほら後ろ。あ、しゃべった。なぁんだ、お兄さんだったんですね。

忘れもしない、兄がこんなふうに「化けて出る」ようになった頃、俺の顔を見た環のセリフがこれだった。開口一番である。

とはいえ、本人曰《いわ》く「私はそんなに力が強くもないので。声は明瞭《めいりょう》に聞き取れますけど、姿はすぐそばまで近づかないと、なんかボヤーッとそれっぽいのがいるなあ、ヤバそうな悪霊かな、低俗な猿の動物霊かな？　なんでもいいけど！　あ、お兄さんだった！　程度にしかわからないんですよ。うちの弟のほうが力は強いんで、はっきり視えるんです」とのことで。悪霊や動物霊と一緒くたにされた東天は、珍しく不貞腐《ふてくさ》れていたものだ。

……しかし。死んだ東天が視え始めた頃、奴の姿や声が俺にしかわからないことは、気が重くもあったが、救いでもあった。なぜかといえば、ワンチャンで「脳の不具合による純粋な幻覚の可能性」があったからだ。それを一言のもとに完膚《かんぷ》なきまでに打ち砕いてくれたのが他でもない環である。彼女が「はーい、ヤッホー！　わーい知り合いの霊なんて初めてー！」などと兄と挨拶《あいさつ》を気軽に交わしてしまったがゆえに、俺はこの亡霊との関係が、いよいよ妄想でも夢でもなく現前するものだと悟ってしまった。別に彼女に非はないが、思い返すと少々しょっぱい心地になる。

「環さんこそ、なにしにここに来たんだよ？」

ため息まじりに、俺が先ほどの問いを繰り返すと、環はニヤリと口角を上げた。

「女性の一人旅に理由を尋《たず》ねるなんて、西待くんは野暮ですねえ」

「うちの弟が野暮で無粋で不肖なのは特段否定しない。が、尋ねたところで問題になるような大層な理由が君にあるとも思えないんだがね、環」

後ろで東天が宙を漂いながら口を挟んでくる。前半はともかく、後半は同意だ。

「やだ兄弟揃って無粋の極みだから困っちゃいます、そんなだからモテないんですよ」

「西待と一緒にするな。僕は生前はモテていた」

「けどまあ、確かに別に失恋傷心旅行とかじゃないですよ。というか言わなくても察しはついてると思いますけども。これです」

東天の抗議をしれっと聞き流し、そう言って環は、肩から吊り下げていた黒いカメラケースを掲げてみせた。見るのは初めてではない。中身は、彼女のとっておきの商売道具。カメラ関係の得意な某社謹製《きんせい》の一眼レフだ。

「……あー……取材？『月刊アトランティス』の？」

「あの胡散《うさん》臭くて面妖な怪奇特集雑誌、まだ続いてたのかい」

俺と東天のセリフを受けて、「なんってひどいこと言うんですか東天お兄さんは！　もう本当に失礼しちゃう！」と環はぷくっと頬を膨らませた。そうすると、童顔がさらに幼く見えるのだが、指摘すると逆鱗《げきりん》に触れるかもしれないので、言わないでおく。

ちなみに『月刊アトランティス』というのは、昭和末期のノストラダムスブームをはじめとしたオカルト旋風に乗っかって創刊された「その手の雑誌」の一つで、令和の世にも続刊している稀少《きしょう》な生き残りである。

海に沈んだ伝説の都の名を冠する通り、——たとえば、ナスカの地上絵は宇宙船の滑走路で、エジプトのピラミッドは宇宙人との交信を行う超古代文明の遺物だとか。匿名《とくめい》掲示板でまことしやかに囁《ささや》かれる、都市伝説系ネットロアの現地ルポだとか。チュパカブラやネッシーの眉唾《まゆつば》ものの写真など、その内容はまことに多岐にわたるが、共通しているのはただ一つ。「胡散臭い」ということだけだ。

環は、大学を卒業してからこちら、ずっとこの雑誌の編集部で記者をやっている。といっても、誌面の作成を出版社が彼女の在籍する編集プロダクションに丸投げしているので他の雑務もあると言うが、外から見れば、ほぼ専属と呼んで差し支えない入れ込みぶりだ。そういえば、「予算がなくてカメラマン雇えないから、写真も全部自前で撮らなきゃなんですよ！　お給料は安いから当分はカップ麵《めん》生活ですし」と、世知辛いことを言ってもいたような。今や月刊とは名ばかりの季刊らしいし……。

だが、「そりゃ贅沢《ぜいたく》とは程遠いですけど、お仕事は楽しいですよ」と語っていたこの幼馴染みの姿が、俺にはいたく眩しかった。

先ほどちらっと触れた通り、彼女にも弟はいるが、特にお互いにわだかまりもなく。家業の寺を継ぐことも、なんら良心の呵責《かしやく》なくその弟に任せられ、職業選択の自由を思いっきり謳歌《おうか》している。

もっと言えば、羨ましい。家にも血にも囚われず育ったのも。やりたいことをきっちり自力で見つけて、それを商売にできていることも。

つらつらと考えてしまった余計なことを俺は慌てて振り払い、環に確認してみた。

「環さんの雑誌が取材に来るってことは、なんか風変わりな風習でも残ってるのか？……ここ、秘境どころか観光名所もいいところのH島だけど……」

日本に今でも残る奇祭の紹介というのも、『月刊アトランティス』の大切なスクープネタの一つだそうだ。編集部には、撮影厳禁の秘祭でフラッシュを焚《た》いて罰金を支払わされた先輩もいるのだと、環は武勇伝っぽく語っていた。迷惑千万極まりないから、相手側にはぜひともふんだくってやってほしいと、底意地の悪い俺などは思ったものである。

また話が逸《そ》れた。俺の質問を受けた環は、口元に人差し指を当て、大きな眼をグルンと回すように泳がせた。

「うーん。別に、ここに物珍しい秘密があるわけじゃなくて。ほら今って、出版不況じゃないですか？　うちの雑誌もオカルト方面のネタだけじゃ困窮《こんきゅう》しちゃってですね。あれこれ紙面の方向性を模索中なんですよぉ。今回はね、かつて栄えた土地の今を歩く、的な地味テーマです。もう地味地味。一時的なブームが去った後に残された観光業界のリアルに迫る！　みたいな路線なんで。どこもかしこも商売なんて上がったりだが、誰でも彼でも飯は食わねば生きていかれぬ、はあ苦しや世知辛や、まったく生きづらい世の中ですよ。そこんとこ東天お兄さんはいいですよね」

「まあ少なくとも衣食住の心配はしなくて済むね。そんなに羨ましいなら、環もちょっと死んでみるかい？　意外にすぐだよ。生き返れないだけで」

「えっ何それぇ嫌ですよぉ。悪霊と間違われてうちの弟に祓《はら》われたくないもん。東天お兄さん、一回やられかけたじゃないですかぁ」

「……ええと、環？　それはひょっとして君の目には、僕が相変わらず低俗な動物霊だか悪霊だかに視《ほが》えているとか、そういう話かい……？」

一見、朗らかにやりとりをしているが、心なしか東天のこめかみには青筋が浮いている気がする。亡霊に血管の膨張もへったくれもないから、あくまで気のせいだろうが。

そんな東天の不穏な空気をさすがに察して取ったのか、環は大袈裟《おおげさ》に首と手とをブンブン振ってみせた。

「やだごめんなさい！　違いますよぉ、失礼な表現になっちゃってたらごめんなさい私バカだから！　ほんとバカだから、世界に名だたるバカだから！」

「そうかい、もういいよ……そんなにバカなら仕方ないかもね……」

「そうですよバカだから仕方ないんです！」

「……」

なお、ここまで、俺は傍観者を決め込んでいる。絶対に間には入りたくない。

とはいえ、あの飄々《ひょうひょう》として摑《つか》みどころのない東天が、やり込められて眉間を指で押さえている光景というのは、ちょっと新鮮で、もうちょっと言うと楽しい。口に出したが最後、こちらにまで八つ当たりの流れ弾が来そうな話だが。

「そんな些事《さじ》はさておきですよ。私の船酔いも無事に治まったし！　それじゃあ晴れて、島の中心部に向かおうじゃないですか！　えいおーレッツゴーレリゴー！」

いつの間にか陣頭指揮をとりつつ拳《こぶし》を元気に突き上げる環をわき目に、「お互い苦手なのに出くわしたね」と東天が耳打ちしてきた。いつになく疲れた表情である。

「環さんのこと兄さんほどには苦手じゃないから、俺は別に。慣れてるし……」

「呆《あき》れた。不義理な弟だね」

「……まあ、依頼者の旅館に着くまでの辛抱だろ」

カップ麵生活と言っていたくらいだし、泊まりがけの取材なら安めの民宿あたりをおさえてあるのだろう。対して俺は、依頼者ご夫妻の経営する旅館に厄介になる予定である。

こそこそと会話をする俺たちに向け、「あ、そうそう！」と環は瞳を輝かせてきた。

「ねえねえ、二人は今日どこに泊まるんですか？　私は編集部から特別に軍資金が出たんで、割と豪勢な旅館に連泊するんですよぉ！　旅館ご飯嬉《うれ》しい！　このへんお魚美味《おい》しいらしいから超楽しみ」

「……旅館？」

答える代わりに、思わず俺はおうむ返しに問うた。

H島でも観光ブームの後は結構な数の宿泊施設が閉鎖されたとのことだから、民宿ではなく旅館というと数が限られてくる。

その魚って、さっきあんたのゲロ食ってたやつかもな、といういくらなんでもなセリフを呑《の》み込み。俺は嫌な予感に促《うなが》されるまま、恐る恐る確認してみた。

「あの、環さん。旅館……って、どこの」

「ん？　ひさごや旅館ですよ！」

「……まじか」

思わず俺は顔を覆《おお》った。

予感、的中してしまった。

＊

宿泊場所が同じだと言うと、案の定、環は派手に騒いだ。

「わあほんとに!? 同じ宿なんです!? ステキ！ 奇遇！ 運命！ 共同体！」

「断じて運命共同体ではないね」

東天のツッコミもさらりと受け流し、ますます勢いをつけた環は「それじゃあ改めて、行きましょうか！ 我らが安息の地、高級なひさごや旅館へ！」などと元気よく歩き出した。道を知っているのかな、と勝手に予想をつけて、なんとなく俺たちもその後ろに従った。ここまできて別行動をしようなどと言い出すつもりはない。……しかし。

「小さな島だけどにぎわってるから、きっとその辺をざっくり歩けばすぐ着きますよ！」

やがてとある商店街にさしかかったところで飛び出したこのセリフを聞き、俺は東天と目くばせしあった。

「あの……環さん。勘違いだったら申し訳ないんだが、ひょっとして、旅館までの道を把《は》握《あく》してるわけじゃなく……？」

「ん？ やだぁ、初めて来た島なのに、そんなの私が知るわけないでしょ。旅は道づれ世は情け、全ての道はローマに通ずって言うじゃないですかぁ」

ことわざ前半関係ないし目的地はローマじゃない。

いや、そんなことはともかく、環がまったくの当てずっぽうで俺たちを先導していたことがはっきりしてしまった。とはいえ地理に不案内なのはこちらも一緒だし、思い込みで環に「大丈夫か」と確認しなかった俺だって当然悪い。

とりあえずは現在地の把握だ。俺は足を止め、環にもストップをかける。

「ちょっと待ってくれ、今、行き方を調べるから……」

あたふたとスマホを取り出していると、俺たちの前にふと影がさした。

「ひょっとして、観光で来られた方かな。お困りですか？」

顔を上げると、商店街の入り口にある土産《みやげ》物店から、ロゴ入りのエプロンをつけたおじいさんが一人出てきたところだった。灰色の髪からつい「おじいさん」と表現してしまったが、よく見ればまだ七十に差し掛かったくらいだ。もともと眼が笑っているような、柔和な雰囲気の持ち主である。

「あ、はい……ええと、ひさごや旅館を探していて」

俺が慌てて答えると、彼は首を傾《かし》げ、「ああ」と手を打った。

「ひさごやさんはとてもいい宿ですよ。よければご案内しましょうか」

突然の申し出は非常にありがたかったが、俺は「いえ」と手を振ろうとする。

「お店があるでしょうし、方向だけ教えてもらえたら……」

「うわあほんとですか!?　ヤッタァ嬉しい助かります超ありがとうございまぁす!!」

そこに、環が甲高いソプラノをかぶせてくる。

「え、ちょ……環さ……」

「私たち、道に迷ってたんですよ！　ぜひぜひぜひともよろしくお願いしまぁす!!」

肘《ひじ》で俺を押しのけて前に出た環は、おじいさんの手をとりブンブンと上下に激しく振りながら、ピッカピカの満面笑顔である。

「す、すみません……」

額《ひたい》を押さえる俺に、おじいさんは「いえいえ、構いません。お声がけしたのは私ですし、お安い御用です。ちょいと家内に店番を頼んできますんでね、お待ちくださいよ」と微笑んでかぶりを振ってくれた。なんて親切な方だろうか……。

なお、偶然に優しい方に出会えた僥倖《ぎょうこう》を感謝するばかりか、俺たちは商店街を抜ける道すがら、諸々とたくさんの気遣いを受け取ることになった。

「おや、有馬《ありま》さんがご案内してるのは、島外から来られた方かい？」

「そうそう、ひさごやさんに泊まられるらしくて」

有馬さん、というのがこのおじいさんのお名前らしく。商店街に並ぶ他の店は、シャッターが下りている土産物屋も目立ったが、食材や日用品を扱うところなどは開いている。

店番に立つ他の島民の方々は、「ああ、ひさごやさんか！」と顔を明るくした。

「あそこは女将さんの料理が美味しいから期待しといで！　お客さん、お酒は飲めるかい？　よかったらこれ、一本持ってってとくれ。今日は魚に合う地酒が入ったんだよ」

「島外の人かあ、こんなに若い人は久しぶりだなあ！　もしよかったら明日の朝市もおすすめだから来てみたらいいよ。寝坊してもいいように、少しゆっくりめに閉めるようみんなに言っとくから」

「よもぎまんじゅう蒸したところだよ、よかったら一つ摘《つ》まんでっとくれ」

「これ、採れたばかりの枝豆を茹《ゆ》でたんだけど……」

いくらも商店街を歩かないうちに、俺たちの腕は、厚意で渡された食べ物でいっぱいになってしまった。「およそ観光客離れした怪しい喪服姿のやつにまで、こんなによくしていただけるとは……」と恐縮しきりな俺に比して、環は「今夜の晩酌《ばんしゃく》が楽しみですねぇ」とホクホク恵比寿《えびす》顔である。結構な肝《きも》の太さだ。

「……素敵な島ですね、ここ」

先導してくれる有馬さんの背に向けて、俺は思わず呟《つぶや》いた。

ポロッと出てしまった、心からの言葉だ。観光客だからと金をむしるでもなく、よそものと警戒するわけでもなく。ただ、通りすがりの人間でも、「ついつい」優しく接する。H島全体に、そんな気風が根付いている気がした。

もっとも、案内してくれているのが有馬さん、というのも大きそうだとは感じている。

彼はこの商店街中で好かれている顔役のようなものらしく、すれ違う誰もが彼を見つけると笑顔で声をかけてきた。

「本当ですか！　嬉しいですね」

俺の感想を受けて有馬さんは振り返り、まるで自分が褒められたように照れ笑いした。

「はい。皆さん、見ず知らずの俺たちにとても優しくしてくださって……着いたばかりでこんなことを言うのも変な話ですが、ここまで居心地がいいところってあんまりない気がします」

賛辞を重ねると、有馬さんは苦笑し、「ここにも歴史が色々ありますから……要素があれこれ絡まって、うまい具合にそういう島になれたのかもしれません」と頭を掻《か》いた。

「歴史ですか？　どんな？」

この話題に食いついて、いきなり嘴《くちばし》を突っ込んできたのが環である。それはそうだろう、彼女がこの島に来た目的は取材なのだ。ネタのにおいを嗅《か》ぎつけたのかもしれない。質問を受けた有馬さんは面倒がるでもなく、記憶を探るように視線を上向けた。

「はあ。実はですね、私もあまり詳しくは知らんのですが。この島ってのはそもそも、江戸時代にできた集落でしてね。なんでも九州本土のある村が一つ、こもごも事情があって元の場所には住めなくなっちまったとかで。しょうがなしに、そこから村民が丸ごと引っ越してきたみたいなんですよ」

「こもごもの事情、って?」

首を傾げる環に、有馬さんは「うーん」と困ったように思案すると、「私が不案内なのもですし、その辺のアレコレはつまびらかにされておらんもんで……」と頬を掻いた。

「なんやら大きな問題が出てきたんだ、ってのは伝承としてボンヤリ残っとるんですが。江戸の昔の話ですから、当時はみんな農家ばっかりでしょうし、塩害か、蝗《こう》害か……とりあえず、この島は、全員よそもん出身みたいなもんなんですよ。だから、お客様だろうと通りすがりだろうと、みんな身内みたいに歓迎しようって慣習付いとるんです」

「わあ、それはいいですね!」

パチパチ手を叩く環が輝くばかりの笑顔なのは、きっと両腕にずっしりとぶら下がったお土産の数々のためだろう。一方で、有馬さんには姿が見えないからか、じっと黙りこくったままついてきていた東天が、不意に口を開いた。

「全員よそものだから、よそものに優しく。……というと、まるでオーストラリアの『マイトシップ』の気質のようだね」

……マイトシップ? 聞き慣れない言葉に、俺は視線だけで説明を促した。人前で不可視の兄に話しかけると誤解を生みかねない。

「マイトってのはアメリカ英語で発音するところのメイト、つまり友達や仲間のことさ。今のオーストラリアは、イギリスからの移民の国だからねえ。入植当初、厳しい大自然の中で開拓を進め、生き抜くためには、助け合いの精神が不可欠だったのでね。誰かが困っていたら必ず助ける、出会った人は皆仲間。自《おの》ずとそういう意識が芽生えたのだよ」

東天曰く。オーストラリアのスラングでは、特に男性だと、挨拶でもなんでも語尾に「マイト」をつける場合が多いらしい。オーストラリア男性のよくするという「グッダイ、マイト！」という挨拶は、直訳すれば「やあ兄弟！」。これは身内に限らず、それこそすれ違いざまの初対面同士でも、タクシーの運転手と客の関係でさえそうらしいから、まさに「人類皆家族」の精神だ。

「あと、本国イギリスが厳しい階級社会の国でもあるから、そこからの移民の国にはアンチテーゼが育った、という見方もあるよ」

へえ……。東天の説明に、俺は納得した。

よそものだから、よそものに優しく。見ず知らずの相手でも、元は誰しも見ず知らず同士だったのだからと、閉鎖された島ゆえの排他的な空気など一切なく。とても友好的で開放的な過ごしやすさは、そこから醸成《じょうせい》されたものだったのか。

「本当、……いい島です」

昔ながらの「ふるさと」らしい良さというか。バカンスの似合うリゾート地のような海岸の奥にあるとは思えないほど、素朴《そぼく》な心遣いが、なんとも沁《し》みる。

改めて、俺はつい、同じ賞賛を繰り返してしまった。

＊

「着きましたよ、ひさごやさんはここです」

旅館に行く道すがら、H島の地理やら観光資源についてあれこれ聞きかじっているうちに、目的の場所にはいつの間にか到着してしまった。体感で秒である。

なお、依頼者さんとあれこれ揉めていそうな島の菩提寺については、山手の中腹にあるらしいという情報も手にした。そのうち膝《ひざ》を交えに行く時があるかもしれないので、頭の片隅《すみ》にとどめておく。

果たして、辿《たど》り着いたひさごや旅館は、名前の通り大きな瓢箪《ひょうたん》を軒先《のきさき》に吊るし、墨《すみ》色の瓦《かわら》屋根に木造の純日本建築という、大変に立派で風情のある佇《たたず》まいだった。藍《あい》色の暖簾《のれん》にも瓢箪が染め抜いてあって、それもまたなんともゆかしい。

「それじゃ、ここで失礼しますね」

有馬さんは、旅館の前まで来ると、笑顔でペコリと頭を下げて引き返していった。

「あの、ありがとうございました！」

心づけを手渡したりなどという暇も隙もなく、あまりにスムーズに退却されてしまって、反応が遅れた。慌てて環と一緒に、お礼の言葉を背に向かって叫ぶ。有馬さんは、一度振り返って再び頭を下げ返すと、すぐにまた歩き出した。その姿は、まもなく角を曲がり、見えなくなる。

「いやあ、いい人でしたねえ。商店街の皆さんもいい人ばっかりで、これはステマと言われようと好意的な記事を書かざるをえないってもんですよねえ」

ニコニコしながら両腕いっぱいに土産物を抱えてのたまう環に頷きつつ、俺は戸口のチャイムを押した。「お約束しておりました葬儀屋です」と告げると、すぐさま暖簾の向こうからパタパタと足音がして、鴇《とき》色の着物姿の女性が現れる。

「お待ちしておりました、似矢さんですね」

「はい。遅くなって申し訳ございません」

「とんでもない、こちらこそこんな遠くまでわざわざお運びいただいて。東京から九州ってだけでも骨ですのに、船旅大変でしたでしょう」

かぶりを振ってにっこり微笑む女性は、見たところ四十を過ぎたくらいだろうか。黒髪をきっちりと後ろで結い上げた、細面の綺麗な人だ。色白で、ふんわりした太めの眉毛に黒曜石《こくよう》のような目をしていて、まさに大和撫子《やまとなでしこ》といった上品な印象がある。萌黄《もえぎ》の帯を締めた着物もよく似合っていた。

この旅館は、夫婦二人で経営していると言っていたから、この方が依頼者の女将さんで間違いないだろう。初対面でみんな気持ちがいいのは、ここの島民性なのかな、……などと俺が勝手にあったかい気持ちになっていると、女性は深々と頭を下げた。

「ご挨拶が遅れました。わたくし、このひさごや旅館の女将をしております、由多鳩香《よしだはとか》と申します。このたびはよろしくお願いします」

「こちらこそ。ご依頼いただきありがとうございます。似矢西待です」

先に挨拶をさせてしまったと、慌てて名刺を差し出すと、受け取りながら女将さんは目を丸くした。

「あっ、お名前のほうはニシマツさんとお読みするのですね。すみません、メールのやりとりの時から気になっていて」

「そうなんです。珍しいですよね。自分も、子供服のチェーン以外で同じ音の名前に出会ったことはありません」

いささか自虐《じぎやく》を含んだネタに、女将さんは「まあ」と笑ってくれた。ありがたい。

そこで、気づかぬうちに席を外していたらしい環が戻ってきた。そういえば途中から声が聞こえないなと思っていたら、旅館の周りを散策していたようだ。

「こんにちは、私のほうは予約してた里見ですぅ！　よろしくお世話願いまぁす！」

環は女将さんの姿を認めるなり、顔をパッと輝かせて駆け寄ってくる。「よろしくお願いします」と「お世話になります」が魔合体を遂げている謎の挨拶に気を悪くすることもなく、女将さんは「こちらこそ、遠路はるばるお越しいただいてありがとうございます」と再び優雅にお辞儀《じぎ》を返してくれた。

＊

旅館のフロントで環が手続きを済ませるのを横目に、「もうすぐ主人が帰ってきますから、それまでゆっくりなさってください」とロビーのソファで和菓子とお茶をいただく。ここに至るまで、「我ながら、本当に商談に来たのか？」と突っ込みたくなるほど、なんやかやと物見遊山感が強くて落ち着かない。

「ああ、似矢さんですね！　本当に、このたびはご足労いただきまして。ここの経営をしとります、由多裕人《ひろと》と申します、どうぞよろしくお願いします」

やがて所用に出ていたというご主人が、挨拶に現れた。ペコペコと頭を下げながら入ってきた彼は、ついさっきまで資材の搬入をしていたとのことで、「こんな格好ですみません……」と、デニムの作務衣《さむえ》姿だ。年齢は大体女将さんと同じくらいだろう。背が高く、瘦《や》せぎすでやや垂れ目の、優しげな印象の方だ。女将さんと並ぶと、なんとも親しみやすくしっくりくるご夫婦である。

お二人ともに苗字呼びだと、どちらも「由多《よしだ》さん」になってしまうので、以降は勝手ながら女将さんを「鳩香さん」、旦那《だんな》さんを「裕人さん」と呼ばせていただこう。さて。

環と俺とが知り合いであることに驚かれはしたものの、普段世話になっている寺の娘だと紹介すると、「それならなおさら心強いですね！」と二人ともに喜ばれた。「どうぞご自宅のようにくつろがれてください」と勧められ、「まずは長旅でお疲れでしょうから、お風呂をどうぞ」と温泉に案内され、「お昼は召し上がりました？　よかったら軽食でも」と、柚子《ゆず》の香りを利かせた山芋《やまいも》の醬油《しょうゆ》漬けやら、鰹節《かつおぶし》や紫蘇《しそ》や胡麻《ごま》を混ぜ込んだおにぎりをいただき、「夕飯までゆっくりしてくださいね」と二階にある客室に通してもらった——ところで、気づいた。

「いや待て。仕事で来たのにこれじゃ完全に物見遊山だ」

「今頃気づいたのかい。風呂の時点で自覚しときなよ」

個室で人目が消えた瞬間に、待ちかねたように東天が呆れ声を出す。

「環さんは普通に客だからわかるんだけど……俺はおかしいだろ俺は」

「なんか、流れるように至福のリラックスタイムに誘導されてましたよねぇ」

なぜか「同じ宿にせっかく知ってる顔がいるのに、一人でお部屋に籠《こも》るとか寂しいじゃないですかぁ」とこっちの部屋についてきた環が、うんうんと後ろで頷いている。

「このままだと、話が進まないで時間だけすぎる可能性がある。ちょっと、裕人さんか鳩香さん、どっちかつかまえて相談しないと……」

流されるまま、浴衣まで着てすっかりくつろぎスタイルだった我が身を恥じる。

気を取り直して喪服を着戻していると、黒ネクタイを結んでいる途中で、東天が「気がかりだねえ」と呟いた。何がだ？

「やたらとスムーズに部屋に追いやられたというか、なんだか聞かせたり見せたりしたくないものがあったような感じじゃなかったかい？」

「……言われてみればそうかもですねえ？」

環も頷いている。

「邪推しすぎじゃないか？　たぶん、普通におもてなし重視な島民性のなせるわざというか、お二人揃って人柄がいいだけだと思うけどな……」

「そういうお前こそ人がいいよね、西待」

雑談しつつ、心意気を新たに客室を出たところで。

階下から、こそこそと話し声が聞こえてくるのに気がついた。

……来客中か？　片方は、鳩香さんの声だ。さっき出迎えてくれた時とは違い、音量も大きく口調も少し棘《とげ》がある。

「いえ、ですから……。うちはもう、家族葬って決めていて、こういうのは困るんです」

「そうは言いますけども、奥さん。この島にも、代々守り継ぎたい伝統ってものがありましてね。それを親分のほうだけで、都合よく勝手に決められてしまうと、私ら子分連中こそ困るんですよ。若い人にはいまいちピンとこないのは承知なんですけども……」

鳩香さんに言い返しているのは、落ち着いた男性の声だった。口調こそ穏やかでも「決して譲らないぞ」という執念を感じ、内容もかなり強気だ。

「親父さんには私らもずいぶん世話になったし、きっちり弔ってやらんと気が済まん。あん人がミシラズになってヘエイヌルことになったら、私ゃ申し訳が立たねえよ」

故人の親しい知人だった方なのだろう。しかし、ミシラズに続いた「ヘエイヌル」という言葉が妙に耳に残った。へ、とはなんだろう。イヌルは往《い》ぬるか寝《い》ぬるか。

「頼んますよ。あとねえ、奥さん。この旅館についても、考え直してくださいよ。歴史ある立派な宿で、このH島のシンボルみたいなもんじゃないですか」

来客である男性の話は、まだとうとうと続いている。というか、この声……。

「聞き覚えがありまくりじゃありません……？」

俺に続いて、自分も部屋を出ることにしたらしい環の声に振り返り、同じ感想だとお互い頷き合う。二人してゆっくりと足音を忍ばせて、話し声に近づく。まもなく、旅館の勝手口の前で、押し問答をしている鳩香さんの後ろ姿が見えた。

そして話している相手は。間違いない。

「……有馬さん？」

俺が思わず声をかけると、さっき初対面で案内してくれていた時とは打って変わって険しい表情だった有馬さんは、はっとしたように、俺と、その後ろにいる環とを見た。

ついでに、彼の周りには、同じ六、七十代前後の男性たちの集団が見える。しかも人数が多い。戸口の外にいるものも含めると、十人はいるだろう。島の自治組織の顔役たちだろうか。

総勢で鳩香さんを囲んで話をしていたようで、はたから見ていても威圧感がある。

「さっきは案内していただいてありがとうございました、有馬さん。……どうされたんですか？　なんだか、ずいぶんと騒がしかったので気になりまして……」

前置きに改めて先ほどのお礼を言いつつ、俺はさりげなく鳩香さんと有馬さんとの間に入ってみた。どう考えても鳩香さんが困惑しているように思えたからだ。そして状況からして、おそらく話の内容は、故人であるお父様の件。そこについて依頼を受けた葬儀屋としては、ちょっと見過ごせない事態だろう。

「やれやれ、そういうところがお人好しって言ったんだよ」

誰にも聞こえていないのを良いことに、後ろでフヨフヨと空中散歩していた東天が呆れている。やかましい。

俺の「ずいぶんと騒がしい」という言葉でバツがわるくなったのか、有馬さんは苦笑いしつつ、「いえ、島外の方の気を煩《わずら》わすような話じゃないんですよ」と首を振った。

「それじゃ、今日はもう帰りますね。またご主人がいらっしゃる時に改めて」

ため息まじりに背を向ける有馬さんに続き、他の男たちも苦々しい顔で帰途につく。鳩香さんは俺の後ろから、無言で会釈《えしやく》だけして彼らを見送った。

「……ありがとうございます、似矢さん。正直、困っていたので助かりました」

やがて彼らが完全に見えなくなったところで、鳩香さんはやっと胸を撫《な》で下ろしたようだ。深々と腰を折られて恐縮しつつ、俺もさすがに確認してしまう。

「いつもこんな感じなんですか……？」

「ええ毎日。それも一日に数度、皆さんで来られるんです。主人はすっかり参ってしまって。今は用事があることにして、有馬さんたちが来られたら奥に隠れてもらってます。……あの人ったら、流されやすいから……」

最後のほうは思わずといった愚痴になりつつ、眉間に手を当てて重々しいため息をつく鳩香さんに、俺は環と顔を見合わせた。

「毎日？　一日に何度も来られるってことですか？　あの人数で？」

「ええ。島の顔役の皆さん。全部で十二人いるんです」

十二人。いや、本当に多い。一時間ごとに一人ずつ来られても半日潰《つぶ》れるが、一斉に来られても困る。ますます俺は戸惑った。

「失礼ですが鳩香さん、それはもしかして……」

「はい、義父の葬儀の件で」

やはりか。項垂れて同意する鳩香さんに、環だけが目を瞬いている。

「ええっ？　葬儀って……まさかまさか、西待くんってひょっとしなくてもお仕事で来たんですか？　バカンスじゃなくて!?　こんなアロハでアハハでウフフな島なのに!?」

「今さらなんだね？　バカンスに喪服で来るやつがあるものかい」

そういえばこいつ事情知らないんだった……と眉間を押さえる俺の代わりに、東天が突っ込んでくれる。鳩香さんには視えない兄に返事をするわけにもいかない環は、仕方なさそうに「そんなこと言われてもそっちの事情なんて知ったこっちゃありませんし」という不満をデカデカと書いた顔で彼を睨《にら》んでいる。

「えっと……」

俺は困り果てて、鳩香さんと環とを見比べた。

当然、俺の口から事情を話すことはできない。しかし、色々とややこしい現場を見られてしまった。この宿でのゴタゴタを、『アトランティス』の記事ネタにでもされてはまずい。加えてこういう場合、確実に首を突っ込みたがるのが環だ。どうしたものか。

「あの、環さん。ちょっと面倒なことになるから、できれば先に部屋に戻って……」

「いえ」

笑顔が引き攣《つ》るのを抑えつつ促そうとした俺を制したのは、意外にも鳩香さんだった。

「ごめんなさい、お客様にこういうことをお願いするのもよくないとは思うんですけれど……里見様は、確かお寺の娘さんだとおっしゃいましたよね」

「ん？　はいはい、そうですよっと」

首肯《しゅこう》してみせる環に、「それじゃあ……」と鳩香さんは躊躇《ためら》いがちに切り出した。

「よろしければ、一緒に相談に乗っていただけませんか。主人も交えて」

「え、だ、大丈夫でしょうか」

この申し出に、思わず俺がうろたえた。

「環さ……彼女、だいぶ胡乱《うろん》な雑誌の記者ですし、この島に来たのもネタ探しで……」

「ちょっと西待くん、胡乱で愚鈍で怪しげでアコギで廃刊寸前でデマ満載で時代遅れなカストリ昭和雑誌とは聞き流せないほど失礼ですね!?」

「いやそこまで言ってない」

「まあ否定はしませんけど、でもネタにもカネにもいかに困ったとしても、ウチは道義ある取材を心がけているんです！　勝手にネタにして掲載したりはしませんよ！」

眉尻を吊り上げてキャンキャンと吠えた後、環は腰に手を当てて胸を反らした。

「それに、寺生まれの娘っ子としては、あまねく困っている衆生《しゅじょう》を見捨ててはおけないでしょう！　もっちろん、喜んで相談に乗ります！」

「……こんな時だけ都合よく出自を利用しちゃって、まあ。そうは言いつつ、思いっきり好奇心で目が輝いているよね」

やっぱり隣で東天が呟いていたが、今度は環も意図的に無視しているようだった。

＊

平日なだけあって、幸い今日は俺と環以外に宿泊者はいないらしい。

というわけで、場所を改め、さらにご主人の裕人さんも交えた形で。旅館の中にある食事会場の一つでテーブルを囲みつつ、環に諸々の事情を話すことになった。

「なるほどそれは異常ですね！」

聞き終わった後、環は一言のうちに断じた。

正直、その感想については俺も異論はない。

……状況は、鳩香さんに事前にメールで聞いていたより、ずっと深刻そうだった。

彼らはまず、由多さん夫妻が自治組織の「葬儀を豪華に」という求めに応じない姿勢であることを見てとると、作戦を変更してきたらしい。

たとえば、訪問の時刻。

旅館がバタバタしている、早朝の資材搬入時やらお客さんのチェックアウトが集中する時間帯を狙ってくるようになり、その頻度《ひんど》もなんだか借金取りのような塩梅《あんばい》らしい。そして、場合によっては、島の菩提寺の住職も訪問メンバーに加わる。袈裟をばっちり身につけた僧侶が重々しい雰囲気で、他の住民を引き連れて朝な夕なやってくるものだから、異様な雰囲気に、初めてのお客さんなどすっかり萎縮《いしゅく》してしまうという。

「ええ……？　もはや通報案件では。島の警察は何やってるんですかそれ」

呆れを通り越してドン引きだ。声も出ない俺に代わり、思わず、といった風情で尋ねる環に、疲れ切った様子の裕人さんが苦笑した。

「それが、その……いわゆる民事不介入？　ってのになるんじゃないかと……というか、島のルールに、駐在さんも縛られているんで……」

「島の役場は？」

「島には単独の支所がないので本土の市役所に直接相談することになるんですが、そっちも基本的に島の自治組織とべったりなので頼れなくて」

「はあ……」

茫然《ぼうぜん》としてしまう。なんだそれ。

「……なんだか意外だったねえ、有馬さん。僕らに見せてた顔と、ずいぶんと印象が違うじゃあないか」

話にしっかり聞き耳を立てつつ、頭上を自由気ままに漂っていた東天が、ストンと畳《たたみ》に着地がてら感想を漏らす。幽霊の言なので動作として頷けはしないが、まったくの同意見だ。もう少し言えば、ショックでもある。

有馬さん。――あそこはいい宿だって、このひさごや旅館のことも褒めていたはずなのに。同じく笑顔で接してくれた商店街の人たちも、有馬さんたちに加担しているという。

自分の人を見る目が信じられなくなりそう、というか、もはや人間不信に陥《おちい》りそうだ。

環も俺と同じ感想らしく、「実は」と言いにくそうに口を開いた。

「こういうこと言うと、私があっちを庇《かば》ってるんだって思われちゃいそうですが。さっき有馬さん、ここのこと、いい宿だって褒めていたんですよ？　後ろにいた方も、何人かには商店街で会った気がします。ひさごやの女将さんの料理の腕がいいから楽しみにしてろって言われました」

「ああ……」

褒め言葉のはずなのだが、鳩香さんは反応に困るといわんばかりに眉を曇《くも》らせた。

「そうなんです。皆さん、義父《ちち》の後を継いでどうにかやってきた私たちの努力を認めてくださっているし、陰《かげ》に日向に色々と助けてくれます。……そう、皆さん善意で行動しているし、根も善良なんです。だからこそ……余計に困っているというか……」

「え、……どういうことですか？」

純粋に意味がわからず俺が問い返すと、鳩香さんは「さっきの話にも出てきたので、少し聞こえていたかもしれませんが……」と前置きしつつ告白した。

「この宿、昔はそりゃあ羽振りが良かったんですけど。リゾートブームが去ってから、年々、どんどん客足が遠のいて、経営難になっていて」

「そういえば、ご相談のメールでもそんなことをおっしゃってましたね」

俺が頷くと、裕人さんが話の後を継いで苦笑した。

「なので、実はこの宿、僕たちの代で近々畳もうかと考えているんです」

「！」

びっくりする俺に、裕人さんは経緯を話してくれる。

「もともと、昭和のはじめくらいまでは旅館じゃなくて漁業で食ってたらしいんですけど、江戸時代から残ってるこの古民家の建築が立派だし、部屋数もあるからってことで、リゾートブームに乗って旅館に転向したんですよね。旅館業自体は割に新参者なんですが、モノだけは古いというか……」

「だから本当は、うちの旅館に歴史があるなんてことはないんです。でも、よっぽどこの建物に思い入れでもあるのか、旅館は続けてほしいって、入れ替わり立ち替わり……」

不満そうに鳩香さんが続ける。しかし裕人さんは、また別の考えを持っているようだ。

「さっき民事不介入って言いましたけど、実は、そもそも警察に相談するようなことじゃないというか。荒っぽい調子で怒鳴られたり、大声で脅《おど》されたりってことは一切ないんですよ。彼らは、一途《いちず》なだけなんです。純粋にこの島の景観や伝統を守りたくて、それで親切心からといいますか、『連綿と続いてきた絆《きずな》を、絶やしてはいけない』という心配から、こうして繰り返し通ってくれているだけなんですよ」

「そうなんですか？」

ようやく、最初の有馬さんのイメージと合致する話に、俺は身を乗り出す。

「ええ。今まで一緒にやってきたじゃないか、これからも頑張ろうよ、……って。僕らがここで諦《あきら》めちゃったら、ご先祖が大事にしてきた灯火《ともしび》を、一気に吹き消してしまうことになるって。ただただ、歴史への思いが熱い。というか、島への思い入れが深い。その一心みたいなんです。それだけに……始末に負えないというのが、家内の意見ですけど」

裕人さんはチラリと隣を見やる。そういえば、葬儀に関しては、依頼者の鳩香さんと喪主の裕人さんとで、意見が違うという話だった。夫が有馬さんたちに好意的なことを言い、旗色が悪くなったと感じたのか、鳩香さんは顔をしかめ、環に水を向けた。

「けど、葬儀にまでああも口出しをされるのは……やっぱり、お寺の娘さんから見ても、これほどの干渉は変なんでしょうか？」

恐る恐る、という感じで尋ねる鳩香さんに、環は逡巡《しゅんじゅん》しつつ頷いた。

「うーん……どうでしょう。現代日本でも場所によっては、いかにもムラ社会的な親分子分の制度がまだ残ってるところもあるにはあるんですよう。けど、結局は葬式なんて個人のご家庭の話ですし。そんなに熱心にああしろこうしろって言われるのが一般的なのかは……私からはなんとも言えないですかねえ」

「そうですか。そうなんですね……」

鳩香さんは疲れたように繰り返し、首を振った。

「観光業をやっていても、お客さんと親しく交流するというほどでもありませんし。この島にずっと住んでいると、色々と外界と隔絶されるというか……島の常識が、国の常識、みたいになってくるんです」

不意に、ぽつりと鳩香さんが漏らした。

「私も、ここに来るまでは本州の実家で暮らしていたはずなんですけど。最初から島の皆さん、すごく親切で。今だって皆さん優しくて、真摯《しんし》に接してくれているのは確かです。だから、彼らの期待に添いたいって気持ちも嘘《うそ》じゃないんです……」

自分も島の人間として、すっかり意識が馴染んでいたところだったから。余計に、お金にこだわって葬儀費用を出し渋ることが、人でなしになったようで辛《つら》かった。

鳩香さんはそう続けた。

「僕もなんですよ。有馬さんは僕の名付け親なんです。この島では、子供が生まれたら仲の良い知人に名前をつけてもらう習慣があって、僕の成人式のネクタイ買ってくれたのも有馬さんでした。他にも、さっき来ていた方々も、菩提寺のご住職も、僕がガキの時分から親戚のおじさんみたいに可愛《かわい》がってくれていた人たちばかりなんで……たぶん、あの人たちにとっても、僕たちは家族の延長とか、そういう立ち位置なんじゃないかな」

故人である裕人さんのお父様も、生前はかなり島で慕われていて、有馬さんとも良い飲み友達だったのだそうだ。

「有馬のおじさん……いえ、有馬さんは、それだけに歯痒《はがゆ》いんだと思いますよ。前も『親父さんに先に逝《い》かれちまって寂しいんだ、せめて葬式くらい、ぱあっと盛大に送り出してやりたいんだよ』って、ポツッと漏らしてましたから。間違っても不義理なミシラズになって、親父がヘエイヌルようなことをさせちゃいけないって」

「あ、その言葉」

俺は先ほど聞いたばかりの単語が出てきたことに思わず反応してしまった。

「ミシラズ、はわかるのですが。ヘエイヌルって、さっき有馬さんもおっしゃってましたね。このあたりの方言でしょうか。すみません、聞き慣れないものなので気になって……どんな意味なんでしょう?」

「あ、そうか。似矢さんのお住まいのあたりではあまり言わない表現なんですね。いつも使っているので、気づきませんでした」

裕人さんは頭を掻いて、解説に悩むように思案する仕草を見せた。

「寂しい僻地《へきち》に行かされるとか、浮かばれないとか。とにかくよくないことになってしまう……って感じのふわっとしたニュアンスなので。たぶん漢字で書くと『辺へ去《い》ぬる』かなと。『辺へ出る』とも言いますから。こう、礼儀知らずで罰当たりなやつとしてみんなに嫌われることを、ざっくりそう言いますね」

「へえ……」

離島ならではの表現というものだろうか。しかし、この小さな島で僻地なんてあるのだろうか、と少し面白く感じてしまう。そんなことより。

「なるほど……」

他の言葉が見つからず、俺は思わず顔をしかめた。

有馬さんにとって、故人は特別で、きっとよほど思い入れが強いのだろう。見送る側だからこそ、手向ける花は盛大に。そう考えているようだ。

「親父が『葬儀は簡素に』なんて言ってたのも、僕らの行く末を心配してのことだとはわかってるんですけどね……もういっそ、借金してでも派手に執り行ってしまおうかな、なんて。気持ちがゆらいじゃうんですよ」

――正直、ちゃんとお金に余裕があって、父の遺言さえなければ。

あとさき考えず、父をせいいっぱいの真心で惜しみ、悼《いた》んでくれる彼らの意思を尊重して、豪勢に葬儀をあげられたら、どんなにかよかったか。

世話になった島の昔馴染みたちを裏切る、「ミシラズ」になりたくない。

でも、大切な父の遺志も無視したくない。

何よりも単純に、――ない袖《そで》は振れない。

「本当は旅館だって畳みたくないですよ。僕もこの島と、島の人たちが好きです。僕たちを好いてくれて、心配してくれている皆さんの厚意だってありがたい。ありがたいから、

「……どうしようって」

裕人さんは頭を抱えつつ、最後にそうこぼした。

これは、……なんとも。思ったより根が深い。彼らのイメージに沿った葬儀プランの提案云々《うんぬん》以前に、解決すべき問題が多そうだ、と俺は悟った。

＊

話を聞き終えて、部屋に引き上げる途中。

俺たちは始終無言だった。

なお、階段を上がった後、環は自室に戻らず、なぜか俺たちの後についてきた。話したいのか寂しいのか不明だが、「一応は妙齢の女性が、ホイホイ男の部屋に上がっていいのかい」という東天の揶揄《やゆ》は返事もせずに流されてしまっている。

そして、今。

俺の部屋で、「夕飯までまだ時間ありますし！」などと、それこそ島民の皆さんに差し入れてもらった諸々の品々のうち、手軽に食べられるものを広げつつ。

「はー、思ったよりさらに世知辛い！　あちらを立てればこちらが立たず！　義理人情を重んじるにも、金がなくては首は回らず！　あーやだやだ生きるのしんどいわ。それはそれこれはこれで長生きしたいけど」

天日干しのするめいかを奥歯で食《は》み、炒《い》り黒豆をぽりぽりとかじりつつ、環は酔っ払いのようにクダを巻いた。まだ酒も入っていないのに。

「葬式を派手にとか、戒名を豪華になんて言うだけ言うけど、別に自治組織が親分の家に補助金出してくれたりするわけじゃないんですよねえ。そこんとこはやっぱり理不尽な気がしますよね。どうなってんのこの島」

思いっきりあぐらをかいた膝の上に頬杖をつく彼女に、「股《また》を広げるな股を」と東天が注意している。「東天お兄さんのすけべー。股上深めのデニムパンツでそんなこと気にする女いませんよ」と環は言い返していた。

「いくらデニムといえどそれはスキニーだろう。尻が見えるぞ。やはりもっと恥じらいを持ちたまえ」

「ブブー、お兄さんえっちでーすセクハラでーすアウトですー。あーやらしいやらしい、幽霊のくせに煩悩《ぼんのう》捨てられなくてやんなっちゃう」

「環に！　だけは！　それはないから安心するといいよ！　第一前々から気になっていたが、誰が〝お兄さん〟だ。生前から君のほうが年上だろう」

「似矢ブラザーズの上の人ってだけで深い意味なんてないしぃ、神経質すぎだしぃ」

彼らのじゃれあいを聞き流しつつ、その隣で俺はひたすら考え事に耽《ふけ》っている。

「世話になった島の皆さんに不義理を働かず、さりとて資金は節約できる葬儀プランか

「……どうしたもんかな」

さっきから延々と悩み続けているのだが、なかなか良策が思いつかない。

思わず声に出してこぼすと、しょうもない言い合いをしていた二人が、ぴたりと口論を止めた。

そこからグルンとどんぐり眼で部屋の天井を睨んだ後、環はこんな提案をくれた。

「……っていうかですよ、寺の娘の私が言うのもなんですけどね。亡くなったお父さん、死後は散骨希望ってことらしいですし、菩提寺で葬式あげるのが難しいなら、いっそ葬儀の際の宗教変えちゃうってのはダメなんでしょうかねえ。由多さんちって、どうせそんな敬虔《けいけん》な仏教徒ってわけでもないんでしょ？　ねえどうです西待くん、私のアイデアなかなかいい線いってると思いません？」

いいこと思いついた！　といわんばかりに環は手を打った。

「そもそも、何も考えずに仏式葬儀ってのがおかしいんですよ！　日本なんて、クリスマスにはキリスト教徒、大晦日《おおみそか》は仏教徒、翌日は普段参拝もしない神社で初詣《はつもうで》っていう究極の宗教ちゃんぽん国家なのに。葬儀そのものは神道式でも人前式でもあげちゃえば、通夜振る舞いや精進落としのお金は節約できますし。戒名だって、ねえ？　そしたら、お世話になった人を呼んでもお金はかからないし、不義理を働く相手も寺だけで済みますよね」

そうでしょうそうでしょう、我ながらナイスアイデアと自画自賛する環に、東天が半眼になっている。

「……お言葉だがね、環。日本の葬式が仏式なのは、江戸時代の檀家の強制制度が元になっているからさ。宗門人別改帳《しゅうもんにんべつあらためちょう》、って中高の日本史で習わなかったかい。従来は国に委託されて寺が戸籍管理もしていたようなものなのだよ」

「へ？　中高の日本史は当然もう忘れちゃいましたけど、それがどうかしたんですか？」

「察しが悪いね。地縁の結びつきが強固な土地なら、菩提寺との絆もまた固いと考えたほうがいい。宗教、宗派を変えるのは、あまり得策とはいえないということだよ。ムラ社会の空気が根強く残っている土地ならなおさらね」

「えぇー」

だめかあ、と環はお行儀悪くひっくり返った。捲《めく》れたシャツの裾《すそ》からへそを覗かせて畳の上に大の字になる姿は、とても年上の社会人とは思えず、俺もちょっと小言をこぼしたくなる。後が怖いから言わないけども。……それはそうとして、だ。

「……問題の本質は、仏式だからどうって話でもない気がするんだよな」

なぜなら由多夫妻は、正確には葬儀プラン自体に悩んでいるわけではないはずなのだ。

たとえば、献花だったり戒名だったり、予算の注力ポイントを一点集中してはどうかとは、メール相談の段階でも提案してあった。そこを故人のこだわりや趣味にかこつければ、偲《しの》ぶのにもうってつけだし、我ながらなかなか名案ではないかと思っていたが。

――すみません。ローコストで地味にという時点で、それは……と言われてしまって。

鳩香さんの返答は否《いな》だった。彼女が「言われてしまった」のが誰にかといえば、おそらく有馬さん含む島の顔役集団だろう。気になったのは「ローコストで」という言葉だ。まるで、故人を偲ぶより、金をかけること自体に意義があるようではないか。

「何かおかしくないか？　有馬さんたちの過干渉って……。普通、親戚の子供みたいに可愛がってきた名づけ子の負担なら、軽くしてあげたいと考えそうなものなのに。旅館のことだってそうだ。『惜しいけれど、決めたことは仕方がないね』と引くような……？」

いや、どうなんだろう。話しながらだんだん自信がなくなってきたぞ。俺の言葉に、環は「そこは人それぞれじゃないんです？」と懐疑的だったが、東天は「ふむ」と頷いた。

「一理あるねえ」

「そうか？」

「なぜって、反対する割に彼らはビタイチ出さないんだろう？　顔役たちやら他の弔問客《ちょうもん》やらが香典をどれくらいはずむつもりか知らないが、もしそこで奮発するなら交渉の材料にするだろうさ。……で、時に西待。ちょっと話を変えるが。菩提寺のご住職や顔役たちが『伝統に従い、最低でもこんな感じで』と推しているという式次第案、お前、さっき貸してもらっていたね？　あと、過去執り行われた由多家の葬儀の詳細もだったか」

「ああ。何かの参考にできないかと思って、一応な」

「全部広げて見せてくれ。残念ながら、僕は自分じゃ触れないからね」

東天は両手をひらひら振ってみせる。俺はつい渋面《じゅうめん》になった。

「言っとくが結構な量あるぞ、これ」

前置きつつ俺が取り出したのは、冊子にできそうな分厚い紙束だ。受け取った時、正直ぎょっとした。環と手分けして一枚ずつ畳に敷き詰め、一斉に覗き込む。

『生前皆に慕われていた故人を偲ぶため、通夜は誰でも参列できるようにしてほしい』

『旅館を守ってきた故人の功績を鑑《かんが》みて戒名は最高位の院号を受けてほしい。代々と由多家で受け継がれている通り、少なくとも院信士《いんしんじ》、できれば院居士《こじ》たるべき』

『ふるまい料理は島内で故人が好きだった……屋、花は……商店に発注してはどうか』

『墓石は新調し、最高級の御影石が望ましい。位牌は金の箔《はく》押しを』

こんな調子で、提案──という名の注文が事細かに並んでいる。親切より心配性、むしろお節介すぎるというか、やることが親戚のおじさん連中そのものだ。それぞれの相場も書き足してあったが、たとえば戒名だけで、一番安い組み合わせでも百万からだった。

百万って、つまりは百万だ。つい最近まで学生だった身としては、今はいくら高額な葬儀業界に籍を置くとはいえ、目ん玉が飛ぶ。

「……ふむ」

東天は並べられた文字列にざっと目を通すと、薄い唇の端を持ち上げるように笑った。

「実に興味深い。いや、おかしなことだ」

「おかしい？」

「ああ変だね」

「だから、何がですか東天お兄さん？　自分だけ『謎は全て解けた』みたいなしたり顔されてもこっちは鬱陶《うっとう》しいだけ、じゃなくて困りますって」

同時に訝《いぶか》る俺と環に、東天は「おやおや、わからないのかい」とせせら笑った。

「奇妙だと感じるのはね、由多家で代々与えられてきた戒名だよ。仏式の葬儀には長年関わっているはずなのに、まさかお前たちは何も感じなかったのかい」

「戒名が？」

資料の該当部分を眺めつつ俺が眉根を寄せていると、さらに追加で確認される。

「西待は、戒名が何かは知っているだろうね」

「さすがにバカにした発言だな……当たり前だろ」

戒名とは、その人が俗名を棄《す》て、仏門に入ったことを示す名前のこと。

浄土真宗では法名、日蓮《にちれん》宗では法号と呼ぶなど、宗派によって呼び方や構成には差があるものの、本質は同じ。俗世を離れ仏弟子になった証《あかし》だ。本来は生前に授かるはずだが、このところは死ぬともらえる名前と解される場合が多い。なぜなら、出家しない仏教徒がほとんどだから。迷わず極楽浄土に行けるよう、仏弟子の身分証明書として戒名をもらい、代わりにお金を払う。基本的には故人の菩提寺でもらうものとされている。

「要は金銭で死後の安泰を買うわけさ。かつて荒廃したキリスト教のカトリックもカネで贖宥状《しょくゆうじょう》、俗に言う免罪符を見境《みさかい》なく配りまくったからね。それとまあ仕組みは同じだね」

「お兄さんったら嫌なたとえを出さないでくださいよ。忘れてるのかもしれませんけど、私、おうちがお寺なんですからね。それを言うならせめて洗礼名でしょ」

「そうかね？　別に何も間違いではなかろうよ。なぜってキリスト教然《しか》りイスラム教然り、洗礼名は今でも生前つけるものだから、死後ようやっと名前を変える戒名とはまったくの別物なのさ。ちなみに中世当時は教皇が免罪符を乱発しすぎて、日本円にしておよそたったの五十万円ぽっち払えば、殺人の罪すら消えて天国に行けたそうだからね。それで良いのかとルターも疑問を持って当然。宗教改革も起きるべくして起きようものだ」

「……あーそうですか！」

ぷくっと頬を膨らませて「この死人、口無しどころかほんっとびっくりするほどよくしゃべりますよね」とどこかで聞いたような毒を吐く環にふふんと笑い、東天は続けた。

「で、……このご先祖様たちのご位牌写真にある戒名だけれどねえ」

写っている文字は小さいものの、目を凝《こ》らせば読み取れなくはない。

『大慈院殿天耳通心居士《てんじつうしん》』

『清心院英徳翡翠大姉《ひすいだいし》』

『大海院示慈才兄居士《しじさいけい》』

それぞれ戒名が院号、道号、戒名、位号の並びになっているところを見ると、菩提寺は曹洞宗《そうとう》なのだろう。東天によれば、仏教における葬儀文化というのは曹洞宗から始まったそうだから、ある意味とてもポピュラーな宗派だ。

院号は寺院や社会に対する生前の功績などに対して授けられるもので、ない場合も多々ある。道号は生前の故人の人柄を本人にまつわる文字を用いて説明するもの。続けて戒名そのものが来て、最後に位号と呼ばれる生前の性別や地位に基づく締めがくる。

「別に何も変なところは……」

「戒名における〝三除の法〟はお前も知っているだろう?」

「?　そりゃまあ、一応は」

三除の法とは、戒名において避けるべきとされる漢字だ。

一つに、寿やら福やらおめでたい意味の文字、または死や滅や呪などの不吉な文字。亡くなっている人につけるのに、そりゃあダメだろうと最もわかりやすいものだ。

一つに、牛馬や犬猫など動物を示す文字。これは故人を蔑《さげす》む意図になるため。ただし麒《き》麟《りん》や龍、亀や鶴などの格式高く縁起のいい動物を示す文字は許可される。

最後の一つは皇族に連なる文字で、これは不敬とされるからだ。

「別にどれも入ってないように見えるけど……」

いずれも特に問題は見当たらない。寺生まれの環に「どう？」と確認すると、「私も別に良いと思いますけど……あ、でも院殿号がいっぱいあるんで、まあずいぶんと大きく出たもんだなとは思います。それくらいですかね」とのこと。

「環さん、院殿号って？」

「総理大臣とか、大会社の社長とか、ノーベル賞もらった博士とかがもらうやつです。有名どころだと野口英世《のぐちひでよ》の戒名がそうですね。どちゃくそ高いお布施が必要ですけど、地方の名士でも授けられる場合はあるそうだし、由多家は親分だし、理屈は通るような」

「まあ一見はね。けれどよくよく見れば不審な点が浮かび上がってくる。たとえばこれ」

東天はニヤリと笑うと、写真の一つを指さした。

『大慈院殿天耳通心居士』

「この戒名ですか？　え、三除どれもないですけど。天耳通ってのは広く人の話を聞く耳を持つ人って意味の仏教用語ですよ。普通にありがたい意味ですよ？」

首を傾げる環に、「ヒントは方広寺《ほうこうじ》の鐘さ」と東天はよくわからないことを言った。

「……方広寺の鐘？」

高校日本史の少ない記憶をひっくり返してみる。確か、……江戸時代初期の家康《いえやす》存命中、京都にある方広寺に豊臣秀頼《とよとみひでより》が巨大な鐘を鋳造《ちゅうぞう》したことに端を発する事件だ。その内側に『君臣豊楽、国家安康』と文字が入っていたことを、家康が「自分の名前を他の文字で分断して呪っている！」とこじつけていちゃもんをつけ、大坂《おおさか》冬の陣の契機にした……という話だったような。それがこの場でなんの関係があると。

「あ」

不意に環が声をあげる。

「これ、横にして、天と通取っ払うと『恥』になりますね……」

「え」

俺は眉を顰《ひそ》めて写真に再度目を凝らした。……確かに。

「いや、いくらなんでも……こじつけが過ぎるだろ」

「じゃあこっちは？」

東天に『清心院英徳翡翠大姉』を指さされる。なんとなくさわやかで綺麗な文字列だと思うが……。やはりわからないと首を振ると、これは兄自ら注釈を加えてくれた。

「翡翠ってのはご存じの通り宝石の名前だが、仏教で貴重とされる七宝にはどの説でも入っていない。名に玉の輝きを入れたいなら瑠璃《るり》や玻璃《はり》でも良いはずだよね。そして何より、翡翠とは従来カワセミのことだ。この時点でも動物を入れないという二つ目の条件に背くが、さらに言うとカワセミは、別の表記で『水狗』や『魚狗』とも書く」

「！」

カワセミが巧みに魚を捕らえる様子からそう呼ばれると。だとすれば、――狗《いぬ》だ。

「じゃ、『大海院示慈才兄居士』は……」

環と同時に文字に見入る。今度はすぐに気づいた。

「あれま。真ん中の文字を消して横並びにすると、『祝』が出てきましたよ……？」

俺はすぐ過去資料をひっくり返し、戒名が書かれているものを全て精査してみた。

結果。少なくとも見つけられたものには全部、――なんらかの形で三除の一つ目と二つ目、つまり死者への侮辱《ぶじょく》を示す文字が隠されていることが判明した。おまけに、恥や祝や狗なんて序の口で、滅だの死だの、もっと不穏な文字が埋もれている戒名まであるのだ。

その全てが、なんの変哲もない普通の戒名のふりをして並んでいる。

一つ二つは偶然やこじつけで説明できても、さすがに数が二桁になるとそうはいかない。それら文字の群れからは執拗《しつよう》なまでに故人たちを貶《おとし》めたいという暗い情熱を感じ取ってしまい、なんともゾッとしない。思わず俺は身震いし、視線を泳がせた。

「西待くん。ここ、戒名授けてる菩提寺は共通なんですっけ？」

「あ、……ああ。島全体として代々そのはずだと」

じっと戒名を精査していた環に、難しい顔で問われ、俺は頷いた。H島の集落が開かれたのは江戸時代まで遡るらしい。菩提寺もその頃からずっと同じだとか。

「それから。この島の墓は、骨壺《こつつぼ》の蓋を厳重にニカワで接着して納骨する習いがあるというよね？」

「そう聞いたな」

東天の言葉にも頷く。あまり聞かない事例だな、と俺も不思議に感じていたことだ。

「もっとも、死者の霊は生者にとっては災《わざわ》いをもたらすものに変化するので、家に戻って来られないよう出棺の際に担《かつ》ぎ手たちがぐるぐると柩《ひつぎ》を回して『帰り道をわからなくさせる』などの風習は、一応この国の各地にあるのだけれどね。なんとなく、戒名のほうと関係がありそうな気がするよねえ。この島に感じてならない妙な歪《いびつ》さのゆえんと、状況打破のヒントがそこにありそうだ」

いつの間にか、東天の琥珀色の瞳は、好奇心でキラキラと輝いている。

これはもしや。

助け舟を求めようと、俺は慌てて環のほうを見た。

彼女は彼女で、同じように目を爛々《らんらん》と光らせている。

あ、だめだこれ。兄を嗜《たしな》めるどころか焚《た》き付けられるやつだ。二対一の予感に俺は眉間を揉む。

「ではでは、ここはもうダイレクトに理由を探るべく、菩提寺に突撃してみましょうよ！　やあこれはまた楽しくなってきましたねえ！　奇妙奇天烈《きてれつ》痛快怪奇な事件を好む『月刊アトランティス』の記者としても、なんとも盛り上がってまいりましたよ！」

「そうとも僕も賛成だ！　珍しく気が合うね環。かくなるうえは早速、明朝にでも問題の寺に行くべきだと思うのだが、どうだい西待？　良いよね？　良いだろう？　異論は聞かないよ」

「……ああ、いいよ……」

断りきれなかった。

ああいいよというより「もういいよ……」という気分なのだが、同意は同意だ。

がっくり項垂れる俺の前で、「明日は早起きだ！」「では先に晩御飯で腹ごしらえです！　ヒュー魚料理バンザイ」などと、犬猿の仲のはずの二人が意気投合していた。

こんな不気味な引っ掛かりを嬉々《きき》として楽しめる大物の彼らと違い、ごくごく小市民の俺としては、前回みたいにきな臭くなるのは勘弁してくれ……と願うばかりだ。

＊

東天や環と相談した結果、戒名に隠された不吉な意味のことは、しばらく由多さん夫妻には伏せておこうということになった。

正直、これだけでは「なんとも言えない」のだ。それに、喪主の裕人さんはことさらに他の島民たちを慕っているようで、同じく菩提寺にも敬意を払っているのであれば、不確かな情報を告げることで無為に傷つけかねない。

あれから夕飯後に再度夫妻とご相談の続きをさせていただいたが、「明日、菩提寺にもご挨拶に伺《うかが》いたいんです。第三者でこそ聞ける話もあるかもしれませんし……」とそれっぽい理屈をつけてアポをとってもらえるか確認したら、「もちろんです！」と快諾《かいだく》を得た。事情をあらかじめ話そうにも、「和尚《おしよう》さんは当代先代とも父と親しくしていて、僕もガキの頃、よく本堂の縁側で説法後に冷えたスイカをいただいたものです。とても良い人ですよ」とニコニコしながら思い出を話して聞かせてくれた裕人さんに、その代々の和尚さんがつけてきた戒名に難があった説明などとてもできそうにない。

ちなみに菩提寺は、名を『観音寺《かんのんじ》』というらしい。当代のご住職は、名前を留海《るかい》さんとおっしゃるとか。

「はあ、観音寺。なんとも雑だねえ。もう五億回くらい同じ名前の寺を見たよ」

聞こえないのを良いことに、東天が暴言を吐いていたが、俺は色々な意味で聞かなかったふりをした。もちろん「日本に寺が五億もあったら総人口の五倍だろ」というツッコミも内心に留めた。

そして、翌朝。

あらかじめ事前に連絡をしていただいたということで、俺は単身——といっても、もちろん例によって東天は〝憑いて〟きているが——観音寺へ向かう上り坂を歩いていた。一緒に行きたがった環については、「環さんが来ると話がややこしくなりそうだから、取材をしたいなら別途申し入れてくれ」と丁重に断ってある。「ややこし……レディに向かって失敬ですねえ！」といたく憤慨《ふんがい》されたものの、重ねて固辞させていただいた。あのマシンガントークでどんな無礼を働かないかと無駄にヒヤヒヤしたくない。

道すがら見上げた朝の空は、よく晴れてスカッと青く。下方からソフトクリームじみた入道雲がもくもくと湧き、季節の趣《おもむき》を感じさせた。天候だけ見れば素晴らしいほどの爽《さわ》やかさだが、しかし、猛暑を超えた酷暑とでも呼ぶべきこの気温はどうもいただけない。クーラーの効いた旅館を出てからすぐに、いつもの喪服で出てきたことを痛烈に後悔した。黒は熱を吸う。己の衣服で蒸し焼きになりそうだ。

息をするだけで、喉《のど》がもう熱い。気管と肺がパンパンに腫《は》れていく心地すらする。垂れ下がったトランペットのような形をした凌霄花《のうぜんかずら》の花がところどころ赤く綻《ほころ》ぶばかりで、あとはむせかえるほどの緑に覆われた坂道を、俺は言葉少なに歩き続けた。

「ふふ。いいねえ、汗をかくのは生きている証拠だよ。僕は水滴一粒どこからも出やしないから。ま、熱中症だけは洒落《しゃれ》にならないのでね、黒ずくめのお前など、くれぐれも気をつけたまえよ。かといって涼を求めて海に飛び込めばたちまちドザエモンまっしぐらだし、どうにも人間ってのは死にやすいからいけないね。もう死んでいる僕が言うんだから、折り紙つきにね」

「飛び込まないだろ、海は……兄さんだって死因は溺死《できし》じゃないだろうが」

「あは、そうだった、そうだった。なぁに、死神の腹に入ってしまえば皆同じさ。消化されて骨ばかりが残る」

ケラケラと自分で笑いつつ、ブラックなジョークを飛ばしてくる東天の軽口を聞き流しつつ。俺はふと、昨日ちらっと彼に聞いた後も地味に気になっていたことを尋ねてみた。

「そういえば兄さん、免罪符って一つ五十万円だったのか？」

諸事情あって、高校時代半ばまでお世辞にも真面目に授業を受けていたとはいえない過去もあり、世界史の記憶がお粗末すぎて、宗教改革でフスとルターとカルヴァンの誰が何をやったかすら曖昧《あいまい》だ。弱体化したカトリックが、宣教師を世界中に派遣して勢力回復措置を取ったこと、おかげで日本にもキリスト教が伝わったことだけ、かろうじて覚えている程度。

ついでに、中学高校どの歴史教科書にも必ず載っているであろう、いまいち焦点の定まらない上目遣いで天と謎の交信をしている、イエズス会士フランシスコ・ザビエルの肖像まで芋づる式に思い出した。全国区レベルであいつが掲載されているせいで、頭頂部の寂しい教員につけられるあだ名はいつでも「ザビエル」に違いない。

俺の質問を受け、東天は形のいい細い眉をひそめると、大袈裟に肩をすくめた。

「なんだそんなことを気にしていたのか。正確には、罪科の種類によって寄進すべき額面が異なっていたそうだよ。殺人よりも偽証のほうがお値段は高かったらしいね」

「え、それじゃ嘘つくほうが人殺しより罪が重いのか。……カトリック、謎だな」

「被害の規模より、神の前で誓った約束を違えるのを罪にしているのだろうね。ほら、キリスト教の結婚式でも、十字架の下で誓うだろう。健《すこ》やかなる時も病める時も、云々。『神が結びつけたものを、人が裂くことはできない』とも続くか。式がキリスト教でも人前でも神前でも問わず、別れる人はガンガン離婚しているけれども」

「容赦《ようしゃ》ないな」

「でもまあ、ルターのように志《こころざし》ある人には『金を払って罪が浄化されるなんて』とめくじら立てられていた贖宥状だが、それでも頼みにしていた信者はいたと思うよ。自分の行いがどうしようもないと自覚がある人間でも、金で救ってくれるっていうのだからね」

物事には、とかく裏と表があるものさ——と、東天はうっそりと笑った。

「裏と表?」

「見る者によって、見方によって、見る時代や立場によって、善悪も是非《ぜひ》も簡単に覆《くつがえ》る。贖宥状の端緒は、サン・ピエトロ大聖堂の建築費用を稼ぐためさ。神のために、立派な大聖堂を作りたいという志は立派じゃないか。一方で、金に汚いのも真実だし、金がなければ聖者でも首が回らなくなるのもまた真実。違わないかい」

「……うーん」

東天の話はわかるようでわからない。俺が釈然としない様子なのを見てとって、東天は

「例を挙げてみようか」と片眉を上げた。

「たとえば、カトリック繋がりでいうと……そうだねえ、キリスト教の日本伝来。宣教師フランシスコ・ザビエルはお前も当然知っているね」

「ザビエル……がどうしたんだ？」

知っているもなにも、ちょうど、先ほどいささか不謹慎《ふきんしん》な形で彼の肖像を思い出していたところだ。俺はびっくりして続きを促した。

「フランシスコ・ザビエル。ナバラ王国生まれの司教。イグナティウス・ロヨラとともに、イエズス会創設に携《たずさ》わった『モンマルトルの誓い』の面子《めんつ》だよ。彼の功績は大きいよねえ。敬虔な信仰心を持って世界中を旅し、数え切れないほどの人々をキリスト教に導いた。今は列聖もされていて、まあ、今日《こんにち》のカトリックにおける最重要人物の一人さ」

「へえ、……そんなにすごかったんだな。ザビエルって」

「ちなみに、かの有名な神戸《こうべ》市立博物館所蔵の『聖フランシスコ・ザビエル像』は、のちに想像で描かれたもので、実際は彼の頭にトンスラはなかったらしいね。ああ、トンスラというのはカトリック修道士の象徴で、頭頂部だけ髪の毛を剃り落とすあの激烈ユニークな髪型のことだけれど。イエズス会士にはトンスラの習慣はなかったそうだから。ついでにザビエル、なかなかイケメンだったといわれているよ」

「そうなのか!?」

割とショックだ。では、世にザビエルカットと呼ばれるあの髪型は、ザビエルのものではなかったということだ。お気の毒にザビエル。風評被害もいいところである。

話は戻る。

ザビエルは、インドのゴアに滞在してから、そこで出会ったヤジロウという日本人に導かれて日本にやってきたのだという。そのあたりは日本史で習ったような習わなかったような。以後よく伝わるキリスト教、の語呂あわせで有名な西暦一五四九年のことだ。

ザビエルは、「礼儀正しく清らかな気風である」と、日本人を高く評価した。そして、多くの仏教の僧侶とも宗教問答をし、関わりを持った大名にキリスト教を伝え、日本における布教の草分けとなった。――しかし、東天の話の続きは、意外なものだった。

「一方で、彼の時代のヨーロッパは、プロテスタントとの宗教戦争の渦中であると同時に、異端審問や魔女狩りが横行していた時代でもあった。特にスペインやポルトガルは、ユダヤ教徒の迫害が激しくてね。異端審問所が各地に設けられ、多くのユダヤ教徒が改宗を迫られては、それでも『豚《マラーノ》』と呼ばれて従来のキリスト教徒からは区別された」

多くのユダヤ人が、邪教徒として公開火刑《アウトダフェ》の憂《う》き目に遭った。

幼児から年寄りまで拷問《ごうもん》の対象にされた。わずか六歳の少女が、両手を焼けた炭に突っ込むと脅されて両親の背教を告白するよう迫られ、結果父母が火炙《ひあぶ》りになる、なんてことが日常茶飯事《さはんじ》だった。ザビエルが宗教活動に従事していたのは、まさにその時代だった。

「そして面白いことにザビエルは、異端審問でユダヤ教徒たちが拷問され、虐殺されることに、なんの疑問も抱いていなかったようなのだよねえ。あまつさえ彼は、リスボンの異端審問所で『聖務』に服していた」

恭順を示さなければ容赦なく処刑されていくユダヤ教徒たちを見ながら、彼は「彼らは教えに従順に沿おうと努めている」としれっと書簡にしたためているらしい。さらに。

「日本に来る前のゴアでは、裕福なポルトガル商人たちに改宗ユダヤ教徒——マラーノが多くいると見てとった彼は、それを信仰の退廃と位置づけた。そして、彼の教皇への進言によって、ゴアには新たに異端審問所が設けられ、壮絶なマラーノ摘発の嵐が吹き荒れたのさ。スペインもポルトガルも、ユダヤ人の経済力による恩恵を受けていなかったはずないのにねぇ。ああ、むしろ財の接収のいい方便になるからかな」

「——え」

「かくしてゴア初の異端審問官に任ぜられたバルトロメウ・デ・フォンセカは、マラーノを『神を殺すものども』と称し、彼らを一掃すべく凄《すさ》まじい撲滅運動を行った。ゴアは炎で満ち、カセドラル前の広場は異端者と背教者の屍《しかばね》から出た灰で白く染まった、と当時の記録にはある。……さて。知っていたかい？」

かくして迫害されたマラーノたちは、迫害を逃れて地下に潜った。

「信仰を捨てきれないものは、いわゆる隠れユダヤ信徒になった。してみれば、ザビエルが愛した日本も、のちにキリスト教は禁制となり、外国人宣教師は追放され、二十六聖人が殉教《じゅんきょう》し、以後も踏み絵をはじめとした悲惨な迫害の時代が続いた。奇《く》しくも、彼の憎んだユダヤ教徒たちと同じようにね。なんともまあ、皮肉な話だ」

インドではヒンドゥー教が根付いている。朝陽《あさひ》に向かって畏敬《いけい》を示す異教の信徒たちの姿に、彼が言及した様子はない、らしい。日本では、仏教の僧侶とも好んで宗教問答を続けたというザビエルだが、いったい、彼にとって両者の違いは何だったのだろうか……。

「ねえ西待、勘違いしてはいけないのだけれども、ザビエルは正しく聖人ではあるのだよ。カトリックにとってはね。けれど、多くのユダヤ教徒にとってはどうかな。……歴史には裏と表があるのだと、つくづく思い知らされるものだよ。そうは思わない？」

「……」

まったく知らなかった。

今まで俺にとってのザビエルとは、キリスト教を伝えた宣教師、という以外の知識も所感もなかったのだ。心臓に手を当てて天と交信する肖像画の、あの空《うつ》ろな眼。その奥に、言い知れぬ深淵が続いている気がして。俺は、思わずゾッと背筋が寒くなる。

「人種や民族の垣根を越えて世界中に教えを広め、生涯を捧《ささ》げて神の愛を説き続けた敬虔なカトリック教徒。異端者に冷徹で、正しい信仰のためなら老若男女《ろうにゃくなんにょ》が火炙りにされるのを平然と看過した狂信者。ザビエルの素顔はいったいどちらだろうね」

天使か悪魔か。あるいは。

そのどちらも、決して相反する性質ではない、と。ザビエルの中では、明確に同居しうる一面だったのだろうか。

「なんていうか……胸糞《むなくそ》悪い話だな」

俺は反応に困り、それだけ返した。

見る者によって、立場によって、信念によって。是非は、善悪は、いとも簡単に覆る。

マラーノとは、日本で言うところの「転び」のキリシタンといったところか。洋の東西を問わず、かつて生き延びるため信仰を捨てた人々がいたわけだ。でも、その時に迫害された痛みが、消えるわけではないのなら。

――歴史の陰に押し潰されてきた彼らの痛みは、どこに行き場を見つけるのだろう。

そんなことを黙々と考えているうちに、いつの間にか坂道は終わりに近づいている。

「ごらんよ西待。ゴールだ」

決して日に焼けることのない白い指が、スッと持ち上げられて前方を示す。

釣られて顔を上げれば凌霄花《せいひつ》の花に囲まれるように、『観音寺』の墨書き看板を掲げた寺の大門が、ひっそりと静謐に佇んでいた。

＊

「似矢さんですね。ようこそお参りくださいました。由多さんから話は聞いておりますよ。こちらは山の上ですから、道中暑かったでしょう」

わざわざ門の前で待っていてくれた観音寺の留海和尚は、住職にしてはまだ五十にもならないような若さで、墨染めの法衣《ほうえ》に簡素化した五条袈裟をかけ、かなり年季の入った古数珠《じゅず》を絡めた手で合掌《がっしょう》して出迎えてくれた。青く剃り上げられた頭はいかにも僧侶らしく、ニコニコと微笑む顔は穏やかで、まさに「アルカイックスマイル」と呼びたくなる。

有馬さんの時もだが、第一印象から感じのいい方だな、と率直に思った。目がすでに笑っているというか、もう顔の作りが笑顔にできあがっていて、相対するとなんとも徳の高さが胸に沁みる。探りを入れるという不純な動機で訪れたのが申し訳なくなるほどだ。

この人が……というか、この人の父や祖父たちが、代々あの縁起でもない呪いじみた戒名をつけてきたのだろうか？　にわかに信じがたい。

しかし、幽霊の東天は「ほー、彼がねえ」とその正面に回り込むなり、四方から眺めまわして検分するという不躾《ぶしつけ》な態度だ。おまけにふわふわ飛んで勝手に堂内を散策し始めたり、和尚の手元の数珠をすぐそばから覗き込んだり。己の姿が見えないことを逆手に取った兄の気ままさに、「あんま失礼なことするなよ！」と注意したいのをグッと堪《こら》える。

「どうぞこちらへ」

もちろん、周りをうろつく亡霊の所業など知るよしもない和尚に、真っ先に案内されたのは、本堂裏手にある客殿《きやくでん》の待合だ。

日の当たらない畳敷の部屋で、薄く開いた障子《しようじ》越しに、緩やかな下り斜面に並ぶ灰色の墓石の群れを見下ろしながら。

「よろしければ、つまらない菓子と粗茶ですが……」

ガラスの茶器に入った冷たい麦茶と、菓子皿に盛られた水羊羹《ようかん》を勧めてくれつつ、留海和尚はますます目を細めた。喉が渇いていたので非常にありがたい、が、手をつけるより先にすべきことがある。

「ご親切にありがとうございます。あの、……もしよろしければ、御本尊に先にお参りをさせていただければ。それから、由多《よしだ》家の過去帳を拝見することは可能ですか？」

そう願い出ると、彼はちょっと困ったように首を傾げた。

「もちろんお参りはかまいませんが……過去帳を見る、というのは？」

過去帳とは、菩提寺が管理している檀家の系図のようなものだ。その一族に連なる先祖代々を、没年月日、俗名、戒名などの項目で記録してある。たとえば、浄土真宗なら位牌の文化がないため、この過去帳が供養の要《かなめ》となるのだ。かつて寺が国の委嘱《いしよく》で戸籍を管理していた時代の名残《なごり》とも聞く。

和尚の困惑は無理もない。言うまでもなく、個人情報の塊だからだ。

「今、由多様とは、ご父君のご葬儀について相談をさせていただいている最中なのですが、……なかなかまとまらないうちに、先方から、こちらで代々の資料も参照してみてほしいという話になりまして」

色々ぼかした説明の自覚はありつつ、俺は身を乗り出す。閲覧《えつらん》の目的は、位牌に刻まれた冒瀆《ぼうとく》的な戒名の数々の裏付けをとるためだ。あれらは本当にこの寺で授けられてきたものか。可能ならば後ほど墓地の見学もして、他家の卒塔婆《そとば》に書かれた戒名との照らし合わせもしたい。嫌がらせのような名づけが、果たして由多家だけを対象にしたものか、それとも他の島民たちにも似たようなことが行われてきたのかは把握しておく必要がある。

「はあ……構いませんと申し上げたいのですが、なにぶん繊細な扱いを必要とする資料ですから、当方だけの判断ではどうにも……」

「もちろん、由多様からの許可は得ています。お願いできませんか」

「それがね、ここは狭い島ですから。由多家の過去帳といえども、いくつか他のおうちの系譜も複雑に絡んでおるのです」

渋い反応に、これはだめかもしれないと直感する。留海和尚は困ったように眉尻を下げたまま、「難しいとは思いますが……」と前置いてこう続けた。

「島の顔役に何人か話を通してみましょう。少しお時間いただいてよろしいですか」

「！　ありがとうございます。お手数おかけします」

無理難題を押し付けてしまったらしい。慌てて頭を下げる俺に「いえいえ、ではお待ちくださいね」と手を振ってから、彼は退室していった。

するとと、薄暗い部屋には、俺と、兄の亡霊だけが残される。留海和尚の足音が遠ざかった後の室内は、水を打ったように静かだ。……葬儀屋の家系のくせに申し訳ないが、実は昔から、俺は寺が苦手だった。墓場が併設されているのも地味に落ち着かない。無機質な墓石の下から何かが這《は》い出してくるのではという、馬鹿《ばか》げた妄想までしかけるのだ。

気晴らしに、俺は東天に「しりとりでもしないか」とくだらない提案を持ちかけた。ついでに、霊やゾンビは生命力に満ちたものが嫌いで、エロいものには除霊効果があるとかどこかで聞いたことがあるので、下ネタ限定しりとりにさせてもらう。

「じゃあ俺から。おっぱい」

「淫語《いんご》責め」

「め!? えー……目隠しプレイ?」

「なんでいきなりそんなコアな単語が出てくるんだ。大丈夫か。この兄は心配するぞ」

「初手から淫語責め出してきた兄さんに言われたかねーよ!」

「まあ、幽霊の僕が参加している時点で効果はゼロだけどね、この下ネタしりとり」

「……それもそうだな……」

こいつに正論で刺されるとは。不覚だ。眉間を押さえる俺にニヤリと笑った後、東天は「そんなことより」と琥珀色の瞳を輝かせた。

「お前はここで待っておいで。せっかく菩提寺に来たのだ、確かめておかねばならないものがたくさんある。僕は身軽だからね。お前にはできない勝手もお茶の子さいさいさ」

言うが早いか、ひらりと身を翻《ひるがえ》して、東天は壁をすり抜けて消えてしまう。

「おい、兄さん!?」

どこに行くつもりだ、何を見るっていうんだ。

思わず声をかけそうになったところで、留海和尚が戻ってくる足音が聞こえ、俺は慌てて口を閉じる。

「似矢さん、顔役に何人か問い合わせてみたのですが、やはり部外者の方に過去帳をお見せするのは難しいようで……」

平静を取り繕《つくろ》う俺の様子に気づかず、和尚は申し訳なさそうに謝った。予想済みの結果だったので、俺は「いいえ、こちらこそご無理を申しました」とかぶりを振る。

「もちろん、本尊へのお参りは歓迎ですので。どうぞこちらへ」

呼ばれるがまま待合を出て本堂に向かう。板張りの広いお堂の奥、数々の宝具に囲まれながら、黒光りの立派な大厨子《ずし》が扉を開けている。中に、ひと抱えほどの大きさの、木彫りの千手観音像があった。

無数の腕を四方にかざすその像の、目を細めて淡く微笑みつつも物憂げな面差《おもざ》しは、仏像にありがちな奥が読めない表情で、どこか女性的だ。その柔らかな空気感が、留海和尚のようでもあり、有馬さんのようであり、またこの島の住民たちをも思わせる。どうしてそんなことを感じたのか、自分でもよくわからないが……。

俺は床に正座して、深く頭《こうべ》を垂れ、御本尊に手を合わせた。

「……素晴らしい御仏ですね」

顔を上げて和尚に振ると、彼は深く頷いて、目の前の仏像によく似た微笑を浮かべた。

「そうでしょう。江戸の昔、この島に我々の祖先が移り住んできた時、一緒に持ち込んだとされる御本尊です。以来ずっと、島民たちを見守り続けてきたのですよ」

穏やかな声は、聞くだにゆったりと心地よく。やはり、呪わしい戒名を看過してきた人のそれとは思えず。

「あの……」

今なら、この住職になら、なんでも尋ねられる気になってしまう。俺はつい、由多家のご葬儀にまつわるゴタゴタや、戒名に関する疑念を、彼に話しそうになった。その時だ。

「はい、そこまで」

耳元でふっと囁きかけられ、俺はギョッとして声を呑み込んだ。

いつの間に。

俺のすぐそばでは、東天が後ろ手に指を組んで佇んでおり。にっと弧《こ》状に大きな目を細めて、赤い唇の端を笑みの形に吊り上げていた。

まったく……心臓に悪い！

いたずら好きの兄に文句を言おうにも、和尚の前では無理だ。口をパクパクさせて抗議を伝える俺に、東天は「帰るよ」と外を指さした。

帰るって……もう!?　まだ何も和尚に訊《き》けていないぞ！

「ここでの用は果たした。面白いことがわかったのだからね」

そんなことを言われても。

訳がわからず啞然《あぜん》とする俺に、留海和尚は「どうされました？　ご気分でも……」と心配そうな眼差《まなざ》しを向けてくる。「い、いいえ、見事な御仏なものでつい」と俺は慌ててかぶりを振った。そうこうするうちに、東天はもう後ろ姿になっている。

「あの、ご挨拶だけでしたので、私はこのあたりで、また改めて」

「……はい？」

「ありがとうございました！」

俺は礼もそこそこに、何度も頭を下げつつ、観音寺を後にしたのだった。

＊

「おい、兄さん！　いったいなんだったんだ？　そっちが何もかも理解していたとしても、俺は何もわかってないんだが！」

凌霄花の咲く帰り道で、周囲に人通りがないのを確かめつつ、俺は早速東天にくってかかった。前をスイスイと音もなく滑り歩いていた兄は、俺の声に進みを止めると、くるりと振り返る。

「発表しよう、わかったことその一。卒塔婆を見る限り、由多家以外の戒名は普通だ」

「……そうなのか」

ではやはり、戒名に込められた呪いは由多家特有なのだ。そうではないかと思ってはいたが、気分のいい結果ではない。顔をしかめる俺に構わず、東天は得意げに続けた。

「そしてその二。喜べ愚弟。さっきのザビエルの話が生きてきたよ」

「は？」

整った顔には、機嫌のいい猫みたいな笑み。

「ここの御本尊、マリア観音だ。しかも相当に古い」

「……マリア観音？」

俺は、兄の言葉を反芻《はんすう》した。マリア観音とは、キリスト教が禁制だった時代、信者たちが密かに信仰を守るために仏像に擬《ぎ》して作った聖母マリア像のことだ。

「いや、見るからに普通の千手観音像だったけど……マリア様に腕千本はないだろ」

疑わしげな眼差しを向けてやると、東天は心外そうに肩をすくめた。

「お前は気づかなくても無理ないけれど、僕はどこでも好き放題入り込めるからねえ。あの厨子、底板が回転式になっていて、表裏で観音像とマリア像が入れ替わる仕組みだよ」

「……兄さんが確かめたかったことって、もしかしなくてもそれか？」

「うん。他にも、仏画に似せたイコンの掛け軸《じく》もあったよ。まあ、和尚が腕に着けていたのが、精巧な十字架の透かし模様が入ったロザリオの数珠だったから、彼と顔を合わせた時から予想はしていたのだけれどね。僕も信仰の現場は初めて見た。いやあ面白いね」

そういえば東天、出会い頭に和尚の数珠をガン見していたっけ。つまり――

「この寺は、隠れキリシタンたちの菩提寺だった……？」

「そういうこと。というか、そもそも江戸時代から続くこの島が、キリシタンたちの隠れ里だったのだろうね。もっとも、蝶番《ちょうつがい》が錆《さ》び付いていたから、マリア像はしばらく表に出ていなさそうだったけれど」

裕人さんの話から予想はしていたことだけれど、と続ける東天に、俺は首を傾げた。

「裕人さんの話って？」

「彼は、有馬さんが名付け親だって言っただろう？　この島では、子が生まれると親しい知人に命名を頼むと。他地域の隠れキリシタンの風習に似たような実例がある。要は、キリスト教に基づくゴッドファーザーだよ。してみれば南九州によくある有馬姓も、キリシタン用語の霊魂、つまり『アニマ』に音が似ていて面白いよね。特に彼の場合は何か関係があるのかも」

ひょっとしたら、伝統歌に擬したオラショや、仏教で葬式をあげた後の「経消し」の作法なんかも伝わっているかもしれない、という東天に、俺は呆気《あっけ》に取られる。

ちなみに、そもそも檀家制度が日本に根付いた理由は、キリスト教などの当時の「危険思想」とされた宗教を禁じるためでもある。東天曰く、取り締まる側である菩提寺を巻き込んで教えを守るのは、隠れキリシタンの生き残り戦略の常道だったらしい。

「H島は隠れキリシタンたちの島……」

ザビエルの話はしていたが。なんとまあ、意外なところで話が繋がってしまったものだ。しかし、キリスト教の禁制なんてとっくに解かれて久しいのに。

「なんでいまだに隠れてるんだろう……?」

寺に擬態せずとも、堂々と信仰を表に出せばいいのに。

首を傾げる俺に、東天は「難しい問題だねえ」と薄く笑った。

「まあ、ここ以外の隠れキリシタンたちにも共通することでね。解放後も、彼らは別の悩みを抱えることになったのさ。何せ、迫害された歴史が長すぎたのだ」

隠れるために偽装した先の仏教と混じり合い、長らく正式なカトリックの教えから断絶されているうち、彼らの宗教――よく『天主教《てんしゅ》』と呼び習わされる――は当初の教えからすっかり変貌《へんぼう》してしまった。それこそ、カトリックどころか、もはやキリスト教ですらない、独特の「何ものか」に。彼らが歌い継いできたオラショはもはや讃美歌ではない。でうす様は主ではない。仏教式の葬儀をあげられた後に、パライソに行くために死者を送り直す「経消し」の習慣など、もちろんキリスト教にはない。

「先祖代々の、正しくはないが慣れ親しんだ教えを守ることを貫くか。それとも、堂々と海を渡って輸入された正しいカトリックに改宗するか。カトリックに入信し直した者もいれば、昔のままの教えを守る者もいて当然だ」

「うーん……」

　俺は納得しかねて眉根を押さえた。

「それにしたって、やっぱりちょっと奇妙だなと思うんだが……」

「何がだね？」

「この島が隠れキリシタンたちの里だったとして。戒名の呪いが、あまりにキリスト教らしくないというか……どちらかというと、仏教の三除の範囲内で収まっているのがどうにも不思議だなと……」

　キリスト教ならそれらしく、「でもん」だの「サタァン」だのに聞こえるものがあってもおかしくないはずでは。さっき観音寺で過去帳を遡ることができていれば、そういう事例が見つかったのかもしれないが……。

「たとえば留海和尚は、おそらく聖ルカからきていると思うが、納得はできないと？」

「いや……なんだか、それにしたってすっごく断片的じゃないか？」

俺が部外者だからそう感じるだけかもしれないが。そんなに熱心に、天主教の教えを守り継いでいるようには見えない。マリア観音は蝶番が錆び付くほどにはほったらかしだったらしいし、そもそも島そだちの裕人さんだってまったく隠れキリシタンの話はしなかったじゃないか。葬式がその影響を受けているなら、あらかじめ聞かされていてもおかしくはないのに。

まさか島民たちは、菩提寺がキリスト教の影響を受けていることを知らない……？　江戸時代からずっと騙《だま》してきたと？　いくらなんでも考えにくい。

それに。江戸時代に、Ｈ島の先祖たちは「こもごもの事情で」元いた村を追われてここに移り住んだ、と有馬さんは言っていた。

「こもごもの事情って、なんだ……？」

「その答えを見つけるのは、調べ物の得意なやつの力を借りたほうが良さそうだねえ」

顎《あご》に手を当てて考え込むうちに、いつの間にかひさごや旅館に戻ってきていたらしい。

この二日ほどですっかり見慣れた古風な瓢箪柄の藍暖簾が、すぐ目の前に迫っていた。

＊

「ひゃー！　隠れキリシタン！　いよいよ大盛り上がりに盛り上がってまいりました！　いいですねえいいですねえ、好き好き大好き愛してますよそういうの！」

案の定、部屋に戻った俺たちから話を聞いた環は、よだれでも垂らさん勢いで話に食いついてきた。なんというか、まさに目がけいけいと光って、ちょっと怖い。

「好き好きって言うけど……隠れキリシタンは別に環さんのこと好きじゃないと思うぞ」

「あらやだ、じゃあ一方通行の片思いですね。うふふ素敵！　報《むく》われぬ愛、一途な恋心！　喜んでストーキングしちゃう」

一応突っ込んでおいたが、軽く気持ち悪い感じにあしらわれて終わった。さすがは腐っても『年上のお姉さん』である。

「で、本題に入らせてもらって構わないかい。一つ環に頼みがあるのだよ」

眉間を押さえながら切り出す兄に、環は「はいはいなんなりと」と揉み手で答えた。

「このH島のルーツを調べてほしいのだ。おそらくは隠れキリシタンの集落だろうが、いつ頃、どんな経緯で移り住んできたのかということが、ちょっとでもわかればいいよ」

「はいはいはい、いいですとも構いませんとも！　代わりにちょっと伺いたいのが」

二つ返事で頷いた環は、そこでひょいと挙手した。

「私、隠れキリシタンって言葉は知ってるけど、実はあまり詳しくないんですよね！」

「一方通行の片思いをしてるんじゃなかったのか!?」

絶句する東天に代わり、思わず俺から叫んでしまった。が、しかし正直、俺とて環と同じ心境である。どうして彼らが隠れなければならなくなったのか、実際のところどんな弾圧が行われていたのか、ほぼ知らないのだ。

「ふむ。西待は、国内の『天主教』信仰の経緯について、どんなことを知っているね？」

「えーと……キリシタン大名の大内《おおうち》……義隆《よしたか》？　とか。隠れキリシタンを見つけ出すのに、踏み絵を使ってた、とか……？」

後は、日本史の教科書で「バテレン追放令」という単語を見た気もする。それと、高校時代に夏休みの課題図書で、遠藤周作《えんどうしゅうさく》の『沈黙』を読まされたような。が、いずれにせよ詳細は脳内から綺麗に吹き飛んでいる。

ただ、『沈黙』に関しては、主人公のロドリゴという宣教師の名前と、彼がラストでついに拷問に屈して棄教するシーンの、なんとも言えない砂を噛《か》むようなやるせなさだけは記憶に焼き付いている。それから、彼を裏切って密告しておきながら、その後をつけまわして告解と赦《ゆる》しを願う日本人、キチジローの卑屈さも。

「見事に歯抜けだね」

そのあたりを素直に告白すると、案の定、東天には呆れられたが反論はできない。ついでに隣で環も視線を泳がせているので、似たようなレベルと見た。

「伴天連《ばてれん》、っていうのは『パーデレ』、つまり宣教師を示すスペイン語の当て字さ。日本伝来後、キリスト教の辿った歴史は数奇でね。新しいもの好きの織田信長《おだのぶなが》に歓迎された頃は良かった。しかし本能寺の変で彼が討たれた後、事態は一変する。豊臣秀吉《ひでよし》は、亡き主君とは考えが異なって、この異郷の教えを危険視したからね。そして出されたのが、西待の乏しい知識の中にかろうじて残存していたその『伴天連追放令』なのだよ」

「一言も二言も余計だけど……」

日本で最初にキリスト教信仰が禁じられたのは、伝来から三十八年後、一五八七年のことだという。さらに十年後の一五九七年には、カトリックの宣教師と修道士たち、その指導を受けていた信者たちが磔刑《たっけい》に処せられた『二十六聖人殉教』があった。

また、秀吉の考案したキリスト教徒の取り締まりで特に秀逸だったのは「五人組」の制度だ。五戸ひと組で近隣同士をグループにし、その中からキリスト教に傾倒するものが見つかれば諸共に共同責任を負わせる。自然発覚する前に、五人組のメンバー同士で密告しあうよう定めたのだ。このため庶民《しょみん》の間に相互監視社会が築かれた。

秀吉の没後、覇権《はけん》をとった家康は、当初さほどキリスト教の迫害に加担はしなかった。が、スペインやポルトガルといったカトリック国家を貿易の主権から放逐したいイギリスやオランダらプロテスタント国家という、本拠地ヨーロッパでの宗派間の諍《いさか》いの激化を素早く察知した彼は、その混乱を日本にまで持ち込ませないため、やはり引き続きキリスト禁教の流れを踏襲《とうしゅう》した。儒教と仏教を国教と定めて異国の宗教の入り込む隙をなくし、特に仏教は、遍《あまね》く日本の民は必ず「檀家」となってどこかの寺の管理下に入らなければならないと決めた——というのは前述の通りだ。

以後、キリスト教の伝導は潜航の一途を辿るが、かといって決して衰退はしなかった。南蛮《なんばん》貿易の窓口となっていた長崎が官港にされたのも宣教師たちには痛手だったが、彼らはそれでも日本に残って布教を続けた。

そして、かつては信長をはじめとした大名たち「士」身分を主たる信者としていたキリスト教は、次第に「農・工・商」の庶民たちの間で共有される信仰に変わっていった。宣教師たちは特に、教会や病院を建てて人々を救うことで、貧しい階層への伝播《でんぱ》に熱心だった。信じれば必ず天国《ぱらいそ》に昇り、さもなくば地獄《いんへるの》に堕《お》ちる。殉教を貴ぶ教義のため、キリシタンの摘発は難航した。焼き殺されようが首を斬《き》られようが、恐れなかったからだ。

三代将軍・徳川家光《とくがわいえみつ》の時代に、隠れキリシタンをめぐる境遇はさらに過酷になる。九州で、島原《しまばら》・天草《あまくさ》の乱が起きたのもこの時代だ。これは元々、飢饉《ききん》の折に重税を課せられた農民たちの蜂起《ほうき》だったが、かつてのキリシタン大名小西行長《こにしゆきなが》の遺臣の子・天草四郎時貞《しろうときさだ》を総大将としていたこと、蜂起した民の大部分がキリシタンだったことが後々あだになった。四万弱といわれる反徒たちはあえなく鎮圧され、婦女も幼児も含めて余さず虐殺されてしまったうえ、キリシタンへの弾圧を強化する要因にさえなったのだ。

「家光はこの反乱にいたく立腹してね。外国人宣教師の摘発もいっそう厳しくなった。家光がうまくやったのは、かつての背信者、井上筑後守《いのうえちくごのかみ》を宗門改役に任じたことだね。彼は転びキリシタンだったから、その習性を熟知していたんだ。聖母マリアやイエス・キリストを描いた銅板を踏ませる、いわゆる〝踏み絵〟が導入されたのもこのあたりだよ」

筑後守は、棄教し改心した――つまり「転んだ」ものには、仲間のキリシタンの所在を自白させて芋づる式に取り締まる手法をとった。そしてこれが効果てきめんだったのだ。「郡崩《こおりくず》れ」として知られる大村《おおむら》事件など、キリシタンの逮捕が相次ぎ、何百、何千という隠れキリシタンたちが拷問を受け、処刑された。

恐ろしい拷問の手法は、今でも記録に残っているとか。最も有名なのは、筑後守の編み出した『穴吊り』だ。一メートル四方の穴の中に、逆さまにして信徒を吊るすのだが、その際に血が上らないよう体を縄でハムのように縛り上げ、頭に血抜きのための穴を開けておく。そうして犠牲者が簡単に死なないように工夫した後、穴に汚物を投げ込んだり、周囲で騒音や罵声《ばせい》を浴びせて痛めつけたという。他にも杭《くい》にくくりつけてトロ火でじわじわ焼き殺す火炙りや、蓑《みの》で巻いて火をつける蓑焼き、凍死するまで冬の水牢《みずろう》に漬ける水責めなど、過酷な拷問の数々はおよそ筆舌に尽くし難いものだったという。

「こうして、キリスト教を厳しく取り締まるにつれ、仏教は、葬式やその他の法事をいっさい請け負えるようになって勢力を増した。一方、キリシタンたちは、幕末を迎え、明治維新の後までなお、邪宗門として危険視され、弾圧を受けた。特に有名なのは、九州は浦《うら》上《かみ》村のキリシタンたちの大規模摘発事件だというね。浦上四番崩れの名前で知られているが、仏式の葬儀を拒否したことで信仰が露見した隠れキリシタンたちは、まるでバビロン捕囚のユダヤ人たちのように、元いた浦上村から連れ出され、全国各地にバラバラに強制移住させられたのさ」

官吏《かんり》による弾圧だけではない。五人組の相互監視制度の賜物《たまもの》であろうが、民衆も一緒になって、この異教の信徒たちを追い詰めた。殉教や拷問の内訳には、私刑も多かったらしい。明治六年、世界各国の猛抗議に屈して政府が信仰の自由を認めるまで、彼らは表立ってキリスト教徒を名乗れなかったらしい――

「伴天連追放令発布から解禁に至るまで三百年弱。今でこそ、カトリックのみならずプロテスタントもギリシャ正教も、どこにでも教会が建っているのは自然な光景だが、彼らが歩んできた道のりは、かくも苦しく長く辛いものだったわけだね」

「……そうだったんですね……」

いや、知らなかったです、と呟く環に、俺も黙りこんだまま頷く。

三百年。想像もできない時間だ。それだけ長く、隠れて信仰を守り続けるのは生半可なことではないだろう。どれほどの犠牲が出たものか。

「犠牲が出るということは、恨みも出るということですよね」

不意に、ポツッと環が呟いた。

それはそうだろう。俺は視線を落とす。

「東天お兄さん。弾圧に耐えかねて棄教した人も多かったんでしょう?」

「その通り。信徒も、宣教師もね。捕まった人たちを収容した施設は、東京の小石川《こいしかわ》にあったらしいよ。キリシタン屋敷という。今は焼失して石碑《せきひ》があるばかりだ。拷問されて殺された信者が埋められた場所を示す、夜泣き石と一緒にね」

ふと思い出すのは、フランシスコ・ザビエルの二面性の話だ。マラーノたちと同じ、歴史の陰に押し潰され、犠牲になってきた隠れキリシタンたちの痛み。痛みは恨みを伴う。

H島は以前、キリシタンの隠れ里だった。今は、違う。彼らはなぜ「転んだ」のか。

そして、転ぶに至った彼らの恨みは、今、どこに行ったのだろうか。

＊

さて。話を聞いた後、環の行動は迅速だった。

「島にある図書館で、いっちょ調べられるだけ虱《しらみ》潰しに歴史書あたってみますね！　あと、できるだけ老若男女問わず広い世代を見繕って、ちょいと聞き込みしてみます」

言うが早いかその日のうちに出かけた環は、三時間ほど経《た》った頃、日暮れと同時に宿に戻ってきた。例の如く俺の部屋に落ち着いて、「はーいい汗かいた」と的外れな感想を言う彼女に、俺は黙ってペットボトルを差し出す。「あら気が利くじゃないですか西待くん。しかも今度は冷えてるし！」と、環は嬉しげに受け取った。「今度は」は余計だ。

「ずいぶん早かったじゃないか。それじゃ、成果なんて何にもないんじゃないかね？」

東天の揶揄に、「ふふん」と胸を反らし、環は肩に担いでいたトートバッグをどさりと床に下ろす。

「聞いてびっくり見てびっくり、遠からん者は音に聞け、近くば寄って目にも見よ！　この偉大なる私さまの素晴らしい成果を！」

謎の口上とともに広げられたのは、図書館のシールがついた島史が数冊と、聞き込み結果らしいメモだ。俺はギョッとした。

「え、貸出カードなんて持ってないよな。まさか環さん、盗んできたのか」

「そんなわけないでしょ。ちゃんと貸出手続きを経ましたよ。ま、ゴネ得ってやつです」

「……」

どのみち迷惑なことには変わりない。この調子でしゃべり立てて、閉館時刻まで引っ張ったなら、確かに折れたくもなるかもしれない……と、俺は顔も知らぬ図書館司書に申し訳なく思う。俺が行けばよかった。

「島史は結構巻数あるんですけどねえ、島の由来が書いてありそうなのは案外少なくて。この創刊号とかですよね。発刊が戦後すぐとかだけど、その頃にはもう詳しく村の事情を知ってる人も死に絶えちゃってたみたいで、ここにあるのも口伝えの記録ばっかりです。島民たちがかつてキリシタンだったって話も全然ないですよ」

昭和の初めには、完全に仏教徒ばかりになっていたこと。そして、当時から島の菩提寺は観音寺だったことがわかるのみだという。

「島の人たちは、いつ頃『転んだ』んでしょうね。江戸時代に九州本土から渡ってきたっていうわけですから、他の村のキリシタンたちと分断されている間に、信仰が薄れちゃったんでしょうかねえ」

首を捻《ひね》る環に、「いや……」と東天が首を振った。

「今でも伝わっている五島は生月《いきつき》のキリシタンなどがそうだが、隠れキリシタンたちにとって、他村との分断は信仰の邪魔にならないはずだ。むしろ、密告を避けて信仰を続けるのに都合がいいはず」

「そうなんです？」

宙を漂いつつ難しい顔をしてみせる東天に、環がさらに首の傾斜を深くしている。

「彼らが転んだのが、いつの時点か……なあ」

つい俺も眉根を寄せた。少なくとも、明治六年の禁教取り下げまでのどこかではあるのだろうが……。

「ああ、そうだ。浦上四番崩れだ。それから、キリシタン屋敷」

不意に、東天がポンと手を打った。

「この島に来た時にはもう、誰もキリシタンじゃなくなっていたのかもしれないねえ」

「どういうことだ？」

俺が尋ねると、東天はこんな解説をくれた。

「異教徒は、統治者からすれば殺すのが手っ取り早いのだろうが、働き手として生かすならば一つところに集めていたほうが御しやすいし監視しやすい。そして、封じ込めるため隔離も必要だ。宣教師たちを収容していた、小石川のキリシタン屋敷のように。

「よって禁教当時、摘発された隠れキリシタンたちは、住み慣れた地を追われることが多かったのだよ。牢の場所が遠いこともあったし、もちろん流刑だったこともある。流刑地には離島がぴったりだ。岡山県にある無人島の鶴島《つるしま》なんかが一例だね。今でこそ、ハート型の島だからと恋人たちの聖地扱いされているが」

「ということは、……こういうことか？」

俺は状況を整理してみた。

「江戸時代、九州の本土にあったある村が、キリシタンたちの隠れ里だった。でも、なんらかの事情があって、彼らは藩主に一斉摘発されてしまった」

厳しい拷問を受けたのかは不明だ。が、かくして彼らはキリスト教から「転んだ」。転宗者として殺されはしなかったものの、離島に流され、新生活を余儀なくされた。マリア観音の古さから見て、当時の檀那寺《だんなでら》――今の観音寺を巻き込むことには成功したようだが、隠れて信徒に戻るには監視の目が光っていたのだろう。そのうちに、「名付け親」制度などの名残があるばかりで、本来守られていた教えは廃《すた》れてしまった。

いつしか明治を経て信教の自由が解放されても、失った信仰は戻ってこなかった。

「今さら言っても仕方ないですけど、どうしてバレちゃったんでしょうねえ……せっかく隠れていたでしょうに。今でも信仰が残っていたら、私には面白いネタになったのに」

推理を聞いていた環が、深いため息をつく。後半はともかく前半は確かに、と思う。

「そういえば、それと関係あるかはわかんないんですけど。島に古くから珍しい怪談が残ってるっていうのは、さっき情報得ました。ちなみに島史からじゃないです。口頭で」

「……口頭って誰に？」

「えっと、図書館の前に住んでるっていうおばあちゃんに聞きました。たまたま会ったんですけど、日暮れ前だったから、『こんな時間まで若い娘が出歩くな』って嗜められちゃって。許可取ってボイレコで録音もしたけど、メモ見たほうが早いかな」

俺の疑問に答えるように、畳の上に散らばったメモの中から、環は一枚を拾って示す。

「怪談っていっても、ほんと簡単なやつなんですよ。おばあちゃんが子供の頃から言い聞かされてきたことで。日が暮れても遊んでいると、いつの間にか遊び仲間の中に鬼が紛《まぎ》れ込んでいることがあるんですって。だから気をつけなって」

「鬼……？」

「はい、鬼」

話に、急に非現実的な存在が入り込んできて、俺は眉をひそめる。

……鬼。きっと何かのたとえなのだろうが。としても、なんのたとえか。

角が生えているのかとか、姿かたちはわかんないらしいですけど、と環は前置いた。

「なんでも、むかしむかしの江戸時代、この島にみんなで移ってきた時に、開墾《かいこん》のリーダーになった人が十三人いたんですって。でも、その中に一人、鬼が紛れてたんです。鬼は巧妙に人間のふりをしているけれど、夜陰《やいん》に紛れて他の島民を食べに来るんだとか」

鬼に食われないよう、この島では日暮れ前に家に帰ったほうがいいと言い習わされてきたらしい。人喰いの鬼は僻地にいるから、夜になると人里を離れてはいけないという。

「……あ」

俺は手を打った。

「辺へ出る、ってそういえば有馬さんも由多さんも言ってたな」

辺へ去ぬるとも言っていたような。このあたり独特の表現なのだろうとは予想していたが、ひょっとしたらH島特有の言葉なのかもしれない。あれは、野辺に行くと鬼に出くわすから気をつけなさい、という意味だったのか？

しかし、「親父さんが辺へ去ぬることになってはいけない」と有馬さんは言っていた。あれは「成仏できないことになってはいけない」のようなニュアンスに思われる。とすると、子供に「辺へ出るな」と嗜めるかんの虫封じの使い方と、あまりに乖離《かいり》する。

第一、なんにせよ鬼とはまた。鬼……。鬼なあ……。

「ふうむ、鬼。そしてヘエイヌル、またはヘエデル、ねえ……」

なんとも言えない顔になる俺に対し、目を伏せて顎に手を当てていた東天は、ふと呟いてニヤリと笑ってみせた。

「今ではもう、鬼のことなんてほとんど誰も言わないそうですけどね」

環は肩をすくめ、こうも続けた。

「昔は、十三人いたら鬼が入り込む数字になるから、集まりは十三を避けろとかも言ってたらしいですよ。あと、執拗に鬼を探し回って追い出そうとすると、逆上した鬼がもっと怖い親玉の鬼を連れてくるから、鬼を見つけても知らんぷりしないといけないとか」

「十三……」

なんだかニアミスの数字だな……？　いや、ニアミスって何とだ。自問しつつ首を傾げていたら、宙を漂っていた東天が俺のそばに降りてニヤリとした。

「村の顔役たちの数を覚えているかい、弟よ」

「あ。十二人……」

「そう。そして十二という数は、きっと十二使徒に準《なぞら》えたものだ」

ペトロ、ヨハネ、ヤコブ、アンドレ、フィリポ、バルトロメイ、マタイ、トマス、アルファイの子ヤコブ、タデウス、シモン。後から加えられたマティア、さらにパウロを加える場合もある。東天はスラスラとキリストの弟子たる使徒たちの名を暗唱してみせた。

「そして、彼ら聖人から除外されているのが、かの有名な裏切り者の『イスカリオテのユダ』だね。まさに信仰の残り香といったところか」

三十シェケル銀貨でキリストを売った男。

まさか東天は、島に伝わる鬼の正体は、イスカリオテのユダだとでも言うのだろうか？

「ふふ。だんだんこの島と葬儀にまつわる謎が解けてきたねえ。これを確信に持ち込むには、ちょっと、鳩香さんと裕人さんの力を借りなければいけないかもしれないよ」

どういうことだ？

妖しく朱《しゅ》色の唇を吊り上げて笑う東天に、俺と環は顔を見合わせた。


——そして。

東天から得意げに披露された「謎の答えを確信に持ち込む手段」に、俺と環は揃って度《ど》肝《ぎも》を抜かれることになる。

「東天お兄さん、さすがに不敬すぎです！　そんなことしたら私もうお嫁に行けない！」

「嫁に行くのが女の幸せなんて、君らしくもない時代錯誤《さくご》な思想じゃないかい環」

「っていうかあのな、兄さん。それ、誰が実行すると……!?」

「お前たちに決まっているだろう」

何せ僕は出したくても手も足もないのだから、と兄は涼しい顔で肩をすくめてみせた。

＊

「……留海さんを宿に呼んでほしい、ですか？」

あれこれ抗議はしてみたものの、結局丸め込まれた俺たちは、東天に言われた通りのことを由多さん夫妻にお願いすることになった。

「いったいなんでまた……」

案の定、二人には不思議そうな顔をされた。無理もない。菩提寺とは現在、揉めている真っ最中なのだ。わざわざ和尚を招待するなんて、自分からトラブルの種を引き寄せるようなもの。疑わしげな眼差しを向けてくるご夫妻に、俺はどうにか説得を試みる。

「もちろん決定的なことは話さなくていいですから……葬儀の相談を、村の他の方抜きでやりたいとか、適当に理由をつけて、ほんの一時間程度でいいので引き止めておいてほしいんです。後で必ず事情を話しますので」

「はあ……」

彼らは納得しかねる様子だったが、環と一緒になって再三頼み込むと、「ちゃんと説明お願いしますね……」と渋々引き受けてくれた。ついでに、宿の備品から必要な道具をあれこれと借り受ける。「そんなもの何に使うんですか？」と裕人さんにも鳩香さんにも訝られたが、そこもあわせて後で必ず話すと約束を取り付けて、辛くも了承いただく。

留海和尚は独り身で、修行僧の預かりもないらしい。堂内の掃除手伝いを呼ぶ日も決まっているとか。つまり、彼が寺を空けている間は、自動的に境内《けいだい》は無人となる。

やがて、電話で呼び出した留海和尚が宿に到着したらしく、「すみませんお呼び立てして……」「いえいえ」などと、勝手口のほうから由多さん夫妻と話す声が聞こえてきた。

来てしまったからには、やるしかない。……ゴクリ、と唾を飲みこんだ喉が鳴る。

急がねばならない。俺たちに許されているのは一時間もないだろう。必要な荷物を紐《ひも》で縛って背負う俺と環とを見下ろし、東天が「さて」と宙から笑いかける。

「はりきって行こうじゃないか。いざ、残された最後の謎を解きに」

＊

観音寺に向かう急勾配の坂道を、今度は環も連れて上っていく。東天は天の高い位置を漂っているのか、はたまた身軽なことを生かして先に寺にいるのか、「それじゃあ後で現場で落ち合おうかねえ」と言い残して消えている。

前と違い、今日はあいにくの曇り空。灰色の雲を背に、首を垂れる凌霄花の花も、影の落ちた木々の緑の葉も、どこか精彩を欠いて見える。ただ、蒸し暑いのは相変わらずで、カッターシャツの内側はじっとりと蒸れ、皮膚《ひふ》に張り付いた生地が気持ち悪かった。

「……ぶっちゃけ褒められたこっちゃないので、島の人誰も来てほしくないですねえ」

後ろからついてきている環がぽつりと呟く。俺は振り返らず、無言で頷いた。青いビニールシートで簡単に梱包してカムフラージュしてきたものの、背負ってきた『道具』のモノがモノだ。一本道なので、誰かに出くわしたら見咎められることは必至だろう。

しかし、少し進んだところで、願い虚《むな》しく道の先に人が立っていることに気がついた。

「……あ」

どきりとした。――有馬さんだ。

ポロシャツにサンダル姿の彼は、出会った時と同じニコニコと柔和な表情を浮かべたまま、坂の上から俺たちを見おろしていた。蒸し暑いのは同じなのに、その気配は妙に涼しげだった。

坂道は島の形状に沿ってカーブを描いているので、互いの姿が見えた時点で、彼我の距離は数メートルほどだ。思わず会釈すると、有馬さんも軽くこちらに頭を下げた。その顔は、やはり貼り付けたように同じ笑顔を保ったままだ。

「西待くん、どうします？」

環がこっそり後ろから囁く。有馬さんは明らかに誰かを待っている様子だ。この先にあるのは寺だけなので、考えられる相手は俺たち。つまり、俺たちの取ろうとしている行動は、和尚に筒抜けなのかもしれない。彼女もその危険性に気づいたのだろう。

……どうする。

不自然に足を止めるわけにもいかないので、俺は歩調を緩めないまま、少し遠巻きに有馬さんの隣をすり抜けようとした。しかし、頭の中では忙《せわ》しなく、「呼び止められて、荷物の中身をただされたらどう誤魔化《ごまか》すか」という言い訳を考え続けていた。

「お二人とも、お参りですか」

すれちがいざま肩が並んだところで、案の定、有馬さんは俺たちを呼び止めた。バクバクと鼓動を速めていた心臓が、もう一度大きく跳ねる。

「……はい」

顔を見てしまうと言い逃れできる気がしなかったので、俺は強《し》いて彼のほうを向かないように声だけで応《こた》えた。ただ、やり過ごせますように、それだけ願う。

「……生前の由多《よしだ》さんには、お世話になってね」

不意に。

「私はあの人とは幼馴染みでして、ずっと仲が良かったし、私が名づけをやった裕人くんも、我が子みたいに可愛かった。それは本当なんですよ」

有馬さんは、静かに、脈絡もなくそんなことを言った。

「……そうでしたか」

どう反応したものか迷い、俺はそれだけ返した。相変わらず、顔は見られない。

「ですから似矢さん。彼のご葬儀、よろしくお願いしますね。ここでお会いしたことは、どなたにも内緒にしておきますんでね」

「……え」

俺が驚いて振り向いた時には、彼はもう坂を下りつつあり、後ろ姿になっていた。

凌霄花の咲く小道のカーブを曲がり、その姿がすっかり隠れ。ぺたぺたとサンダルの足音も聞こえなくなったところで、環が困惑したように呟いた。

「今の……有馬さん、どういう意味だったんでしょうねえ」

「……どうなんだろう。わからない。……とにかく、行こう」

俺も同じく迷いつつ、けれど。きっと彼が和尚に告げ口をすることはないのだろうという不思議な確信だけはあった。

＊

「遅かったじゃないか。待ちくたびれたよ。いい若者が、どうにも精が出ないことだね」

観音寺に着くと、思った通り、先に着いていたらしい東天が、正門の瓦屋根の上に腰掛けたまま文句を垂れてくる。

「ほらほら早くこっちに来たまえ。この門の右手を奥に行くと、石塀が低くなっているところがある。そこならお前たちも楽に乗り越えられるだろうからね」

東天の指示のもと境内に侵入すると、真っ先に灰色の墓石が並ぶ墓場へと足を向けた。

ただでさえ苦手な寺の中でもとりわけ苦手な墓地に、こうして自ら踏み入れる日が来ようとは。いや、葬儀屋としては別に珍しくもなんともないシチュエーションなのだが。

「ところで今日は下ネタ限定しりとりはしなくていいのかい、西待。お前の目隠しプレイで止まっていたと思うのだけれど」

「要らん！」

東天がすかさずニヤニヤ笑いながら揶揄《からか》ってくるので、即座に断っておいた。

「えっなんですか下ネタ限定しりとりって」

環にドン引きされたので、「いや、霊的なもの避けに効くっていうから……」と雑に言い訳すると、やはりというか、耳にキーンとくる高音高速で猛批判を喰らう。

「うわうわっ何やってんですか葬儀屋が霊怖いとかビビりにもほどがあるでしょ！　そもそもいつでも一緒の東天お兄さんが霊だし！　その時点で全然効いてないし!?」

「……おっしゃる通りで」

「サイテー！　低俗！　品性下劣！　ああやだやだもうほんと男二人揃うとろくな話しないんだから。っていうかそこは男二人だからです？　それとも似矢兄弟だからです？」

「男二人だからってことにしといてくれ……」

このけたたましさ、環がいれば下ネタに頼らずとも霊も逃げてくれるんじゃないだろうか、などとくだらない期待で気を紛らわせる。人間の俺も逃げたくなるくらいだし。

さて……。俺はキョロキョロと周囲を見回し、あらかじめ裕人さんに位置を聞いておいた由多家先祖代々の墓石を探した。

「あった、あれだ」

オーソドックスな御影石の墓石に『由多家之墓』と文字が彫られているのを発見し、俺たちは足早に駆け寄ると、背から下ろした荷物の梱包を解いた。中には大ぶりなスコップが二本と、ライターやドライバー、ペンチなどが一式。

「代々の墓だからか、墓石の下に割と深めに穴を掘ってから骨壺を納めてあるらしいな」

まずはスコップを各々《おのおの》手に取ると、思いっきり墓石の基盤に突き立てた。

――何をしているのか。

決まっている。由多家の墓暴きだ。

さても葬儀屋の血筋に生まれて二十三年。まさか、いっぱしに自分で契約を取り付けるより先に、他人様《ひとさま》の墓地を掘り返す日が来るなんて。まさにお釈迦様《しゃかさま》でもわかるまいというものだが、そもそもそのお釈迦様の見守る場所で死者の安寧を妨げているので、二重にバチ当たりというか地獄行きですね存じておりますというかなんというか。

「うふふ。私、二十八年生きてきたけど、墓暴きなんてやらかすの初めてですぅ。ドキドキワクワク、断崖絶壁の胸も期待で膨らんじゃうレベル。やったね豊胸手術要らず！」

「君の発言も大概品性下劣だからね、環。下ネタしりとりで初手におっぱい出してきたうちの弟と同レベルだよ」

「俺を巻き込むなよ。そして頼むからもう下ネタしりとりは忘れてくれ」

ザク、ザク、ザク。罪悪感を紛らわせるように軽口を叩き合いつつ、次々と土を掘り返しては傍《そば》に捨てていく。後で埋め戻さなければならないので、急ぎつつも慎重に。

所業が所業なので、背徳感と罪悪感と、誰かに見つかったらどうしよう、何かの手違いで和尚が戻ってきて出くわしたら言い訳のしようもなく一巻の終わりだという緊張感、伴って謎の高揚感と情緒が忙しい。何かよくわからない脳内物質がドバドバ出ている。

地面に突き立てたスコップのふちに足をかけて体重を乗せ、つとめて何も考えないよう、無心に掘り返しているうちに、穴は少しずつ深まってきた。

「……僕だけ手を動かせないからせめて口だけでも仕事をしよう。作業を進めながら聞いてほしいのだけど」

上から見下ろしつつ、東天が徐《おもむろ》に口を開く。

「この島の原形は隠れキリシタンの集落だった。けれど、江戸期に摘発に遭い、故郷を追われて、住民たちはみんな転び——信仰放棄を強制させられ、島流しのように無理やり連れてこられた……ここまではもう共有している話だったね。問題は、なぜ隠れていたはずの彼らは『見つかって』しまったかということだ」

兄の話に、俺は無言で土を放ることで先を促した。

「さらに伝承をおさらいするよ。この土地では、十三人のリーダーの中に一人鬼がいて、他の島民に害をなした。キリスト教に擬《なぞら》えていえば、人食い鬼、すなわち十三人目はイスカリオテのユダだ。つまり、この島に移り住む前、隠れていたキリシタンたちは、仲間の密告によって見つかったのだよ。聖書と同じく金銭によって裏切ったかは定かではないが、人食いという設定からいえば、まあそこも同じなのだろうね。仲間の命と信仰を喰らって私腹を肥《こ》やしたという皮肉をこめてあるなら、そういうことだ」

では、結託していた仲間たちを金で売った、肝心の『ユダ』は誰だったかといえば。

「考えてみればそれはわかりやすい。由多さんの漢字。おそらく明治維新で民に皆苗字が許された時につけられたのだろうけれど、音読みするとどうなるだろうね」

「由多《ユダ》……ってことか？」

そして、江戸時代からあるという、ひさごや旅館の立派な建物。

いくら元は漁業でならしたといえど、移住当時のH島の中では、異質なほどの御殿だっただろう。その建築費用の出どころが、どこかといえば……。

「密告の報酬、いわば三十シェケル銀貨だって？　……さすがに出来過ぎで邪推のしすぎじゃないかと思うけど、確かに珍しい漢字だとは思っていたんですよねえ」

スコップを動かす手を止めて、額を流れおちる汗を袖で拭いつつ、環が口を挟んだ。

「でも、それならやっぱりちょっと変ですよ東天お兄さん。由多さんは裏切り者だったんでしょ？　ってことは、当時の村の仲間たちにはめちゃくちゃ憎まれたんじゃありませんか？　でも、由多さん夫妻も故人のお父様も、何事もなく島で皆さんと仲良く暮らしている風でしたし、有馬さんも和尚さんもずっと親切だったんですよね？　もっと先祖代々いじめられててもおかしくないですよ？　むしろ、『お前のせいで俺たちはこんなところに来ないといけなかったんだぞ！』って、早々に追い出そうとするものじゃ？」

由多家が平穏無事に島民たちに受け入れられ、古くは漁民として、やがて旅館に転向してからもぬくぬくと暮らしてきたのは、いかにもおかしいのではないか。環の指摘はもっともだ。「ふむ。妥当《だとう》な疑問だ」と笑う東天に、俺も重ねて問いをぶつける。

「兄さんの推理が正しいとすると、おかしなことなら他にもあるぞ。だって由多家は、H島では『親分』の家系ってことで持ち上げられてるじゃないか」

憂さ晴らしのために、それこそ不浄の身分でも押し付けて、島のうんと僻地に追いやられてもおかしくはない。けれど実際は、むしろ島の中心的存在として丁重に扱われている。それは、理屈に合わないのでは……？

「ほほう。お前にしてはなかなか鋭いじゃないか」

「俺にしては、は余計だ。でも、今やすっかりキリスト信仰も薄れてるわけだし、由多家が兄さんの言う通りかつてはユダとして忌《い》み嫌われていたとしても、今は過去のことを水に流して、仲間として受け入れられてるって考えたほうがいいんじゃ？」

「それはどうかな？　H島を新天地に、『転んだ』キリシタンたちは信仰を諦めた。強いられるまま新しい教えに染まり、普通の仏教徒に擬態するうちにキリシタン文化は廃れた。今はマリア観音などいくつかの聖具と、名付け親……ゴッドファーザーの風習に、わずかに面影が残るのみだ。けれど、彼らは本当に忘れてしまったんだろうかね」

ふと。この島に来た時、東天がなんとはなしに話していた、オーストラリアの「マイト」の習慣の話を思い出した。オーストラリアはイギリス移民の国。新しい大陸で結束するために、見知らぬお互いを受け入れるべく生み出された協調性の文化。

けれどよく考えれば。その基盤を築いたのは、祖国から流されてきた罪人たちだった。

「孤島で一から暮らしを始めるのは生なかなことではなかったろうねえ。文化が消え信仰が廃れても、寄り集まった島民みんなの結束を守るために、残り続けるものがあるとすれば？　……それは、恨みなんじゃないのかい」

彼らは、由多家を受け入れてなどいなかったのだ。決して。今に至るまで、ずっと。

「それに案外、僻地に追いやられずに済んだわけでもないかもしれないよ」

東天は歌うように続けて、ふわりと墓石の上に舞い降りた。

「ここでは、魂が成仏できずに中有を彷徨《さまよ》うことを『辺へ去ぬる』や『辺へ出る』というらしいね。ところでキリスト教で『聖絶』という言葉がある。神に見捨てられたと見做《みな》されたものを、正義の名のもとに根絶やしにすることさ。有名な例でいうと、旧約聖書に出てくる『ノアの方舟《はこぶね》』の逸話で水に沈んだ旧世界も、天から降り注ぐ炎で死に絶えたという悪徳の町ソドムとゴモラも、聖絶されたものたちだ。現代ではカトリックにおける破門を示したり、永遠に祝福されず不幸になれ、地獄に堕ちよという呪詛《じゅそ》になる。ラテン語で発音すると『ヘーレム』というね」

……ヘーレム。

「東天お兄さんは、『辺へ去ぬる』はヘーレムのことだろうと考えているってことです？　訛《なま》ってそうなったと？」

「おそらくね」

不意に。話の途中で、こつ、とスコップの先が何かに当たった。

慎重に土を取り除けてみると、下から現れたのは大きな金属製の箱だ。上部はスライド式のようで、錆び付いていたが開きそうだ。蓋を慎重に外すと、俺たちは中を覗き込んだ。

陶製の骨壺がぎっしり並んでいる。

「代々の由多家の骨壺……？」

こんなふうに地中深く埋め、寄せ集めて封じられているところを見たのは初めてだ。

「由多家も含めた葬儀では、きっともっと浅くに納めて偽装するのではないかな」

東天が注釈をくれる。おまけに、古びた骨壺は全て、厳重に針金やニカワで蓋が固められていた。事前に聞いてはいたが、本当に珍しい。

一番新しそうな手前の一つを示して「開けてごらん」と唆《そそのか》す東天の言いなりに、ペンチで針金を切り、ライターで壺蓋の縁を炙って、変色したニカワを軽く溶かす。緩んできたところで、これまた準備してあるナイフを隙間に差し込みながら、蓋をゆっくりと回してみた。罰当たりも度をこすと、何も怖くなくなるのかもしれない。

傷つけないように、慎重に。ザリザリと耳障《みみざわ》りな音を鼓膜に残しながら、骨壺の蓋は少しずつずれていった。

「これ……」

中から現れたものを見て、俺は絶句した。

由多家先祖の骨壺の中は、――遺骨は入念にすり潰したと言っても過言ではないほど粉々に砕かれ、なんならその上から墨や赤インクがぶちまけられ。

「ギャッ」

こちらの手元を何気なく覗き込んできた環が、短く悲鳴をあげる。中から出てきた、ミイラ化したネズミや虫の死骸《しがい》を見てしまったせいだろう。すっかり干からびているが、魚の骨や、カラカラになった青菜の切れ端など、生ゴミだったであろうものも入れられ、内面にはびっしり落書きがしてある。

『ゆだ』

『みしらず』

「……」

恐る恐る他の古い骨壺も同じようにして開けてみれば、それぞれの時代に冒瀆された形跡がある。執拗《しつよう》に、入念に。偏執的なまでに。

……なんだ、これ。

啞然とするなんてものじゃない。

「これ、まさか全部……」

俺が呆然《ぼうぜん》と疑問を投げると、「きっとね」と東天が面白そうに頷いた。

『辺へ去ね』

それらの殴り書きの群れには、先ほど、聖絶を意味する呪いが発祥であろうと推察された言葉も見えた。新しい骨壺だけであってくれと祈るような気持ちで、全体が黄色く変色しきった最も古びたものも手にとる。入っていたのは、赤インクやビニールやプラスチック類のゴミがないだけで、墨や死骸《しがい》は同じだ。

救われず、報われず。滅んでしまえ。

「この島の『ユダ』は必要悪だったのだね。島民たちが結束を強めるための」

東天の声をどこか遠くに聞きながら、俺は冒瀆され汚された骨壺の群れを見下ろした。

＊

「あらまあ、こんばんは。時間通りですねえ。けど西待くんたら今日も浮かない顔！　せっかく初仕事が晴れて解決を見たっていうのに、若者らしからぬ覇気のなさはいかがなものかと思いますよう」

――H島を出てから、ざっくりと二カ月ほど後のことである。

本日の天気は昼からずっと曇り続きなので、暮れ時の空はあいにくと濁《にご》った茜《あかね》色だ。晴れるでもなく降るでもない、なんとも半端な空模様。

昼から夕方、さらに夜の顔へと変わりゆく繁華街で。色とりどりの突き出し看板の群れをぼうっと見上げているところに、明るい高音が割り込んできて、俺は視線を前方へと下ろした。

声の主はわかっている。この場所で待ち合わせをしている相手、環だ。

先日H島で行動を共にした時は、始終取材のためにラフなパンツスタイルだったが、今日は若草色のワンピースという適度にめかしこんだ格好だった。化粧も薄く施しているらしく、普段の潑剌《はつらつ》とした子供っぽさが鳴りを潜め、どこか艶《つや》めいて見える。

これで口さえ開かなければな、……と。俺は少しだけ失礼なことを考えた。

「今日は東天お兄さんは一緒じゃないんです？　てっきり彼も来るものかと。西待くんとお兄さんとはニコイチなのかと思ってましたし」

「ああ……」

俺の内心を知るべくもなく、環はからりと笑って確認のように周囲を見回した。俺は言葉を受けて、誰もいない隣の宙に目を向ける。いつもはそのあたりをぷかぷかと漂いながら、息をするように憎まれ口をたたく兄の亡霊の姿は、今はない。

視線を環に戻し、俺はため息まじりに同意した。

「東天兄さん、あれでいてうるさい場所はあまり好きじゃないらしい。敬遠されたんだ」

「あららら残念。あれでいて、って言い得て妙ですね。本人は単品であんなにかしましいのに。同族嫌悪かしら」

「……さあ?」

盛大なブーメランだと思ったが俺は黙っていた。次のセリフに困った俺が何も言わないままでいると、環は「そういうことならしょうがないですねえ」と肩をすくめてみせた。

「じゃあま、東天お兄さんはほっといて私たちで行きましょうか。どうせ座席数変更の連絡もいらない幽霊さんですしね。今日はお姉さんの奢り……と言いたいところだけどそうじゃないので好きなもの食べていいですからね」

「……その立場で好きなもの食べろとは言わないいんじゃないか、普通」

「普通、だなんて。亡霊と常時セット行動してる人に普通を説かれても説得力ない！　と言っても私だって年下の坊やに奢らせる気はないからご心配なく。世の中の流れに従って、男女平等でいきましょう。西待くんがどうしても綺麗なお姉さんにお奢り申し上げたいというなら不肖この里見環ご馳走《ちそう》になるのもやぶさかではないですが」

「……」

マシンガンの如く畳みかけられて、俺はこめかみを揉む。環はそんな俺をニヤニヤと眺めながら、「冗談はさておき、それじゃほんとに行きましょうか」と前方を指さした。

今日の用件は、環からの呼び出し——というより、先日のH島の一件の経過報告だ。あの後、島内でのことは環も把握しているが、その後は俺と由多さん夫妻でしかやりとりをしていない。「墓暴きまで手伝った私に顚末も知らせないなんて不義理すぎじゃないです？」と長文のお叱《しか》りを頂戴《ちょうだい》し、「ところで私、焼き鳥食べたいんですけど。そしてお手頃で美味しいお店知ってるんですけど」と立て続けにリクエストが来た。それだけ。

「ねえ、西待くん、今日は喪服じゃないんですね。私服姿、すっごく普通」

並んで歩きつつ、環は徐に言う。彼女の視線に釣られ、俺も自らの格好を見下ろしてみた。上は丸襟《えり》のシャツだけだと肌寒かったので、灰色の無難なパーカーを引っ掛け、下はブラックデニムのボトムス。似たような格好をしたやつと、もう十人はすれ違った。

「西待くんのことだから、私服も、なんなら寝巻きまで喪服一張羅だと思ってたのに」

「そんなわけないだろ。今日は仕事じゃないから」

「仕事じゃないから？　あらま、そうなんです？」

環は小首を傾げる。童顔のくりくりした丸い目が、こちらをひたと捉《とら》えた。

「そうだけど。今日は俺、一日オフだったから……」

「違う違う、違いますよお。そういう意味で言ったんじゃなく」

環は笑った。黒目がちの大きな目、ラメの乗った二重瞼《まぶた》が震え、にいっと細められる。その様子にどきりとする。——今度は艶めいた意味ではなく。

「その喪服の意味、プライベートじゃなかったんだぁ、って。——私はてっきり、仕事ではなく贖罪《しょくざい》で着ているかと思っていましたから？」

言葉の内容に、意表を突かれたからだ。

「……」

俺は沈黙を貫き、何も聞こえなかったふりをした。しかし、言った当の環こそまったく気にした風もなく、地図アプリを開いた手元のスマホを眺めながら「あ、そこの角を左ですねえ」とのんびり呟いた。

＊

環おすすめの焼き鳥屋は、繁華街片隅にある雑居ビルの一階。入り口に色褪《あ》せた赤暖簾のかかった、平成も過ぎた令和の現代にあって、昭和の残り香が漂うような店だった。

「あら、空いてる。これなら予約要らなかったかも」

店じゅうに充満している、炭と肉との焼ける濃いにおいにクンと鼻を鳴らしつつ、環は案内されるまま古びた木製のテーブルに着く。そう広くもない店だが、客席ごとに半個室のブースに分かれているのがありがたい。

　今時の居酒屋らしく、卓上に据え付けのタブレットを操作して適当に注文を終えれば、すぐに飲み物と突き出しが届く。お定まりの黄金色の液体をなみなみと満たし、結露を浮かせた中ジョッキグラスを豪快にあおりつつ、「ぷっは！　やっぱり生でしょう！」と泡のついた口元を手の甲で拭う環の前で、俺もちびちびとソフトドリンクを傾ける。

　酒は苦手なのだ。酒精の風味を特別うまいとも思えないし、何より酒好きの人がよく言うような、「酔っ払えば嫌なことを忘れてふわふわ夢見ごこち」というのを味わったことがない。アルコールが喉を焼く違和感にはいまだ慣れず、おまけにある一定の酒量を突破するといきなり気分が悪くなる特典つきだ。飲めなくはないが、飲むメリットもない。

　彼女はまもなくからになりそうなジョッキを置くと、半分も減っていない烏龍茶《ウーロン》を無言で啜《すす》り続ける俺を見て、ふっと小馬鹿にしたように笑った。

「一杯目から烏龍茶？　西待くんったらお子ちゃまなんだからぁ。お酒が飲めないなんて、人生の半分損してますよ」

「……そうか、環さんの人生は半分も酒なんだな。つまり絵に描いたような酒カスか」

「そういう可愛くない口の利き方、本人がいないからって、お兄さんをリスペクトしなくていいんですよ？」

「別にリスペクトしてないしする予定もないし心外だ」

ため息をつく俺の様子など素知らぬ風情で、環はビールをもう一口仰ぐと、「あー、美味しい！」と聞こえよがしに感想を重ねた。

「こうもビールが美味しいと焼肉食べたくなっちゃうわあ。メニューが焼き鳥なのが惜しいくらいですねえ。焼肉ならもちろん食べ放題一択、注文の順番もお値段も気にせずカルビ全種類制覇とかタン塩ばっかり六人前とかモツ三昧《ざんまい》とかやりたいです」

「焼き鳥を指定してきたのはそっちだけど……だったら最初から焼肉屋って言ってくれたらよかっただろ。俺は別にどっちでも構わなかったし」

「やだなあ人としてだめですよ、しんみり辛気臭い話に焼肉は。今日はテーマがテーマだから人道的にアウトです。西待くんだってそれくらいわかるでしょ？」

「……いや、なんで？」

まったく理解不能の謎理論を持ち出す環に、俺は素で問い返した。十秒ほど考えたが、うん。普通にわからん。

怪訝《けげん》さを顔面いっぱいに広げる俺に、「えー！　わかんないの！　うける」と環は手を叩いて笑った。理屈もわからないままだが、酔っ払いの笑いのツボも大概わからない。わからないなりにバカにされているのはわかるので不快ではある。あからさまに俺がいやそうな顔をしていることに気づいたのか、環はなおも笑いながら次のような講釈をくれた。

「だって牛肉なんて合法的に摂取できる麻薬みたいなもんじゃないですかあ。薬でトリップしながら大事な話しちゃだめでしょー。なんか脳みそに作用して、幸福感じさせるホルモン？　分泌させる成分？　みたいなの入ってるとかいうもん。ええとア、ア、……アミラーゼとかアントシアニンとかアフラ＝マズダとかざっくりそういう系の名前のやつ」

「……オキシトシン、だよな？　環さん。全然アで始まってないし、そもそもアミラーゼは唾液《だえき》に含まれる消化酵素だし、アントシアニンなら脳みそが真紫に染まるし、アフラ＝マズダに至ってはゾロアスター教の神だから牛肉にホイホイ入ってこられると困ると思うんだが」

「あはは！　ヤダァ西待くんたら結構細かいこと気にしますよねぇ！　ほんとに東天お兄さんが乗り移ったみたいーっていうか大丈夫ですか体乗っ取られてません？　本人？」

「いや乗っ取られてないけど、……細かい……か……？　適当すぎるだろ」

しかし、アントシアニンとかゾロアスター教とか、ありし日の生物やら世界史やらで習ったな、とちょっと思った。先日のフランシスコ・ザビエルといい、隠れキリシタンといい、およそ社会で役に立ちそうもない知識が、意外なところで生きてくるものだ。

突き出しの焼き枝豆のさやを唇に当てて慣れた調子で扱《しご》きつつ、環さんは「まあそんな話はさておき本題本題」とニヤリと笑った。

「それで……由多さんご夫妻はどうなったんです？」

「無事にお父様のご葬儀を終えられたよ。当初のご希望通り、二人きりの家族葬で、ひっそりと。……いい式だったと思う」

俺は、目の前に置かれた砂肝と白ネギのガーリック炒《いた》め——環の趣味だ——に手をつけるともなく、まずはそう答えた。

本当の話である。つつましやかでしめやかな、故人を悼む心尽くしに満ちた、いい式だった。

当初の予定通り、ご葬儀に関するアレンジは俺がさせていただいた。先日、東北での最初の依頼は不測の事態で流れてしまったので、これが実質、老舗葬儀社『似矢』の後継ではなく、個人の特殊葬儀屋としての俺が手がける初仕事だった。由多さん夫妻には非常に感謝されたから、そこそこ満足度の高い仕事ができたと自負している。……一応は。

なお、葬儀を執り行った式場はH島ではない。そもそも由多さん夫妻は今、先祖代々にわたり営んできたH島のひさごや旅館を閉め、九州本土に引っ越している。それから、移住先で落ち着くのを待って、再び俺に依頼をくれた。だから、島から帰ってきたのは二カ月前でも、俺がお父様のご葬儀を手がけたのは、実はほんの数日前のことなのだ。

さて、どこから話すべきか。

俺は環の顔をぼんやりと眺めながら、その向こうを透かし見るように、由多さん夫妻のこと、あの後H島であったことを思い出していた。

＊

——あの、墓暴きの後。留海和尚が帰ったのを確認してから、観音寺の由多家代々の骨壺から見つけた『Ｈ島の真実』について、俺たちは由多さん夫妻に全て説明した。

かつて隠れキリシタンだったＨ島の住民たちが、信仰を捨ててなお持ち続けたもの。それが、由多家への怨念《おんねん》だったという事実を、——だ。

移住当時のＨ島民たちが、由多さんの先祖を憎んでいたのは間違いない。意図せず無理矢理に連れてこられた、慣れない島での生活は過酷を極めただろう。だからこそ彼らは、怨敵が逃げてしまうのを止めようとしたのだ。

何食わぬ顔で「親分」として表向き持ち上げることで、雑事の大半を押し付けるという村八分をわかりにくくし、その裏で由多家を諸悪の根源「鬼」に見立てて、葬儀費用や戒名料として法外な値段を菩提寺に吸い上げさせる報復を、延々と島ぐるみでやっていた。

『思想も信条も異なる人間たちが、最も手を携えあって結束するのはどんな時かわかるかい？　共通の、大きな敵に立ち向かう時なのさ』

説明しながら、話せば話すほどにあんまり無体な内容に思え、時折言葉に窮する俺の隣で。東天はこともなげにそう言って微笑んだものだ。

『きっかけは由多家の先祖や島民たちが隠れキリシタンだった頃の裏切りだろう。とはいえ、その元来の怨恨《えんこん》を、現代まで持ち越しているとは考えづらい。そもそも、信仰そのものはほぼ消え失せてしまっているのだからね。でも、不作やら不漁やら戦争やら不況やら――時代時代の艱難辛苦《かんなんしんく》を受け、H島全体が窮地に立たされた時、そのストレスの捌《は》け口として、堂々と便利に使える相手がいるのだとすれば……?』

俺はふと思い出す。環がそもそも『月刊アトランティス』の取材に来た理由を。かつて観光景気で鳴らしたH島は、現在はブームが去って経済的に落ち目にある。暮らし向きに暗い影が落ちる時、時代の移り変わりは仕方がないことだと割り切るにしても、心にやるせなさやしこりは残るだろう。

どこにも苦しさのやり場がなく、先々に暗い展望しか見えない時。「全てはあいつがいるから」と公然とサンドバッグにできる存在があれば、気休めになりはしないか。

……H島にとって、ユダの存在は必要悪だった。

親が子に恨み言を吹き込んでは呪詛を残し、次世代で、そのまた次の世代で、島の結束を守りながら暮らしてきた。彼らは「でうす様」への信仰心は忘れても、ユダへの憎しみは語り継いだ。それが皮肉にも、離島での集団生活を助け続けてきたのだろうと。

江戸の昔から、ずっと。親切で過干渉な島民たちの笑顔の裏には、数百年越しの、緩やかな憎悪が根付いている。まさか有馬さんも噛んでいるとは思わなかったのだろう。由多さん夫妻は顔を見合わせ、都度、言葉を失っていた。

『……そんな事情があったんですね』

やがて、裕人さんは苦しげな面持《おもも》ちで、ため息のようなセリフを吐き出した。その後に続けられた言葉は、俺としても驚かされるものだった。

『でもまあ、実はそんなにびっくりもしていないのが本音でしてね。……薄々わかってはいたんですよ』

諦めまじりといった風情で長く息を吐き出す裕人さんに、俺は困惑した。

『わかっていたというのは……その、有馬さんや島民の皆さんの隠してきた、伝統的な……悪意……についてですか？』

『そうですね。ええ……そうです』

察するきっかけなど、確かにたくさんありそうだ。葬儀への過干渉の割に、経済的な支援を一切しない不自然さ。大勢で囲んで、善意の体《てい》で追い詰めるやり口もか。

『親父も勘づいていたのでしょう。だから菩提寺に入るのも嫌がったし、葬式も開きたくないと言った。お袋が島を出たのもそれでかもしれないし、祖父母も、その前の代も、気づかないふりをしてきたのかもしれない。それはそれで、ある意味では呪いの連鎖でしょうか』

または、これも生きていくための一種の共依存の形態かもしれない、とこっそり思う。表向き笑顔で接しながら、隠れて呪いをかけ続けるもの。表向きそれを甘受しながら、隠れてひっそりと傷つき続けるもの。

この地には、避けるべき「ミシラズ」という言葉がある。

身の程知らずにならないために、肌に感じる悪意に気づかぬよう自己暗示で蓋をする。

ミシラズにならないために、ミシラヌふりか、なんて。ばかな言葉遊びが浮かんだ。もちろん口には出さないが。

『父は、そんな呪いの連鎖をいい加減断ち切りたかったのかもしれませんね……』

裕人さんはそう言い、俺と同じく「どんな顔をしていいかわからない」と言いたげな様子の鳩香さんに微笑みかけた。

『祖父母以前の先祖代々のお骨は、回収を諦めてそのままにします。本当は手元に引き取って弔い直したいところですが、似矢さんたちが掘り起こしたことが割れたら、和尚や島の人たちがどう思うかわかりませんから』

『……いいんですか？』

『しょうがないですから、なあ鳩香』

裕人さんは、隣で話に耳を傾けていた鳩香さんと、顔を見合わせて苦笑した。話がまとまって何よりのはずなのに、俺はもぞもぞと落ち着かない気持ちになったものだ。

決心してからの彼らは、今までのためらいや葛藤《かっとう》が嘘のように全てが迅速だった。

葬儀は家族葬にすると異口同音にその場で決め、翌日、俺や環が島を出る際には、「近日中にやはり旅館を畳んで早々に本土に移り住む」とも話してくれた。場に居合わせた環が「同じく仏式でやるなら、うちの実家の寺がお役立ちですよ！」とちゃっかり売り込もうとしていたが、結局はどこの宗教も絡まぬごく低予算な「お別れ式」とあいなった。

もともとH島を引き払った後の落ち着き先も、目ぼしをつけていたらしく。島民たちを誤魔化しながらそっと諸々の準備を進め、「移住先を知られないよう、細心の注意を払って何も言わずに」何食わぬ顔で九州本土に引っ越したのだとか。


果たして、ご夫妻の他には俺だけというつつましやかな葬儀の終盤、粛々《しゅくしゅく》と海への散骨まで済まされた後に。つきものが落ちてスッキリしたような、けれどもどこか寂しそうな様子のお二人を見て。俺はつい、言わずに秘めていたことを打ち明けてしまった。

『今だからお話ししますが……墓を暴きに行く道すがら、有馬さんに会ったんです』

『え？』

『観音寺への行き道で待っておられたご様子で……。裕人さんのことを、我が子同然に可愛いと思っていたと、……ご故人のお父様のことも、大切な友人だったと。それだけおっしゃっていました。どういう意図があってのことかは、わからないのですが』

目を伏せて話しながら、俺は、東天から聞いた免罪符、そしてフランシスコ・ザビエルのことを思い出していた。

物事には表と裏がある。表裏とは、時に建前と本音も含むだろう。

由多家に親切に振る舞う自分と、H島の伝統に従い『ユダ』を隠れて虐《しいた》げる自分。有馬さんにとって、どちらが表でどちらが裏だったのか、それはわからない。

でも、あの日、彼があの坂道に現れたということは――？

俺は、裕人さんの諦めたような微笑みに覚えた胸のざわつきの正体を、その時にようやく自覚した。あの柔和で朗らかな有馬さんが、連綿と続く憎しみへの隠れ蓑というだけで由多家に優しくしていたのだと、思いたくはなかったのだ。彼らの間にあるものが、恨みつらみばかりの関係であってほしくなかった。

『……そうでしたか。ありがとうございます』

裕人さんは、クシャっと顔を歪めるように、泣き笑いの表情を見せた。

『それを聞いて、少しだけ報われた思いです』

『……いえ』

出過ぎたことを申し上げました、と。俺は視線を逸らして頭を下げた。

＊

「なぁるほどねえ、よかったです。西待くんの話聞いてホッとしましたよ」

葬儀の様子や由多さんご夫妻の動向について、一通り俺の言葉に耳を傾けていた環は、聞き終わって最初に大仰に胸を撫で下ろしてみせた。

「新天地での新生活はうまく行ってる感じなんですか？」

「引っ越し先の近くのホテルレストランに運よくお二人とも転職できたらしい。仕事も地縁も何もかもゼロスタートだけど、慣れないなりに楽しく頑張ってるってさ。顔色も悪くなかったから、俺もご葬儀の時お会いして、安心した」

今のところ、島民からの接触も一切ないらしい。互いにこのまま穏やかに時を過ごしてくれれば、それでいい。

ただ少し気がかりなのは、あんなに慌ただしく引っ越しをして、ひさごや旅館はどうなったのだろうかということだ。あの見事な古民家の建物について、有馬さんはじめ、H島の皆さんも「昔から守ってきた旅館じゃないか」と惜しんでいたように思うのだが。

「なんにせよ、誰も彼も呪いから解き放たれたんだから、これでよかったんだ」

なかなか減らなかったはずの烏龍茶は、いつの間にかすっかり干してしまっていた。次の一杯を頼もうとタブレットを操作する俺の前で、環がふと忍び笑う気配がした。

「甘い甘い、とっても甘いです。ほんと、烏龍茶より気の抜けたコーラの似合いそうな性善説支持者なんですねえ西待くんって。でもね私、心置きなく誰かを恨んで憎む快感って、そう簡単に消えるものじゃないと思うんです」

「……？」

「シャーデンフロイデ、って知ってます？　直訳すれば不幸への快感、つまり気に食わない相手が不幸になった時に、人間は快楽を覚えるんですよ。まさに人の不幸は蜜《みつ》の味ってね」

注文用タブレットから顔を上げて怪訝な眼差しを投げる俺に、環は手元のスマホを操作すると、「これ次号のアトランティスで、この間の取材で撮った写真と組み合わせて使おうかと思ってるネタなんですけどね？」と前置きながら、画面を上向けて端末をこちらに滑らせてくる。

画面に表示されていたのは、地方版ネットニュースの記事だ。

『H島の廃旅館、不審火で全焼！』

「え」

目に飛び込んできた見出しに、思わず声が出た。

記事の内容は、廃業したばかりのH島のとある老舗旅館が、何者かに放火されて焼け落ちたというもの。怨恨か快楽犯か。犯人はわかっておらず、県警が捜査を続けている——という、当たり障りないところで終わっている。

掲載された写真の様子からも、燃え落ちたのはひさごや旅館で間違いない。真っ黒焦《こ》げでひどい有様だが、かろうじて焼け残った門だけが、以前の面影を伝えてくる。

「この分だと、喪主のご先祖たちの墓も荒らされて、遺骨もひどいことになってるんでしようね」

　環は気の毒そうに言い、ついでのように水を向けてきた。

「でも今回の話。裏切り者の末路は数百年経っても恨まれ続けるって、西待くんったら耳が痛かったりするんじゃ？　……鬼は、いったい誰のことなんでしょうね」

「……」

　環の次のセリフは予想ができる。だからこそ、俺は聞こえないふりで視線をテーブルに落とした。残りは言わずとも察するというこちらのあからさまな態度を斟酌《しんしゃく》もせず、環はのんびりと続ける。

「実は前から聞いてみたかったんですよねえ。いや、純粋な興味本位なんですけどね。……東天お兄さんの亡霊の隣で毎日過ごすのって、平気なんです？　ああ、霊と共存すると肉体に影響がどうの、みたいな物理的な意味じゃなくてですね。そういうのは私じゃなくて弟の専門だし」

　可愛らしく小首を傾げると、環は何でもないように問うてきた。

「後悔と罪悪感で、自分が死にたくなったりしないのかなって」

　今日、兄が来なくてよかった。この場に、彼がいなくて。

　不意に。環が聞いたという、H島のいいつたえを思い出した。

　日が暮れるまでに帰らなければ、人は鬼に食われる。

鬼の正体はユダ。裏切り者は、鬼になるのだ。

――今の俺は、ちゃんと人だろうか。それとも鬼だろうか。

「さあな」

俺は俯いたまま、ただ気のない返事で答えをはぐらかした。

鬼のとむらい

鬼籍に入《い》る、という言葉がある。

俺たち葬儀屋には慣れ親しんだ表現で、『死』の言い換えだ。もっとも葬儀屋でなくとも人口《じんこう》に膾炙《かいしゃ》した慣用句ではあろうが、「入る」は「はいる」ではなく「いる」と読むのはあまり知られていない……気がする。

鬼籍は閻魔《えんま》帳のこと。生死簿だの点鬼簿だの鬼録だのと、あれこれ別称もあるらしい。なお、ここでいう「鬼」とは、閻魔様の家来である牛頭馬頭《ごずめず》ではなく、死者そのものを指すそうだ。

ちなみにいちいち「らしい」やら「そうだ」やらと文末に付けてしまうのは、今こうして訳知り顔で語っている情報が、しょせん受け売りにすぎないから。史学だの民俗学だのに関する知識の仕入れ先は、俺の場合、大半が兄だった。

『西待《にしまつ》。お前、鬼とはそもそも何を指すと思う?』

生前の東天《あずま》はよく、死者や葬祭についてため込んだ己の知識を気まぐれに披露していたものだ。世に鬼籍というが、果たしてそもそも鬼とはなんぞや。その時そんな話になったのも、確か例によって兄の思いつきだった気がする。

俺たちの実家は東京の郊外にある。ついでに似矢《にせや》家は、代々長く同じ場所に住み続けてきたがため、純和風建築の居宅は古く広い。その日、大学受験を間近に控えた兄は、模試帰りとかでずいぶんと早い帰宅だった。庭に面した縁側に腰掛ける学ランの黒い背中を見つけた時、よりによって一番嫌な奴に出くわしたな……と顔をしかめた記憶がある。傍《かたわ》らには、彼が先ほどまで読んでいただろう志望校の赤本や参考書の類《たぐい》が積まれていた。

　当時高校一年生だった俺は、兄と、というより家族そのものと疎遠になっていた。寝る以外の目的では家に戻らず、それもかなり不規則な時間帯の帰宅だったり、無断で外泊したりを繰り返していた。家ではとにかく一人になりたくて、できるだけ誰とも会わずに自室に引っ込んでいたかった。

　しかし悲しいかな、東天はいつでも我が道を行く人間だった。父母が俺を腫《は》れ物扱いしていた時でも、奴だけは平気で近づいてきたものだ。果たして、この時もそうだった。ぽつぽつと濃紅色の花をつけた、業者の手が入ったばかりの山茶花《さざんか》の前栽《せんざい》を見るともなしに眺めていた兄は、俺の気配を察して振り返った。頼むから話しかけてくれるなよ、というこちらの無言の圧などどこ吹く風で、学ラン姿の兄はスラスラと語ってみせたものだ。

『鬼という字の字源には、諸説ある。大きな仮面を被った祭司だとか、目立つ頭部を持つ異形の者を象《かたど》っているだとか。どの説にも共通しているのは、とにかく普通とは違う状態の人間を意味する文字だ、ということさ。普通ではない人間とは、すなわち幽鬼のこと。漢語における、死者を表す鬼《グイ》の文字が、日本に伝わってから鬼《おに》に変わったのは、「なんとなく気味が悪い、不吉で忌《い》まわしく恐ろしい、暗がりにいる得体の知れないもの」をオヌと呼んでいたのが、やがてこの文字の訓読に変わったから……とかね』

『ふーん……オヌとかいう言葉も、最初から鬼って漢字をあててたのか？』

素直に興味をひかれる内容だったが、真面目に聞いていると思われるのが癪《しゃく》で、俺はわざとそっけなくいい加減な問いを投げた。兄の話す少し高めのテノールは、やたらと耳に心地よかったのもよく覚えている。あの頃は、――俺と兄とはまだたった二つしか歳《とし》が離れておらず。その肉声は、ちゃんと鼓膜を打っていたのだ。

『いや。隠《おぬ》、と書くのが妥当《だとう》のようだよ。鬼の字は、カミやモノと読んでいた』

微笑《ほほえ》んだ兄は、長い指を宙に滑らせて字を書いてみせた。

鬼とは隠。不吉で恐ろしいもの。得体が知れないもの。それが鬼だ、と。死も死者も、当時の俺にとって確かにその通りであったので、話を聞いた時は、なんとなく納得した。

『面白いよねえ、西待。弔《とむら》いの場において僕たちが使う言葉一つとっても、さまざまな由来があって、それにもさらに諸説がある。ひとの営みは、その終わりに関する作法すら無限無数に分岐するのだよ。僕はこの目で、色々な弔いの作法を見たい。この足で色々な土地をめぐってみたい。触れたい、知りたいことが、まだまだある』

『……あっそ。俺にはよくわかんないけど、兄さんの趣味が風変わりなのはわかった』

なんということもない、その場で終わった雑談だ。だが、なぜか兄が死んだ今になって、俺はその時のことを何度も思い出すのだ。

人の屍《しかばね》は荒野に似ている。

けれど、俺の眼裏《まなうら》に強烈に焼き付いて離れない『屍の絵』は、血も肉も削げ落ちた骨の砂漠ではない。

首から落ちて散った椿《つばき》の、色とりどりな花弁の上。いっそ美しいと感じるほどに、眩惑《げんわく》的で、幻想的なあの光景。

夕暮れの残照に浮かび上がる、だらんと四肢《しし》を投げ出したそれ。

色素の薄い琥珀《こはく》色の虹彩は、影を落とす長い睫毛《まつげ》と固く閉ざされた瞼《まぶた》の下に隠され、もう何も映すことはない。黒い学生服に包まれた薄い胸板の下の心臓は、もはや寸とも動いていない。

『ねえ西待、知っているかい？「とむらい」という言葉には、二つの語義があるだろう。一つは、死者を悼《いた》み別れを告げる、僕たちが将来なるだろう葬儀屋にとってよくよく親しんだ「弔い」で「葬《とむら》い」。普通はこちらを思い浮かべる場合が多いね。そしてもう一つは、外来の旅人として、どこか誰かを訪問し、またはその安否を問い、慰《なぐさ》める「訪《とむら》い」だ。おまけに「訪い」としてのとむらいには、さらにもう一つの意味がある――』

沈黙は罪とばかりに絶えず雄弁に動いていたはずの唇は、薄く開いた端から鮮紅のすじを垂らすばかりで、もう言葉一つも語ることはない。

忘れることなどあるものか。

何度も何度も夢に見た。都度、吐き気がするほど鮮烈に記憶に刻み込まれた。

——兄の、骸《むくろ》だ。

明朗で自信満々で、輝かんばかりの才能と美しさに恵まれた、およそ「隠」れることとは縁遠かった兄。まるで太陽のようだった兄。誰もがその光に惹《ひ》かれていた。

それなのに、今はもう、『鬼』籍に入ってしまった兄。

あいつは本当に鬼なのだろうか。

むしろ、忌まわしく不吉で、暗がりにいるべきは。

兄のしてくれた鬼の話を思い出す時、大抵、そんなことが脳裏をよぎる。考えても仕方がないのに。何度も何度も、何度も。

＊

りりり、りりり。

耳元でけたたましく鳴り響く時代錯誤《さくご》な黒電話のベル音と、ブルブルと枕の下から控えめに揺さぶってくる微振動。疑うべくもなく、自分でセットしたアラームだ。

「もう八時か……」

手探りでスマホを探り当て、薄目で画面を確認する。

寝坊せずにすんだのは幸運とはいえ、そもそも昨晩は、あまり夢見がよくなかった。浅い眠りの淵から、幾度となく現実に引き戻され、気を取り直して寝ようと目を閉じては、今度は見たばかりの夢の光景がどうにもこうにも頭から離れなくなる。その繰り返し。ようやく安定して眠ったといえるのは、明け方近くになってから。待受のデジタル時計は、四時をすぎたところまでは覚えている。

「……絶対環《たまき》さんのせいだ」

周囲に誰もいないと知っているが、声に出して呟《つぶや》いてみる。人のせいにして悪いが、少し落ち着く気がしたからだ。

――『鬼は、いったい誰のことなんでしょうね』

「……」

先日のH島での一件の後、環に由多《よしだ》さんの葬儀にまつわることの次第を報告してからというもの、俺は毎晩こんな調子だった。彼女の言葉が耳から消えない。

俺はため息をつき、朝日がカーテン越しに差し込んでくる部屋を見渡した。最低限の調度が並ぶ、見慣れない室内。見慣れていなくて当たり前である。ここは、現在出張中の関西にある、ビジネスホテルなので。

寝付けなかったのは、枕が変わったせいかもしれない。あるいは、横着して新大阪《しんおおさか》駅からほど近い安宿に泊まったので、夜半まで騒音に悩まされたせい。

いつもそばにいるはずの、ところ構わずしゃべり散らすあの美しい亡霊がいないためだ

――という理由も頭をよぎったが、断じて違うと首を振って片付けることにする。

まったくあいつは。東天は、今どこをほっつき飛んでいるのやら。姿が見えないと、それなりにこちらも気を揉むのだ。人の気も知らないで。

――「とむらい」という言葉には、二つの語義があるだろう。

そういえばさっき、久々に夢の中で聴いた兄の声音《こわね》が、鼓膜の奥でまだ余韻《よいん》を残している気がする。あれもまた、鬼の話同様、あいつが生きていた頃に聞かされた言葉だったか。

「……もう一つの意味って、なんだっけ。兄さん」

また口に出して呟くが、兄はいないので当然返答はない。あいつに取り憑《つ》かれてからというもの、すっかり独り言が癖になってしまった。

寝癖でボサボサの黒髪をかき回しながら、俺は身支度を整えるべく立ち上がった。

＊

今回の依頼の話をしよう。目的地は、関西の中心地にほど近い某所。紆余曲折《うよきょくせつ》ありつつ由多家の葬儀を回し終え、九州から東京に戻ったのとほぼ同じタイミングで舞い込んできた。

ついでに、その内容にざっくりと目を通した俺は、いくらも考えないうちに二つ返事で承諾《しょうだく》するつもりになっていた。

なぜならその依頼が、なかなかやりがいのありそうな、そしていかにも特殊葬儀ならではの、「いい内容」に思われたためである。この前に受諾して出向いた二件が、それぞれに後味のすっきりしない問題を抱えていただけに、「今度こそ達成感ある仕事がしたい」というリベンジ欲があったのも否《いな》めない。

あとは。

……あれこれともっともらしく理由をつけておきながら、本当の狙いはまた別にある。

俺としては、ちょっと普通とは毛色の違った弔いの儀式を、できるだけたくさんやっておきたいのだ。

それはそもそも、兄と違って葬祭業界にまったく興味も思い入れもなかった俺が、こんな「特殊葬儀屋」なんて奇妙な商売を始めた理由の大もとにも繋《つな》がっている。

——東天お兄さんの亡霊の隣で毎日過ごすのって、平気なんです？　後悔と罪悪感で、自分が死にたくなったりしないのかなって。

環の声が、またも頭蓋《ずがい》の内側でぐわんと反響し、俺は深くため息をついた。狭いホテルの一室にあって、ひとたび嫌な記憶を引っ張り出してしまうと、ことのほか憂鬱《ゆううつ》になる。ついでに懸念事項はもう一つ。実は今回の依頼を受けるにあたり、東天と俺とで意見が割れていた。

いつもノリノリなはずの兄のほうが、珍しく後ろ向きだったのだ。

『単なる勘に過ぎないけれど。どうにもね。嫌な予感がするのだよ』

依頼の詳細に目を通した後、非科学的な――いや、亡霊という奴の存在そのものがすでに非科学の権化ではあるわけで、そういう点ではむしろ分相応なのか？　――理由を述べつつ。東天は、男にしては細い、形のいい眉をしかめてみせた。

『あのねえ西待……その嫌そうな顔、やめてくれるかい。どうせ根拠もなく非科学的でいい加減なことを吐《ぬ》かしやがって、とでも内心毒づいているんだろう。なんなら僕自身が非科学の権化だからその点はおあつらえ向きか、なんて皮肉を付け足してもいいそうだね？』

まったくもってその通りですとしか答えようがないので、とりあえず俺は視線を泳がせた。東天は黙したままの俺に、やれやれとジト目を向けてみせる。

『こちとら伊達《だて》に亡霊やってはいない、というか、五感が死に絶えて第六感しか残っていない僕の「なんとなく」を舐《な》めてもらっては困るのだからね。……そういうわけで。この件に関しては、正式に受けるのは僕がちょっと下調べをしてからにしてくれるかい？』

学ランならではの、首元の金メッキボタンを白い指先でいじりながら、こんなことまで言い出す始末だ。いや、調べるって何をどうやって。確かに兄は俺の前では饒舌《じょうぜつ》な死人だが、他の人間には見えやしないのに。

顔全体で疑問を呈する俺を待たせ、東天の行動は素早かった。

『魂《たましい》は一日千里を駆けるのさ』

その一言で、依頼文の住所を頼りに、依頼者の住まうお宅までひとっ飛びしてきたのだというから驚きだ。

『かなり広い家だったよ。でも、やっぱりと言うべきかね、妙な感じだった』

戻ってきた東天は、開口一番に顔をしかめた。

なんでも家に入り込む前に、彼の霊体は門前で「弾かれて」しまったらしい。

『なんだろうね。僕も詳しくはないのだけれど。邸宅をぐるっと囲んで、いわゆる結界？　のようなものが張ってあるらしい。手だけ突っ込んでみたのだが、ご覧。このざまさ』

東天は左手をこちらに掲げてみせた。指示通り何気なくそちらに視線をやった瞬間、俺はギョッとした。なにせ、そこにあるはずの長い指はほつれていたからだ。

どう表現するのが正しいのかわからないが――三次元のモザイク画像とでもいえばいいだろうか。兄の黒い袖《そで》口からは、グジャグジャと肌色と白と黒と赤が混じり合った、得体の知れないものが覗《のぞ》いていた。色の内訳、黒は学ランで白は袖口のシャツで肌色は手だとして、赤はなんだろう。深く考えたら負けな気がする。怪我《けが》でもなく、切断面が見えるわけでもない。改めて、彼が死者の霊で、傷を負う時も普通と違うのだと実感したものだ。

『えっ……？　兄さん、これ治るのか』

恐る恐る尋《たず》ねると、兄は『おや、珍しく心配してくれるのかい』と片眉を上げた。

『時間が経《た》てばたぶんね。どうしてこうなるのか、理屈は僕もよくは知らない』

『いい加減だな』

『そうだろうかね。生きている間にも、自分の体のことなんてさほどわかっちゃいないものだろう。大体が、定期検診で医者に見つけてもらって、ようやく異変に気づけるくらいだったのに。やはり死んでみても似たような話だというだけさ。ま、とまれこうまれ、残念なことに死人にはその医者がいない。どうしようもないから様子見だね』

はぐらかされそうになったので、俺は慌《あわ》てて確認した。

『えっと、痛いわけじゃ……』

『痛覚なんて霊体にあるものかい。けれど、気持ち悪くはあるね。落ち着かなくてもぞもぞする。しかし、何よりぞっとしないのは、どうしてたかだか屋敷に入ろうとしただけで、こんな事態になるのかってことだ』

たとえば、一部のパワースポットだとか、寺や神社の境内《けいだい》といった聖域に入ろうとした時に、似たような目に遭《あ》うケースはあったらしい。が、一般の、それも個人の邸宅で同じ現象が起きるのは初めてだという。『おまけに弾き飛ばされるだけならまだしも、こんなに攻撃的なおもてなしを受けるなんてね』と兄はしかめ面《つら》だった。

屋敷の周囲には、原因になるような超自然的要因も見当たらない。とすれば考えられるのはつまり、外部から敷地を霊的に切り分けるために、なんらかの人為的な処置がしてあるということだと。

『なんていうか、めちゃくちゃオカルトな話になってきたな……』

一気に眉唾《まゆつば》成分を増す説明に俺がやや引いてみせると、『何を今さら。この兄の亡霊と日頃から連れ立っているくせに』と当の東天からせせら笑われた。そりゃそうだ。

『しかしこの件は、以前受けた二件とは、やはりどこか何かが違う気がするのだ。実際に出向いてみて、嫌な予感がいやましたよ。正直、弟の身が心配な僕としては、依頼そのものを断ってほしいのだけれどね。お前は受けるつもりのようだし』

『……まあな』

目を逸《そ》らす俺にわざとらしく『ハァ』とため息をつき、東天は首を振った。

『仕方ないね。奥の手を使おう』

『奥の手？』

『依頼人のところに訪問する日程が決まったら教えておいで。お前だけではどうにも心許《もと》ない。護衛を一人つけることにするから』

『……ご、護衛？』

『護衛というか、文字通りのお守りだね』

言うが早いか、東天はまた姿を消した。その後、とりあえず決まった日取りを伝えると、『訪問の前に、ここに寄るように。落ち合えるから』と謎の指示をされる。さほど依頼者の邸宅から離れたところでもなかったので、俺は戸惑いつつも頷《うなず》くしかなかった。

そんな、今日に至るまでの一通りの顚末《てんまつ》をぼんやりと思い出しつつ、俺はクローゼットを開けた。そこにはいつも通りの喪服が一式。のりの利いたシャツに袖を通し、第一ボタンまできっちりと留める。三揃《みつぞろ》いの墨《すみ》色スーツに身を包むと、仕上げとばかりに漆黒《しっこく》のネクタイを結わえた。タイの滑らかな絹地が襟《えり》の下を滑り、喉笛《のどぶえ》をキュッと締め付ける。

……この感触は、己で己の首を絞めているようで、あまり好きではない。

そして、葬儀屋という商売に自分がこの先いつまでも馴染《なじ》むことがないのだろうと、静かに実感する瞬間でもある。

＊

大阪梅田《うめだ》はダンジョンだ、と。ネット記事か何かで読んだことがある。

地下は複雑に入り組んだ迷宮、地上も地上で灰色のビルと色とりどりの看板に囲まれた文明のジャングルだ。もっとも、忙《せわ》しなく行き交う人々に交じって揉まれているうちに、現在地がどこかもわからなくなるのは、大阪に限らず都会のお定まりである。

宿泊地の新大阪からＪＲに乗って一駅。着いた先は、まさにそのダンジョンの真っ只中だった。

改札から吐き出されていく、おびただしい人の群れに俺もおっかなびっくり従う。さらに、猛スピードで車の行き交う道路へと、青信号を待たずに平気でフライングする歩行者たちに慄《おのの》きながら、巨大な横断歩道を渡る。

噂《うわさ》には聞いていたが、街全体で生き急ぐかのような疾走感は、いっそ清々《すがすが》しい。そんな所感を抱きつつ、スマホのナビゲーション付き地図としきりに睨《にら》めっこしながら、「お守り」との待ち合わせ場所を探す。

「って、……どっちだ？」

思わず声が出た。指定されたのは、梅田で定番の目印スポットだという大型デジタル掲示板だが、着いてみればなぜか同じ高さと大きさの画面が左右二つもあって戸惑ってしまう。いや本当にどっちだ。いっそ真ん中にいるのが正解なのか……？　何か情報を得ようとスマホを凝視していたところで、助け舟の如《ごと》く聞き覚えのある声が耳朶《じだ》を打った。

「あ、おったおった。おーい西待兄ちゃん！　こっち、こっちやでぇ」

慌てて俺がスマホから顔を上げると、向かって右の掲示板下から、やや小柄な茶髪の青年が、細い体全体を使って伸び上がるようブンブン手を振っていた。俺も片手を上げて応じる。

「慧《けい》くん！　久しぶりだな。元気してたか？」

「へへ、元気元気！　売るほど元気や。西待兄ちゃんも元気そうやな！　それで髪の毛、相変わらず真っ黒黒けに戻したまんまなんやね。はー、やっぱ背ぇでっかいなぁ。ボクも大きなったら、もーちょい伸びると思とったんやけど。それこそ兄ちゃんに身長売ってほしいくらいや」

「……え……っと、いや……」

「なんやねんいきなり困惑してドン引かんとってや、ほんまノリ悪いわ！　そこは『んなもん売れるかいな』って突っ込むか『高いで、身長だけに』とかボケ返すか二択やろ！」

快活にマシンガントークを繰り出しながら、こちらに駆け寄ってきてバシバシ背中を叩いてくるのは、メガネ越しのくりくりした大きな目玉と、長めに伸ばして派手に脱色をかけた茶髪が特徴的な、童顔の若者である。

「うん、そっちも相変わらず、環さんの弟がすぎる」

「どういう意味やねん」

名前を里見《さとみ》慧。里見、という姓の示す通り、――環の、実の弟だ。

派手なボルドーのTシャツの上から羽織った、ダボついた髑髏《どくろ》柄の黒パーカ。革のチョーカーやシルバーネックレスで武装した首。ジャラジャラと重たげなチェーンをごついベルトに絡めた、こだわりを感じる褪《たい》色加工ダメージドデニムのボトムス。そんな取り合わせの中で、目元の真面目そうな銀縁メガネだけがコラージュじみて浮いている。

最後に会ったのは、彼が大学に入学するため関西に移る直前だったと記憶しているが、なんともビジュアル系な服飾センスも変わらずである。年齢だって今年で二十歳《はたち》になるところで、現役の大学生なのだから、然《さ》もありなん——だろうか。

「兄さんの言ってたお守りって、慧くんのことだったんだな……」

「へ？　ボクがなんやて？」

「いやこっちの話。にしても環さんから聞いてはいたけど、本当に関西弁ゴリッゴリになって……。慧くん、お姉さんが驚いてたぞ。生粋《きっすい》の東京生まれ東京育ちなのに、ちょっと会わない間にすっかり関西人にしか思えなくなってきたって」

一人称の「ボ」「ク」のイントネーションからしてすでに関西風だ。厳密には違うのかもしれないが、俺の耳ではネイティブスピーカーにしか聞こえない。苦笑する俺に、洒落《しゃれ》たデザインのシルバーフレームの奥で、慧はシパシパと大きな目を瞬《また》いてみせた。

「え、西待兄ちゃん、うちの姉ちゃんに会《お》うたん？　いついつ？　元気しとった？　西待兄ちゃん相手でもやっぱりめっちゃしゃべり散らす感じなん？　あの人、昔っからあんなんやから、これでもボク心配してんねんよ。んで、ボクのことなんか言うてた？」

「顔合わせたのはついこの間。仕事先の九州で、偶然ちょっと鉢合《はち》わせてな。慧くんのことなら色々言ってたぞ。弟の前でマクドナルドを『マック』って呼ぶと『そこはマクドやろ』って真顔で指摘されるとか、里帰りのたびに手製の粉もん食わされるとか」

「うっわなんやえらい筒抜けやん、恥ずいわぁ。ええやんか、長いもんには巻かれるんがボクの信条やし。相手も状況も選ばんと思ったこと口に出してまう姉ちゃんと違って、ボクは万事控えめで気遣い屋の、おっとり天然属性やねんから」

「ええ……？　どの辺が……」

少なくともマシンガントークは姉とお揃いに思えるが。

なお、カラカラ笑いながら「まあ細かいことはかまへんのやけど」とゆるく手を振る彼は、これでも僧侶見習いだ。ゆくゆくは家業を継いで本格的に仏門に入る予定で、今現在は、大阪にある某国公立O大学文学部インド哲学研究室に在籍している。通称「イン哲」と呼ばれるその研究室は、お坊さんのエリートコースらしい。出家してからの法名もきちんとあり、ちょくちょく手伝い始めたという家業では「悠慧《ゆうけい》」と名乗っているそうだ。

もっとも、外見に坊主らしさはゼロである。剃髪《ていはつ》どころか短く刈り込みすらしていない。むしろちょっと長めだったりする髪を、「天パは加速させるとパーマになる！」と豪語して渦巻かせ、明るい茶まで脱色をかけた上に金色のメッシュや紫のインナーカラーを入れてと、斬新なセンスも含めていかにも今風な感じにしあがっている。「弟が修行やらで僧衣を着た時の違和感がすごい」とは、これまた環の言だ。

卒業後は、さすがにサッパリした外見にならないといけない。ゆえに「今のうちに俗世でどっぷり煩悩《ぼんのう》楽しんどくねん」というのが本人の言い分だそうである。こんな見るからに派手派手なので、「メガネ似合わない」と友人たちからもよくからかわれているらしいが、コンタクトは「視《み》たい時とそうじゃない時の切り替えが難しい」から、避けているとか。

人懐っこそうな犬を連想させる黒い目でじっとこちらを見上げてくる慧に苦笑いしていると、彼はからりと笑って「あ、せや。ひょっとして東天兄ちゃんの話、先にしといたほうがええ?」と肩をすくめた。俺は顔をしかめる。

「やっぱり慧くんのところに行ってたんだな、あいつ」

「うん。いつやったっけな、こないだいきなり窓からぬぅって入ってきて、『西待のことで頼みがある』なんて真面目ぇな顔で言うてくるから、色んな意味でびっくりしたとこや。いちいち脅《おど》かさんとってほしいわ。事前に来るなら電話せぇっちゅうねん」

「電話は無理だろ。そういうの、メールとかSNSとかも含めて、気力でできなくもないけどノイズだらけのホラーな塩梅《あんばい》になるとか言ってたから」

「あ、そうなん? 一応物理干渉はできる霊なんやね。けど、ボクそん時めっちゃ気ぃ緩んでてパンイチやってんで。なんぼなんでも深夜の風呂上がりに窓から人入ってくる思わへんやんか。あの人、めっちゃ主張強すぎてメガネ外さんでも普通に視えてまうし。次やりよったら問答無用で除霊したるからな、って言うといて」

寺生まれの里見姉弟のうち、慧は姉の環より『そういう』力——霊力、とでも言うべきだろうか——が生まれつき強いらしく。

声は聞こえるが姿までは集中しないと感知が難しいという環と違い、彼には、俺と同じ解像度で、霊体の東天が視える。このあたり、俺にはからきし不案内な話になってくるが、天賦《てんぷ》の才を見抜いた親に鍛えられたため、「悪霊祓《ばら》い」のようなこともできるとか。

最初、「知人の姿を借りた低俗な悪霊」と勘違いして東天を祓おうとしたことがあるが、誤解が解けてからは、お互い普通に接している。——ように見える。とりあえずは。

「慧くんが言うと洒落にならないな」

「まったくだね」

「そうそう前に実際やりかけたことが——おわっ!?」

話し込んでいたところで、いきなり耳に吹き込まれるように背後から声が聞こえ、俺はギョッと肩をびくつかせた。

「せっかくなら飛び上がって驚いてくれたらいいのに。ちゃめっけが足りないね。脅かしがいのない弟め」

慌てて振り向くと、そこには案の定。

天然で色素の薄い猫っ毛をかき回しながら、ぷかぷかと宙に浮いてこちらを見下ろす、学ラン姿があった。

「……兄さん」

確かにこれは心臓に悪い。あからさまに俺がいやそうな顔を向けても、東天は気にした風もなく形のいい眉を片方跳ね上げてみせる。

「おや？　僕の話をしているような気がしたのだけれど。気のせいだったかね？」

「……いや、してたけどさ」

「悪霊としか思われへんかったら祓ったんねん、って話してたんやで」

噂をしていたのは事実なので、バツの悪さを隠せない俺に比して、慧の反応は飄々《ひょうひょう》としたものだ。

「それはごめん被《こうむ》りたいね。裁定者を気取るもののくだらない勘違いや、思い込みによる謂《いわ》れない冤罪《えんざい》で消されるほど、馬鹿《ばか》げたことなどなかろうから」

「せやね。勘違いや冤罪やったらええね」

……なんだろう。表面上はニコニコと朗《ほが》らかに語り合っているが、どことなく背景に犬と猿の睨み合いのビジュアルが浮かんでいる、ような。

「あー、……二人とも。ここ往来だからさ。とりあえず移動しよう。人が多いと落ち着いて話せないし、目的地に向かっていいか？」

居心地が悪くなった俺は、上っ面ばかりは笑顔の応酬《おうしゅう》を早々に切り上げさせ、率先して改札へと歩き始めた。

＊

検索アプリによれば、依頼者の住まう某市に在する「Ｒ台」は、阪急でも阪神でもＪＲ

でも、市の名前を冠した駅が最寄りになるらしい。

「親指一つでなんでもすぐに調べられるのだから、まったく便利な世の中だよねえ」

「せやんねえ」

俺が操作するスマホの画面を後ろから覗き込みつつ感心しきりの東天の隣で、慧がのんびり同意している。二人して、いつの時代から来たんだか。しかし、俺を挟んでこうしているると、そんなにも相性が悪いようには思えないのだが、いざ向かい合って話し始めた途端に剣呑《けんのん》になるのは、どういう理屈なのだろう。

とりあえずは足として海老茶《えびちゃ》の車体で有名な阪急電鉄を選択し、特急と鈍行とを乗り継ぎつつ揺られること二十分強。屹立《きつりつ》するコンクリートの建物群は次第に高さを削がれていき、街並みすらどことなく上品な気配を帯びるようになってきた……と感じ始めた頃。目的の駅に到着した。

「西待兄ちゃん、依頼者さんのお宅行く前に話合わせといたほうがええやろ。なんや兄弟間でも認識の齟齬《そご》ありそうな感じやし。この坂ちょっと下ったとこに、ボク行きたい店あんねん」

慧は昔からこういうところに配慮ができる人間だった。確かに、慧を「お守り」に選んだ件といい、今回はどうも、いつも以上に東天との意識に差を感じる……気がする。

つい東天のほうをチラリと見やると、相手も同じタイミングでこちらを見ていたらしく、琥珀色の一対と目が合った。思わず視線を逸らして慧に話しかける。

「……わかった。案内頼めるか？」

「ちょお待ってな、ボクも行くんは初めてやねん。地図見ながら探さなあかんから。阪急からやと、そんなに難しない場所のはずやねんけど」

導かれるがままに駅を出て――どうやら小高い位置にある駅だったようで、しゃれた建物の並ぶ坂のずっと下には教会なども望め、上品で静かな景色だ――てくてくと川沿いに南下しつつ歩くこと数分。

目指すカフェは、川沿いにあった。白とコンクリの灰色で統一された店構えはシンプルながら洗練されており、店内の飲食スペースの他は、テラス席まで用意されている。

「行きたい店ってここか……!?」

思わず後ずさって固まる俺をうっちゃり、慧は「せやで！」と元気よく頷くが早いか、早速店内を見回している。同意した手前、仕方ない。基本的には他人に不可視の東天がメンバーにいる以上、個室でないなら店内よりはテラス席のほうが目立たず話せるだろうと踏み、俺は屋外の白いテーブル席を確保した。

「ここカヌレが美味《おい》しいんやって。大人気店やのに、大阪駅の駅ビルに一店舗あるきりで、他所《よそ》に支店出してくれへんねんよ。なに食べよかな。お、期間限定で抹茶《まっちゃ》味あるやん。西待兄ちゃんどれにする？」

「いや……」

畳《たた》みかけられて気後れする。

男二人、しかも片一方は茶髪のビジュアル系大学生、もう片方は黒タイを締めた喪服姿というチグハグ加減のまま、こんなしゃれたカフェで「お茶」することになるとは予想していなかった。

よしんば物珍しそうに店内を空中散歩している東天が可視化されたとしても、その上から学ランを着た男子高校生が追加されるだけである。面子《めんつ》がカオスだ。

「慧くんってスイーツ男子……？」

反応に困って問い返すと、慧は軽快にケラケラと笑った。

「西待兄ちゃん価値観古いで！　今は令和や。男でも甘いもん食うんは普通やし」

そう言いながら、早速ケースに並んだ色とりどりの焼き菓子を真剣に物色し始めた慧は、

「あ、そうそう」と思い出したかのようにこちらを振り向いた。

「今回の付き添い料と相談料は、言い値で西待兄ちゃんの財布からもろてええって東天兄ちゃんに言われてるから、ここの支払いも任せたで」

なんだそれ。初耳なんだが。なにを勝手に。

慌てて東天を振り仰いで睨みつけたが、奴はやつで白い糖衣のかかった飴《あめ》色のカヌレに興味津々《しんしん》で、こちらの抗議の視線に気づくよしもない。

「まあ、学生に食事代払わせる気なんてなかったから別にいいけど……」

「太っ腹ぁ！　あ、でもバイト代は別途請求するからよろしくやで」

「……」

「最近フトコロ具合が寂しいねん。ボクんとこに来る依頼なんて、西待兄ちゃんの足元にも及ばへんやろから。葬儀業界は、いつの時代も大繁盛引く手あまたでええね」

　ガラスケースに並ぶ茶や緑のカヌレを次々に指さして注文する傍ら、慧は軽口をたたいた。俺は肩をすくめて応じる。

「引く手あまたなのはそっちのほうだろ？　環さんが言ってたぞ。大学に入ってから、学内で占いを頼まれたり、オカルト系の相談に乗って小遣いを稼いでいるらしいじゃないか。心霊スポットで霊に憑かれたとか、下宿先が幽霊つき事故物件だったとか、そういう」

　案外人気だとも聞いているが、慧は首を振った。

「姉ちゃんほんまなんでも話すなあ。そら、友達経由で色んなとこから連絡くるけど、もうかるかっちゅうとぼちぼちやねんよ。半分は付き合いや人助けやと思ってるもん」

　会計を済ませて席に戻り、しばらくすると、オーダーした焼き菓子を綺麗《きれい》に盛りつけた皿とともに、店員さんがコーヒーを運んできてくれる。ブラックコーヒーの他は、おすすめらしいオーソドックスなカヌレを一つだけ頼んだ俺に対し、慧の皿は山盛りだった。俺は思わずうっとうめく。

「それ全部食べるつもりか……？」

「育ち盛りやし。昼メシ兼ねてカヌレ全種類制覇《せいは》したったわ。あとは、マドレーヌやろ、フィナンシェとパウンドケーキやろ。抹茶味とほうじ茶味のやつは外せへん」

「育ち盛りって何年前の話だ。よく見たら飲み物もキャラメルラテじゃないか。糖尿病になるぞ」

「忠告おおきにぃ。ほな、いただきまぁす」

律儀に手を合わせてから、パクパクと幸せそうに小さな焼き菓子を口に放り込んでいく慧に苦笑しつつ、俺が挽《ひ》きたてのコーヒー豆の香ばしさにほっと一息ついていると。

「そろそろ本題に入ったらどうかね？」

自分だけ食事に交じれない東天が、テーブルの上からブランと逆さまになってこちらを覗き込んできた。

——悲鳴を呑《の》み込んだだけ俺はえらい。

「兄さん！　いきなりホラーなポーズ取るのやめろよ！」

「ほんまな。こないだ廃病院で肝試《きもだめ》ししたっちゅう友達の背中についとったやつが、おんなじカッコしとったわ。秒で除霊したったけど」

口ぐちに文句を言うと、東天は「しょうがないねえ」とひょいと正位置に戻り、腕組みをして視線だけで続きを促《うなが》してみせた。

……とりあえず仕切り直しだ。

「実は、俺がここに来たのは、この市の北にあるR台にお住まいの方からいただいた、ちょっと珍しいご依頼のためで……」

ため息をついて、俺は話を切り出す。今さらながら、ここで依頼の内容を明かすということは、本格的に慧を巻き込むということと同義だが、その点に関しても腹を決めた。

「それが何かっていうと、いわゆる『冥婚《めいこん》』なんだ」

「冥婚……って、あの死人が結婚式をあげるっちゅう、あれ?」

「ああ」

出だしから怪訝《けげん》そうな慧に頷き、俺は改めて詳細を最初から話し始めた。

引き受けて三件目になる今回の依頼は、関西の某市に住まう、ご婦人からのものだ。名前を松江美帆子《まつえみほこ》さん。依頼メールの摘要欄には、年齢は五十代とあった。

まずは依頼そのものより、基本情報記載の在住地域にギョッとしたものだ。大阪からほど近い某市の名は、日本有数の高級住宅地として知れ渡っている。

おまけに依頼人の住所地R台は、その某市の中でもとびっきりの特級超絶高級住宅地。どれくらい高級かといえば、テレビや雑誌などでは「一度でいいから住んでみたい土地」ランキングに連続で名を連ね、『日本のビバリーヒルズ』と呼ばれているほど。

軽い興味本位で調べてみれば、住所をそこに据《す》えるだけで莫大な固定資産税に上乗せて年間数百万からの「登録費」がかかるとか、敷地坪数は最低三百からとか。住宅街への入り口が金ピカの門で下界としきられているとか、水道も特別な水源地を持っているとか、色々と、それはそれは色々と、「本当かよ」という情報が出るわ出るわ。検索結果一覧にずらりと並ぶ豪邸写真の数々に、俺は思わず「うわあ……」とのけぞったものだ。

もっとも、内容は今まで承《うけたまわ》った二件に比べてかなり平和だった。——個人の主観だが。

松江さんは、そのR台に住む大金持ちの未亡人。彼女は有名なIT企業の凄腕《すごうで》女社長でもある。……というか、「あった」というのが正しい。今は社長職を退《しりぞ》き、後任を頼んで会長職についているそうだ。

彼女は大学で夫と出会い、一緒にIT企業を興した。それが一代のうちに大きくなり、日本中で名前を知らない人はいないほどの規模にまで成長した。忙しいながらも夫婦仲は良く、やがて一男を儲《もう》けて幸せな家庭を築いていたという。

しかし、順風満帆な人生は長くは続かなかった。夫婦で経営に携《たずさ》わっていたが、激務が祟《たた》り、息子さんが高校生の時分に夫は病死。以降は、悲しみにひたる暇もなく、女手一つで子供を育てながら、会社をさらに大きくしてきたらしい。まさに波乱の人生、というやつだ。

しかし、夫を見送った悲しみもようやく癒《い》えてきた頃。

またしても、新たな苦難が彼女を襲った。

有名私大に通っていた息子さんは、就活がうまくいかなかった。松江夫人は自分の会社の後を継がせようとしたが、彼は「ぼくには父さんや母さんみたいに、たくさんの人を率いて仕事ができる気がしないから」と断固として断り、自力で職を見つけようとした。

彼が希望していた職種が人気のものだったこともあり、就活は難航を極めた。そして、面接どころかエントリーシートで何百社とふるい落とされるたび、息子さんはどんどん精神状態が不安定になっていった。そこで、我が子の痛ましい挫折《ざせつ》続きを見かねた松江夫人は、とうとう奥の手を使うことにした。彼の志望していた一会社の社長と懇意《こんい》にしていたため、息子さんに秘密で連絡を取り、いわゆる「コネ入社」を仕掛けたのだ。

息子さんが嫌がることはわかりきっていたので、裏で手を回したことは彼に伏せたままにしていた。けれど、卒業後、働き始めた息子さんには、あっという間にバレてしまったのだ。それも、会社で事前に広まっていた噂からという、最悪の形で。

「コネ入社を上司にも同僚にも馬鹿にされ、仕事がうまくいかないと「お得意の親の七光りでも借りてきたらどうだ」と蔑《さげす》まれる日々が続くうちに、彼はまた心の調子を崩していった。

入社後ほどなく会社を辞めたばかりか、引きこもりになり——

とうとう自殺してしまった。それが三年ほど前のことだという。

――恋人一人家に連れてきたこともなく、もちろん結婚もせず。孤独なまま逝《い》かせてしまった息子のことが、ずっと心残りだった。

いわゆる葬儀は全て終わっているものの、松江夫人はそう依頼文に書いていた。

遅ればせながらでも、架空でもいい。あの世で息子が寂しい思いをしないように、生涯を共にするべき「伴侶《はんりょ》」をあてがってやりたい。だが、葬儀の一環にするには、なにぶん三年も前のことだし、そもそも故人の擬似結婚式を取り扱う業種がどこかわからない。

そこで、あれこれ調べた結果、特殊葬儀屋である俺のところに行き着いたらしい。

職業冥利《みょうり》に尽きる依頼だ。……というと、ちょっと誤解を招くかもしれないが。

なんというか、昔から自分の家業にはいまいちいい印象を抱いてこなかった俺だが、松江夫人からのメールを見た時、「こういう話もあるなら、案外この商売も悪くないかもな……」などと思ってしまった。

なべて葬儀というのは虚飾の塊《かたまり》だ。正直、ずっとそういう斜に構えた眼差《まなざ》しで自分の仕事を見てきた。親しい人を亡くしたばかりで呆然《ぼうぜん》とする人々にそっと忍び寄り、やれ通夜《つや》だ告別式だと慌ただしく急《せ》かしながら、懐《ふところ》から財布をつかみ出しているような、――いや俺も含めて葬儀社全体において、ゆめゆめ不埒《ふらち》で阿漕《あこぎ》な気持ちで商売をしているわけではないことをお断りしておきたいのだが、――そんな後ろめたさがあった。

でも、松江夫人のように、じっくりと時間をかけて自分の悲しみに向き合った後に、それを納得いく形で慰める手段としての弔いがあるのなら。その手伝いができるなら。それこそ本望ではないか、などと思ってしまったのである。

ろくに経験も積んでいない若造の青二才が何を言っているのか……と自戒《じかい》しつつも。

「冥婚、なあ……。いや、言葉の意味自体は知ってんねんけど。ほんまにしとる現場なんて、うちの寺界隈《かいわい》でも聞いたことないわ。確かに珍しい話や。そもそも日本のお弔いではあんまやらんのんちゃうか。知らんけど」

カヌレをむしゃむしゃ頬《ほお》張りながら——ちなみに今ので五つ目だ、ひょろっとした細身なのにいったいどこに消えているんだろう——慧が首を捻《ひね》っている。これに案の定というか、「それはどうだろうねえ」と食いついたのが東天だ。

「死者同士を形式的に結婚させる、あるいは死者になんらかの形で伴侶をあてがう、というのが冥婚の定義だ。ならば日本にもそこそこあるのだよ」

「え……そうなん？」

「そもそも、我が国には、地方を問わず古来より『成熟していない状態で死んだものの霊魂は、死にきれずに苦しむ』という思想があってね。たとえば……西待にとっては東北で関わった、胎児分離埋葬習俗《たいじぶんりまいそうしゆうぞく》はその最たる例だね。覚えているかい？」

「さすがに忘れようがない」

俺は即答した。身一つでは死にきれん、というフレーズが強く頭に残っている。あれも、本来産むこと、生まれることで本懐を果たすはずだった母と胎児とが、そうできないまま命を落としたことを憐《あわ》れみ、浮かばれない魂を成仏させるための供養だった。

「他には、親より先に死んだ子供が科せられるという、賽《さい》の河原の石積みなんかがあるのだけれども。……ああ、賽の河原はわかるかい？　西待はともかく慧は知っていそうなものだよね、仏教の話だから。親よりも先に死んでしまった子供は、三途《さんず》の川のほとり、すなわち賽の河原で石を積ませられるというのさ。自分の年齢分だけ、たとえば十歳で死んだ子は十個の石を積み上げれば成仏して極楽浄土へ行けると言われ、子供たちは必死になって石を積む。でも、年齢分だけ石を積み終える前に、鬼がやってきて石を崩してしまうから、どれだけ頑張っても子供の霊は救われない」

「もちろん知っとるで。……ボクはあんま好きな逸話ちゃうな。だって、死にとうて死んだわけちゃうやん、子供かて。けどその理屈でいくと、東天兄ちゃんも今頃石積んでへんとおかしいから迷信なんやろね」

「ふふ、どうかねえ。仏教ではそもそも死んだら即、輪廻《りんね》に入るか涅槃《ねはん》に入るか、六道やら地獄極楽行きだから、霊の存在の入り込む余地がないって説もあるがねえ」

「それはちゃうで東天兄ちゃん。別に仏教はもともと幽霊否定してへんし。阿含経《あごん》かて、生前の悪行のせいで動物霊に追いかけ回されて逃げ惑う幽霊の話を載せとるくらいや」

「阿含経は最古に近い経典だろう。つまりほぼインド直輸入の思想ではないかね。僕が言っているのは日本の話だよ」

「ちょっと待て二人とも、脱線してるから！　話が」

東天と慧とで諸共《もろとも》に仏教談義に入りかけるので、慌てて制止する。この後、依頼が控えているのだ。時間の浪費は避けたい。

「……おっと失礼、では話を元に戻そう。そういうわけで、今ではかなり価値観の偏《かたよ》りがあると非難されそうなことだが。賽の河原と同じく、成人することであったり、結婚であったり、家庭や子供を持つことであったり……人生におけるそうした種々の通過儀礼を経《へ》なかったものは、未熟さゆえに成仏できないという思想がいにしえよりあるわけだ。東北の口寄せ——たとえば恐山《おそれざん》のイタコが有名だと思うけれど、実はあれに限らずたくさん類似文化があると断っておこうかな——の一つに、『ハナ寄せ』と呼ばれるものがあるのだが。これは特に、適齢期に達していたのに未婚のまま亡くなった人の霊を呼び寄せるものでね。カミサマと呼ばれる盲目《もうもく》の巫女《みこ》が儀式を執り行うのだ」

なぜハナ——つまり花なのかといえば、古代日本において、結婚適齢期に達した人間が「花」を表すものを身につける習慣によるのではないかと、かの民俗学者・折口信夫《おりくちしのぶ》が推察しているらしい。女性の花かずらなどがその例だとか。男性も、成人とともに冠をかぶるが、その下の髷《まげ》は蔓紐《つるひも》で結っているので同義と見做《みな》すと。

「折口信夫はこうも続ける。結婚適齢期というのは、かつての日本では魂の成熟期と見做されていた、と。そして結婚せぬまま死んでしまえば、それは本来の役割である花を咲かせず、蕾《つぼみ》のまま死んでしまったも同然であるから、一種の罪と見做すと。なかなかに理不尽な話だね」

東天は饒舌に語った。自分も未婚の霊だということを軽やかに棚に上げている。

「折口は著作『民族史観における他界観念』の中で、ハナの霊の弔いについてこんなふうに触れている。……未婚の死者は、あの世で煉獄《れんごく》の苦役を課せられて罪を贖《あがな》うか、または素手でタケノコ掘をさせられたり、野花を永久的に摘《つ》まされる罰を与えられる。そのために、棺《かん》にあらかじめ摘んだ花を入れてやる地域もあるとね。それは、未熟なまま死んだ霊が、完成された魂となった時に初めて浮かばれる、という思想によるものだ。未婚の霊を弔う、いわば鎮魂の作法の一つということだね」

そして、日本における『鎮魂』という言葉には、実は二つの語義があるのだ——と。

「ま、諸説の一つではあるが、僕は割と核心をついているのではと考えているものさ」

東天は徐《おもむろ》に言葉を切った。

「一つは、タマフリ。もう一つは、タマシヅメ、だ」

「たまふり、と……たましずめ？」

なんのこっちゃ。俺が反応に困ってとっさに慧を見たら、向こうも同じ様子で目が合った。やっぱり知らないよな。俺たちの戸惑いをよそに、東天は流れるように続ける。

「それこそ折口信夫の論などとも絡んでくるのだがね。折口の言葉をそのまま借りるなら、タマフリは『威力ある外来魂を附着させる義』、つまり人間の魂の持つ生命力を新たにして、活性化させること。タマシヅメは『人の魂が或時期に於《おい》て遊離し易くなるため、それを防ぐための儀礼』、活性化した魂を人体に繋ぎ止める行為だ。要するに鎮魂は元来、生者のためのものだった。それがいつしか、タマフリが消えてタマシヅメのみになり、おまけにその大意も、死後肉体を離れた魂をあるべき形に戻してやる、死者を死者として定着させてやる意図で使われるようになった――」

従来、鎮魂は生者のためのものだった。

なぜなら、魂は遊離するものだから。……その言葉に、少しどきりとする。

商売柄だけではない。東天の幽霊と行動を共にしていることも含めて。このところ、自分が死に近づきすぎている自覚があったから。

「だからまあ、伴侶を得ぬまま死ぬ、つまりあるべき姿でないまま亡くなったことで迷っている魂を、あるべき場所に収める……ということを鎮魂と見做す風習があっても、なんらおかしなことではない。彷徨《さまよ》える幽魂に、伴侶という名の活力を与えてタマフリとし、その状態で安らがせてタマシヅメとする。その証拠に、『ハナ寄せ』のある東北には、『むかさり絵馬』や花嫁・花婿《むこ》人形の奉納などの風習も残っているよ。これは、先日松江さんの依頼メールに返信する時に、西待にアドバイスしたっけねえ」

「うん、聞いた。依頼受けんのを嫌がっていた割に解説の語り口は滑らかだったよな」

その時の受け売りだが、『むかさり絵馬』とは、山形県最上《もがみ》・村山《むらやま》地方に見られる習慣で、未婚のまま若くして亡くなった方を偲《しの》び、想像上の結婚式の風景を描いた絵馬を寺院に奉納するものだという。

むかさりとは、その地方の方言で『婚姻《こんいん》』を示す。が、なんなら花嫁花婿の姿のみならず、架空の仲人《なこうど》やら列席客やら、さらには想像上の子供の姿を描いたものもあるというからユニークだ。「むかさり絵馬の実物なら、生前、僕も一度見に行ったことがある」という東天によれば、専門の絵師に依頼して作ってもらうというむかさり絵馬上での結婚式の図はどれも見事な出来栄えだそうで、その奉納の歴史も、遅くとも江戸時代後期から続いてきたらしい。

「未婚のまま亡くなった人間、特に家を継ぐべき長男の場合は、あるべき姿になれず荒ぶった魂が、生家に災《わざわ》いをもたらすとも考えられていたそうだから。そういう意味でも、正しく鎮魂の儀だ」

「……長男が若くして未婚で死ぬって、割とすぐそば、っちゅうかボクの目の前にドンピシャリな例がおるんやけど。どの口で解説しとるんやろか」

「え、なんのことだい？」

「……ええわもう。東天兄ちゃんは結婚したかて成仏できなさそうやし、婿さんのしゃべくりがやかましすぎて絵ん中の嫁さんも気の毒やしな」

　東天にジト目を向けていた慧だが、皮肉が通じないとわかると、長くため息をついて眉《み》間《けん》にメガネを押し込む。そんな慧をまったく気にした風もなく、「話を続けるよ」と東天は宙に浮かんだまま得意げに人差し指を振ってみせた。

「一方で、花嫁・花婿人形は、青森県津軽《つがる》地方の風習だね。未婚者の霊を鎮めるために、特定の物品を寺に奉納するという行為は、むかさり絵馬と同じ。だが、対象は絵馬ではなく、理想の花嫁・花婿を象って着飾らせた人形なのさ。こちらは割と新しい風習でね。一九六〇年代半ばに始まったそうだから。しかし今や、日本全国の話を聞いた遺族から、年間百体以上も納められる寺もあるとか」

「百体!?　しかも全国から……？」

　俺が驚いて問い返すと、東天は「始まった頃はそう多くもなかったようなのだがね」と肩をすくめた。

「一九八〇年代初めに、この地方の寺で行われている花嫁・花婿人形の奉納を取り扱った全国放送のテレビの特集番組が流れたらしいのだよ。当時はネットもなかったからテレビの威力は絶大で、北海道や九州・四国からも問い合わせがあったというから。奉納先の寺ではそんな調子で人形が増えていてはお堂が埋まってしまうし、定期的にお焚《た》き上げをしているようだけれど、今はどんなだろうかね」

靖国《やすくに》神社の遊就館《ゆうしゅうかん》にも、未婚のまま戦死した兵士のために母親が奉納した花嫁人形が展示されているらしい。「歴史こそ浅いが、今やむかさり絵馬よりもポピュラーなのは、より広く人の心に馴染みやすいのかもしれないね」と東天は締めくくった。

「その証拠に、むかさり絵馬と花嫁人形を冥婚の例に出したら、やけに食いつきが良くて。『その花嫁人形婚とやらをぜひ』と松江さんには言われたのだっけ」

「え？　ああ」

ほぼ兄の独壇場だったので、唐突に水を向けられた俺は、思わず姿勢を正した。

「そうだった。……ずいぶん気が早くて、俺が依頼承諾の返事を送る前から、人形の発注もかけたってメッセージが来てたし。花嫁人形って特注だろうからかなり高価なものだろうし断るわけには……。だからまあ、その意味でも行くしかないっていうか」

思わずボソボソと言い訳めいた言葉が出てしまったが、東天には「まだ何も言っていないよ」と呆《あき》れられてしまった。

ついでに、松江邸の周囲になんらかの結界が張ってあって、東天の手が溶けた話もする。

赤白黒と肌色のモザイクじみてほつれた画像を間近に見せられた慧は、「うわ、グロすぎて草」と今風な反応を示した。

「一般の民家で結界なあ。確かに奇妙やな。依頼者の松江さんちって、普通のお屋敷なんか？　めっちゃ広いんは予想つくけど」

「……そうだねえ。外から見える分には、ウィンチェスター・ミステリーハウスみたいだったね」

「ウィンチェスター・ミステリーハウス？」

その名称には聞き覚えがあった。

まだ兄が生きていた頃、面白半分に話してくれた海外の実話怪談だったように思う。どんな内容だったか——と首をめぐらせるうちに、東天がさっさと説明をくれる。

「かつて、銃のビジネスで成功を収めたアメリカのウィンチェスター夫人サラ・ウィンチェスターは、娘と夫とを立て続けに亡くしたことで、自らの不幸の原因について霊媒《れいばい》師に助言を求めた。『ウィンチェスター家の生み出した銃によって命を奪われた人々の亡霊に呪われているのだ。呪いで死にたくなければ、新しい家を建て、生きている限り増改築を続けるしかない』とアドバイスされた彼女は、カリフォルニアに新たな邸宅を建て、彼女が没するまで二十四時間三百六十五日、一時たりとも休まず工事を続けさせたという」

そうそう、確かにそんな話だった。

「ウィンチェスター・ミステリーハウスのほうは、今はすっかり観光地化されているけれどね。残念ながら僕も実際に見たことはないものの、写真集なら持っていたから。松江夫人のお宅は、なんとなくその家に雰囲気が似ている気がしたのだよ」

「……まあ、ざっとの経緯はわかったわ」

一連の話に耳を傾けた後、慧は頷いた。

「旦那《だんな》さんに続けて息子さんまで亡くしたっていうその奥さんの境遇考えると、寂しなって冥婚とか言い出すんは別に変な話やないとは思うけどな……けど、東天兄ちゃんの手ぇのことは気になるし。ボクも同行するわ」

「何を今さら。少なくともカヌレとキャラメルラテ分は働きたまえよ」

ため息をつく東天に、「言うて東天兄ちゃんのカネちゃうやん」とツッコミつつ、慧はぺろりと焼き菓子の粉がついた指を舐めた。

「R台やったら、めっちゃ山の上のほうやし、バスは少なそうやからタクシーやろね。こっからすぐタクったら、二十分もかからんのちゃうかな。依頼者の奥さんと約束しとる時間はもうちょい先なん？」

「ああ。まあ、あと一時間くらいあるかな」

「ボクが行くことも話してあるん？」

「一応は。冥婚に詳しいとは限らないが、念のため宗教関連のアドバイザーが同行する、とはあらかじめ伝えてあるぞ」

スマホでスケジュール帳を確認する俺に、「せやったら」と慧は身を乗り出した。

「フィナンシェおかわりしてええ？　さっき遠慮して食わんかったやつあんねん」

「……いいけど、……よく食うな……」

呆れる俺の隣で、「見ているこちらが気持ち悪くなるくらいの食べっぷりだね」と東天も天を仰いでいる。

「気持ち悪いも何も、東天兄ちゃんなんて食うてへんから吐くもんあらへんやん。腹が減ってはなんとやらやで」

自分で会計してこいと千円札を手渡してやると、「おおきに、おおきにぃ」とチャラい仕草で受け取った慧は、あろうことか飲み物もなしに千円全額分がっつり焼き菓子を買い込んで戻ってきた。全制覇と言っていたはずのカヌレもちゃっかり皿に入っている。

さっきと同じ調子でガンガン甘味を口に放り込んでいく様子を見ていると……確かに俺も気分が悪くなりそうではある。菓子そのものに罪はないが。

＊

もう数えるのも馬鹿らしいほどの焼き菓子を消費した慧とともに、カフェを出て、タクシーを拾う。

地図を示すと、運転手さんには「おや」という顔をされた。そんなに有名なお邸《やしき》なんだろうか――と首を傾げているうちに、車はどんどん急勾配の坂を上がり、静かな並木道を駆け抜けていく。

やがて、金メッキの巨大な門が見えてくる。傍らの石碑《せきひ》に燦然《さんぜん》と掲げられた『R台』の文字に、「ほんとにビバリーヒルズだな」と俺は遅ればせながら気後れしてきた。隣を見ると慧も真顔になってキョロキョロしているので、落ち着かないのが自分だけじゃなくて安心する。

なにせ、目に入る一軒一軒の敷地が広い。基本的に建ち並ぶのは洋館尽くしで、それも煉瓦《れんが》造りだったり石造りだったり白壁だったり、およそここが日本とも思えないものばかり。巨大な門扉《もんぴ》に閉ざされた宮殿の如き大邸宅群の中を、俺たちの乗ったタクシーは、ややスピードを落としつつ静々と進んでいく。

やがて車が止まったのは、通り過ぎてきた数々の大邸宅の中でも、とりわけ大きな屋敷の前だ。絡み合う草花をかたどった鉄の細工扉の向こうには広大な庭があり、家屋までの距離がやたらと長い。なんで個人宅の敷地内に噴水や道があるんだ……。

俺たちを降ろして去っていくタクシーの黒い車体に、取り残されたような一抹の不安を抱きつつ、俺は表札に掲げられた名を確認した。確かに『松江』とある。しかし、こんなに立派な豪邸でも、表札の仕様は普通の家とあまり変わらないことに、謎の安堵《あんど》を覚えた。

気合を入れてチャイムを押すと、ややあって「……はい。松江でございます」と返事がある。かぼそく年かさの声に思われたから、いわゆるお手伝いさんだろうか。

「さて。僕がお供できるのはここまでだ」

自動制御らしい通用門の鍵が開く音に被せるように、東天が硬い声で告げてきた。

「僕はここで待っているからね。なんにせよ、心して臨むように。危ないと思ったらすぐ引き返すこと」

「わかったって。案外心配性だよな。いい加減、兄さんからそんなに口酸《す》っぱく言われなくても……」

「心配性で結構。気をつけなよね。……慧、弟を任せたよ」

そのセリフを最後に、振り向くと、そこにはもう兄の姿はなかった。

「……」

「とりあえず、お邪魔しよか。待たせたら悪いやろ」

思わず黙り込む俺の肩を、励ますように慧が叩いた。

＊

依頼人の松江夫人は、敏腕女経営者という触れ込みにそぐわず、色白でほっそりして儚《はかな》げな、まるで薄羽蜉蝣《うすばかげろう》のような風情のご婦人だった。もっと恰幅《かっぷく》が良くて勢いのある方を予想していたので、少し驚く。

「まあまあ似矢さん、よくいらっしゃいましたこと。東京からですわよね、遠路はるばるありがとうございます」

話す声も、高く細く、静かで穏やかだ。優雅に腰を折って玄関先で出迎えてくれた彼女からは、数年前に社会人の子供さんがいたという前情報から予想していたより、ずいぶんと若い印象をうける。

きっちりと一つにまとめた長い髪は黒々としているし、四十代の半ばくらいでも通じるのでは。それでも、きっと値の張る代物《しろもの》だろうスカートスーツをまとい、首元に俺でも知っている有名海外ブランドのスカーフを巻いている姿は、どことなく貫禄があった。

そして、鼻筋のすっと通った顔立ちといい、瞼に青い化粧を施した切れ長の眼といい、大変に美しい人だ。が、その佇《たたず》まいから、——こういう言い方が不適切であろうことは重々承知の上で——なんとなく不幸の香りがする、気がした。境遇の前情報による、勝手な先入観ではあろうが。

「いえ、こちらこそご依頼ありがとうございます。特殊葬儀屋の似矢西待です」

俺は自分も頭を下げつつ、あらかじめ準備してあった名刺を差し出した。

「ご丁寧にありがとうございます。いただきますね」

受け取ったそれをチラリと眺めつつ、「失礼ですが、似矢さんはご年齢、おいくつでしたかしら」と松江夫人は微笑んだ。さすが女社長、言葉遣いも雅《みやび》である。青二才の自覚がある俺は余計にかしこまってしまった。

「え、っと。二十三です」

「まあ、そう。でしたら……うちの子が亡くなった時と、同じ歳ですのね。残念ですこと、……いいお友達になれたかもしれませんのに……」

「は、はい……」

「あら、ごめんなさいな。こんなことを言われても困りますわよね。なんだか最近息子のことばかり考えてしまって、つい。どうぞ軽く聞き流してやってくださいね」

初《しょ》っ端《ぱな》から下手《へた》にコメントできない話題に、どう返したものかとたじろいでいると、俺の様子を察した松江夫人のほうから気遣っていただいた。俺も「いえ、とんでもない」と慌てて首を振る。

「むしろ……今回のご依頼内容としましても、お気持ちを伺《うかが》えるのはありがたいです」

「でしたらお言葉に甘えて、少しだけ愚痴《ぐち》を言わせてやってくださいませ。先ほども、不幸な女だとお思いでしょう？　主人と息子とを相次いで亡くして、わたくし死に魅入られているんです」

にっこり微笑んで、夫人は続けた。

印象について図星を突かれ、俺は「うっ」とさらに言葉に窮《きゅう》する。

こういう時にサラッと当たり障《さわ》りない返し方ができる人間になりたいものだ。たとえば生前の東天がそうだった。この場にいない兄の社交性の高さが、少しだけ羨《うらや》ましくなる。

もっとも、からかわれただけだったのか、夫人は興味の対象を別に移してしまった。

「ええとそれで、そちらがご相談に乗ってくださるっていう、アドバイザーの……？」

松江夫人にいささか困惑を含んだ眼差しを向けられ、さすがの慧もピシッと背筋をただしている。

「はい。彼は里見慧といいまして、今はこんな格好をしていますが、関東にある密教系寺院の跡取りなんです。ご説明したむかさり絵馬も花嫁人形の風習も仏教と絡んだものですから、このたびのご依頼でもお役に立てるかと思って来てもらいました。急なことで申し訳ございません。彼に相談することで、費用の追加などは一切かかりませんからご安心ください」

嘘《うそ》ではない。我ながらスラスラと言葉が出るものだ。俺の紹介を受け、隣で豪邸空間に気圧《けお》されていた慧も、おっかなびっくりといった風情で「里見慧です、よろしくお願いします」と直角に頭を下げる。格好はアレだが、仕草は高校野球の選手のようである。

「そうですか……」

松江夫人は、なぜかちょっと返答を言い淀《よど》み、考えるような素振りをした。

これは、奇抜すぎる慧の外見がいけなかったのだろうか。……いや、そりゃそうだ、どこからどう見ても出家者とは程遠い。頭部は明るい茶色どころかメッシュとインナーカラー入りのパーマだ。坊主らしく髪がないのはパーカにプリントされた髑髏くらいのものである。

俺は焦った。

「あ、あの、彼は今〇大学でインド哲学を学ぶ現役大学生でして、それこそ当時ご年齢も近かった息子さんの気持ちを推しはかるにも、少しは役立てるのではないかちょ……！」

「ちょい可愛《かわ》え感じに嚙《か》んどるで西待兄ちゃん」

どうにか同席の許可をもらおうとあたふたしていると、語尾の不始末を慧に突っ込まれる。やかましい。大体、こいつがちょっと事前に黒染めしてスーツの一つでも着てくれたらこんなに慌てなかったのに。

「……ふふ」

だが、このやりとりの何が面白かったものか、松江夫人はクスッと微笑した。

「そうですわね。せっかくですから、里見さんにもご意見を伺えれば幸いですわ」

「いや、失礼しました……」

改めて謝罪しつつ、俺は再び恥じいるばかりだった。しかし、うまい具合に慧も入れてもらえることになって、胸を撫《な》で下ろす。東天を弾く妙な結界が施された屋敷に自分一人で入るのは、思ったより不安だったらしい。

しかし、松江夫人はなんとも拍子抜けするほど「普通」の、見るからに「まともな」人である。それはまあ、ちょっとだいぶ一般人より上品な気配がするし、浮世離れした感じがしなくもないが、その程度だ。そうだ、――やっぱり、この依頼が今までと違うだの、嫌な予感がするだのは、兄の考えすぎなのだろう。

「どうぞお二人とも中に」

戻りを門前で待っているという、兄の心配そうな顔を思い出している俺に、松江夫人はにっこり微笑んで中を示した。

＊

しかし。

松江夫人は、見かけこそしっかりしているようで、やはり相応に心に傷を負っているのだろう——多少気を遣った言い方だ——ということは、家に入ってすぐ気づいた。

「主人のほうは、もうすっかりいなくなってしまったようなんですけれど……この家にはまだ息子が残っていてくれて、不浄を嫌うんですのよ」

不可思議なことを言ったかと思うと、彼女は玄関口の瀟洒《しょうしゃ》な飾りテーブルに歩み寄り、その上のアンティーク調の壺《つぼ》の蓋《ふた》をずらした。

何をするんだろう？　と身構える暇もなく。

中からつかみ出した粉末状のものを、パッとこちらに投げつけてきた。

「え!?」

「うわ！」

慧と二人同時に悲鳴をあげる。焦って己の黒一色スーツを見下ろすと、転々と白い粒が付着しているのが見てとれた。どうやら振りかけられたのは葬儀屋としては割と身に覚えのあるもののようだった。

「……これ、清め塩ちゃう？」

　隣で呟く慧に、やっぱりそうだよなと思った瞬間、さらにシュッと全身に向けて何かスプレーのようなものを噴射される。次から次に、なんだ？　今度はどうにも消毒アルコールくさい、……が、これは。

「さる神社でいただいてきたお浄《きよ》めの御神酒《おみき》です。ごめんなさいねえ、こうしないとあの子が嫌がりますから」

　ニコニコと優しげな笑顔を崩さぬまま、同じ調子で、朗らかに松江夫人は液体の正体を告げてきた。

　清め塩に御神酒ときたか。抗議する気力も失せた俺たちは、「あ、……はあ……」と頷くしかない。

「あと、最後にこちらもご自身でお願いしますね。同じ神社でお祓い済みの、清め塩とカラタチのクリームなんですけれど、たっぷりとよく手に揉み込んでいただいて」

「は、はい……」

「これで息子の嫌う不浄が取れますから」

「……」

とりあえず、気圧されつつも従うしかないので、慧と頷き合いつつ、勧められるまま得体の知れない白いクリームを手に揉み込む。カラタチが入っているという触れ込み通り、ふわりと清涼な柑橘《かんきつ》の香りが漂った。

しかし、入り口で塩にクリームにと体に振りかけられると、なんとなく思い出すストーリーがある。――宮沢賢治《みやざわけんじ》の『注文の多い料理店』だ。

いうまでもなく、あれは結局、レストランに入った客である紳士たちのほうが食われる側だった、というオチである。いや、なんで今それを思い出したんだろう。……毎度のことながら、すぐに嫌な連想をする癖をいい加減やめたい。

「ええ？　せやけど不浄も何も、ここ……」

一方で顔をしかめつつ何かを呟きかける慧に、俺は首を捻る。

そういえば、彼はいつの間にかメガネを外していた。その意味に気づき、俺は目を瞠《みは》る。

慧の視力は別に悪くはない。だから、彼がそうするのは、何かを集中して視たい時だ。

急に焦燥《しょうそう》がよぎる。今、彼は何を言おうとしたのだろう。

いざ踏み入った松江邸の内装は――それは豪華ではあるのだが、――なんというか、「複雑怪奇」の一言に尽きた。いやがおうにも『外から見える分にはウィンチェスター・ミステリーハウスみたいだった』という東天の表現を思い出さざるをえない。そういえば、邸の住所にタクシーの運転手さんが反応を示してもいたっけ。地元では有名なのかもしれない。

長い木製の廊下の真ん中からのびる、どこにも通じない階段。開いた先が壁に直結する窓。その横にあるのはもはや窓ですらなく、窓を描いた細緻《さいち》な騙《だま》し絵だったりもする。

建築様式も、外観通り洋館なのかと思いきや、いきなり明かり障子《しょうじ》やら金泥《こんでい》と顔彩で五葉の松が描かれた襖《ふすま》やらが現れたり、シャンデリアと和紙の雪洞《ぼんぼり》が交互に同居していたり、なんとも不自然極まりなかった。まるで、金に糸目をつけずに建てられた、子供の図工作品というか、むしろいたずら心の塊のようだ。

目をどこに向けていいやらわからず、それればかりか今どこを歩いているのかだんだんわからなくなるほどで。ただ進むだけなのに、目が回りそうになる。

いや、本当、なんなんだこの家は……？

おまけに建物自体はそれなりに年季が入っていそうなのに、増改築の跡はかなり新しい。とすると、息子さんが亡くなった後から継ぎ足していったのだろうか。

そういえばウィンチェスター・ミステリーハウスも、ウィンチェスター銃の被害者の霊に家族を殺されて苦しんだ未亡人が、悪霊たちを鎮めるために改造していったんだっけ……。夫と子供を亡くして、という点までも妙に一致するのは、果たして偶然なのか。

「なんやねん、この家……」

俺と並んで廊下を歩きながら、前に立って案内する夫人に聞こえないよう、小声で呟きながらあたりを見回す慧に、俺は深く頷いた。同じ感覚の人が隣にいてくれてよかった。夫人があまりに泰然としているもので、俺だけだと雰囲気に呑まれていたかもしれない。

「妙なつくりだよな。なんでこんな変にいじり回した建築なんだ」

小声で俺が返すと、慧は「それもおかしいねんけど、いっちゃん変なんはそこやない」と首を振った。

「そこじゃないって……じゃあ、どうしたんだ？」

「……西待兄ちゃんはなんも感じひんの？」

心底怪訝な眼差しとともに妙な質問を受け、俺は眉根を寄せた。

思わず周囲を見回してみる。斜めに取り付けられたマホガニーの扉に交じり、壁に描かれたやけにリアルなドアの絵や、なぜか天井まで伸びている階段やら。おかしな建築様式ならてんこ盛りだが、他に何か奇怪な要素はない。というより、それだけで十分すぎるほどおかしい。

「何かって、……別に何も……？」

やや考え込んでから答えると、慧は一瞬、酸っぱいものでも口に入れられたような表情で黙り込んだ。

「……どうしたんだよ、慧くん？」

そのままじっと、猜疑《さいぎ》のこもったというか、むしろ呆れをありありと満たした眼差しでこちらを睨んでくるので、いささか居心地が悪くなる。

ややあったのち。

慧は藪《やぶ》から棒にこんなことを言ってきた。

「あの『東天兄ちゃん』との付き合い。まだ続いとったんやね」

急に変わった話題に、頭の切り替えがついていけずに、今度はこちらが酢を飲んだような顔になる。

「続くも何も。死んだとはいえ兄貴だし……」

なんと返してほしくて問うてきたものか。相手の意図がわからず俺が口籠《ごも》ると、慧は肩をすくめて深くため息をついた。

「姉ちゃんが言うとったけど、西待兄ちゃん、ちっさい頃はめっちゃお兄ちゃん子やったらしいやん。なんでもかんでも『兄さん、兄さん』言うて、ずっと兄貴の後ついて回っとったって」

「いや、いつの話でなんの話だ」

「好きな音楽とかこっそり真似《まね》っこしとったらしいし。照れ隠しで見せかけはめっちゃデイスっとるけど、あの人の趣味やった民俗学？　の蘊蓄《うんちく》語りとか聞くん、まんざらやなかったそうやし。その証拠に、話の内容今でもめっちゃ覚えてるって」

「いや、色々誤解がある気がするし！　そんなことを急に言われても困るんだが！」

いきなり幼少期の暗黒時代の話をふられて動揺する俺に、慧は「せやから」とへの字に口をひん曲げた。

「前々からやで。なんでなん？　って訊《き》きたかってん」

「……何が」

相手が思いのほか真剣な眼差しをこちらに注いでいたので、俺はわずかに眉をひそめる。

「東天兄ちゃんは入ってこられへんらしいし、この際やからちょうどええわ。いつまで続けるつもりなん？」

「だから、……いつまでってどういう意味で言ってるんだ？」

さっきから、なんなんだ。いまいち慧の意図を摑《つか》み切れず、少々もどかしくなる。どうにも答えを返しあぐねてしまい、結局、言葉をそのままおうむ返しにするしかできない。

もっとも、そんな俺の態度が何かをはぐらかしている風にでも映ったのか、慧はなおも畳みかけた。

「七年前、東天兄ちゃんが亡くなったんは、事故やったって聞いた。当時はボクもまだ中坊なりたてやったし、あんま詳しく教えてもらえへんかったけど……」

「……」

「それでなん？　いなくなったって実感持たれへんから、東天兄ちゃんの亡霊を拒絶できへんのんか?」

　立板に水で捲《まく》し立てられ、俺は何も言い返せずに気圧される。慧は「前から訊きたかった」と前置いていた。では、ずっと胸のうちに溜め込んでいたのか、こんなことを。

「慧くん。……ひょっとして兄さんに当たりがきついのは、それが理由か?」

「一つではあるで」

　思い当たった節を問い返すと、慧は「……一方的に責め立てて、ボク悪役みたいやんか」と茶色い前髪をぐしゃっとかき回した。年相応の仕草に、俺は思わず苦笑する。

「心配かけて悪かったけど、慧くんが気にするほどのことじゃないぞ。それに俺だって、別に盲目的に兄さんの後をついて回ったままデカくなったわけでもない。環さんも知らないだろうけど、これでもあいつに対して思うところは複雑でな。家業への嫌気とかも重なって、色々荒れてたんだよ、昔は」

「……そういえば西待兄ちゃん、一時期ボクより明るい色の髪してたやんね? ここんとこはずっと黒いけど、もう染めへんのかな、とは思っててん」

「染める理由がなくなったからな。禁煙したのが兄さんが死んだ時って言ったら、察しがつくか?」

「エッ」

　俺の言葉に、慧は頓狂《とんきょう》な声をあげた。東天が死んだのは七年前。つまり俺は当時、十六歳だ。不良にもほどがある。

嘘ではない。陰気で根暗な性格そのままな見た目のわりに、ガタイのいい高橋《たかはし》さんを抑え込める程度にはそこそこ腕っぷしが強いのも、その〝一時期〟の影響だ。早い話が、ケンカ慣れした。今となっては遠い過去の話で、当時つるんでいた悪友たちとも交流が途絶えて久しいけれど。

「だから別に、慧くんが気にするほどのことじゃ……」

「……そうは思われへんから話しとるんやで？」

ハの字に眉尻を下げ、慧は眉間を押さえた。

「やっぱり、西待兄ちゃんはちょっと死に魅入られすぎとるよ。生きとるんなら、自分の時間を大事にせなあかんのちゃう？」

死に魅入られている。

——わたくし死に魅入られているんです。

先ほど聞いたばかりの、松江夫人の声が耳奥に蘇《よみがえ》る。

俺も？　まさか。

「忘れとるかも知らんけど。西待兄ちゃんは生きてる人間で、あっちは死人やで。いつまでも一緒におるんが、どっちにもいい影響あるとは思えへんけどな」

最後にちくりと刺したきり、慧はそのまま黙りこくって松江夫人の後を追うだけで、何も言わなくなった。

「俺は……」

うまい返しが思いつかず、俺も同じく黙って廊下を歩き続けた。

＊

松江夫人は、案内しながらほとんど話をしなかった。

おまけに、敷地内に入ってから不思議と誰とも出くわさない。大きな家ではありがちな「お手伝いさん」はいないのだろうか……と疑問に思って尋ねてみたところ、「似矢さんにはデリケートなご相談をさせていただくので、今日はいつもお願いする人たちにおやすみしてもらっていて」と笑顔で返された程度だ。インターホンの声は、松江夫人のものだったのだ。年かさのお手伝いさんだと勘違いするほど、ひどく疲れているように聞こえただけで。

不安感を煽《あお》られる奇妙な邸の中を、どこに案内されるのだろうと思っていたら、故人の生前使っていたという居室が目的地らしい。

「架空の結婚式ではあるのですけれど、お相手の方の『設定』を練るために、まずは息子のことを知ってほしいんですのよ」

松江夫人は控えめにそう語った。むしろ、言葉の裏に無言の圧を感じ、俺は慧にチラリと視線で了承を求めつつ頷いた。

そろそろ玄関まで一人では戻れないかもしれないな……と危惧《きぐ》し始めた頃。辿《たど》り着いたのは、図書室と言っても過言ではないほど、びっしりと本で埋まった洋間だった。

ペルシャ絨毯《じゅうたん》敷きの室内は、全体的に綺麗に整頓《せいとん》されている。子供時代からの勉強机というよりは大人向けの書き物机といったアンティーク調のデスクと、シンプルなベッドが奥に置かれている他は、壁一面を埋め尽くすどころか、いくつかは両面仕様のものが空いたスペースに据えられている本棚の群れが、とにかく圧巻だ。

開け放たれた大きな窓から吹き込んでくる空気が、白いカーテンを押し上げては翻《ひるがえ》し、どこか幻想的で外国じみた、不思議な空気感を作り出していた。

「……あ」

本棚には、受験時に使ったらしい学習参考書や、息子さんが好きだっただろう漫画やライトノベルなどに交じって、少し珍しいラインナップもあった。

古びて黄ばんだ『折口信夫』や『柳田國男《やなぎたくにお》』『南方熊楠《みなかたくまぐす》』の全集が揃っているのを確認し、俺は目を見張る。

それらのタイトルには見覚えがある。実家にそのまま残されている東天の部屋にも、同じものがあったからだ。他にも、民俗学のみならず民「族」学の書籍やら、レヴィ・ストロースの『野生の思考』や『悲しき熱帯』といった文化人類学の入門書、ミシェル・フーコーやジャック・デリダなどの哲学書も網羅されているようである。

なお、知ったかぶりで触れては見たものの、それらの名前は兄から耳にタコができるどころかそこから脚《あし》が八本生えてくるほど聞かされているので一応知識として持っているだけで、実際のところ彼らがどんな説を唱えているのか、そもそも学問的にどういう違いがあるのかは、さっぱり把握《はあく》していない。不勉強で申し訳ない限りだ。

それにしてもだ。

こんな本棚があったということは、……おそらくはそうした方面の知識集積が好きな息子さんだったのだろう。ずらりと並ぶそれらの書物に、俺は人知れず苦々しい気持ちになった。俺はといえば、生前の兄にしつこく勧められたが、聞き流し続けて結局手をつけないままだった。生きていれば、俺よりもむしろ兄と仲良くなれたかもしれない。

しかし、兄の本棚と似通ったラインナップの隣には、ちょっと変わったものも置かれていた。

『民俗学から見た精神世界の爪痕《つめあと》』

『ホログラム理論と実験』

『魂を呼び覚ます――アストラルユートピアへようこそ』

和洋書入り乱れていたが、それらの著作にも、一応聞き覚えがあった。東天から、あまり好意的ではない形で――いわゆる怪しげな「もどき」学問の研究書として、だ。詳細はやはり知らないので、批判もできかねるが。兄と仲良くなれたかもしれないという言葉は撤回する。宗教戦争に発展しかねない。

「うわ。姉ちゃんとこの『アトランティス』が創刊号から全部揃ってるやん。うちにすらないで、こんなん。……こらまた、えらい趣味やなぁ」

いささか引いている様子で、慧も本棚を見回しながら呟いている。

さらに、床にはもっと奇妙なものが鎮座していた。

——大型犬用のケージだ。

「これは……?」

「息子が犬を飼っていたので」

笑顔のまま、松江夫人は返した。とすれば「そうだったんですね」以外の返事はない。

俺は定石に従ったのち黙った。鈍色《にび》に光るスチール製の巨大なケージは、まだ天板のシールも貼られたままの真新しさで、色々な意味で古い書籍やアンティークの調度に囲まれた部屋にはいかにも不釣り合いだった。

「そういえば地味に気になってたんですけど……松江さんって、関西弁やないんですね」

沈黙に耐えかねたのか、慧が唐突に話を振る。

「ひょっとしてご出身はこのあたりではなかったりします?」

「ええ、私は青森出身で。今でこそこんな今風のお仕事をさせていただいていますけれど、小さい頃はピアノの代わりに三味線《しゃみせん》を習ったりしておりましたのよ。古めかしいでしょう」

話題転換に俺が乗って質問すると、夫人は笑顔で頷く。

「大学からこちらのほうに越してきたんです。隣の市のK大学はおわかりかしら、主人との出会いもそこでしてね。周りは皆さん地元の方が多かったものだから、どんな喋《しゃべ》り方をしていいやらで。なんだかどっちつかずできてしまって」

「あ、そこやったらボク、学祭行ったことあります。めっちゃ坂キツいですよね」

「ええ、今も変わらずでしょうね。ふふ」

ご当地トークのおかげで、やや空気が和《なご》む。改めて慧には感謝だ。

「あら、そうだわ。忘れないうちにお渡ししておかなくちゃ」

松江夫人は唐突にポンと手を打つと、片手に提《さ》げていた小物入れから徐に何かを取り出してこちらに差し出してくる。

「似矢さん、こちら前金です。ごめんなさいね、ちょっと適当な茶封筒がなくてこんな派手な色で」

とっさに受け取ってしまったが、手渡されたのは、どうやら金封だった。緋《ひ》色の長封筒はずっしりと重たく、形が変わるほど膨らんでいて、中に入っている額が尋常ではないことを伝えてくる。

俺は驚いて思わず取り落としそうになった。

「すみません、ちょっとさすがに受け取れません！　事前にご提示いただいた額面よりかなり多そうですし、何より当社は前金制ではなく、終わった後にお代を頂戴《ちょうだい》しておりますので……！」

「いえいえ、いいんですのよ。気持ちですし、遠方からいらっしゃったのだから、里見さんの分も含めての交通費と宿泊費ということで」

「いや、それにしたって」

交通費と宿泊費って、小型機をチャーターして高級ホテルのスイートルームに泊まってこないと、この額にはなるまい。俺は新幹線の自由席で新大阪まで来て、近隣の安宿で一泊しているんです、と言わなくてもいいことを激白しかける。

「……わたくしもこの歳ですし、家族に先立たれてしまって、他にお金の使い道がないんです。それに、とても失礼な話ですけれど、似矢さんが息子と同い歳の方と知って、なんだか嬉《うれ》しくて。ですからぜひ、ボランティアだと思って受け取ってやってくださいな」

「……ありがとうございます。では、お気持ちに甘えさせていただきます」

おっとりと、けれど反論を許さない調子で、松江夫人には押し切られてしまった。そう言われてしまうとどうしようもない。俺は逡巡《しゅんじゅん》したが、結局は断りきれずに差し出された赤い長封筒を押しいただいた。

俺が鞄《かばん》に封筒をしまうのを見て、松江夫人はホッとしたように破顔一笑した。

「ああ、よかった！　それじゃわたくし、相手役のお嫁さんのお人形を持ってまいりますわね。お茶もご用意しますから。そうそう、ちょうど実家からりんごの焼き菓子も送られてきたところなので、ぜひ召し上がっていらしてね。ちょっとこちらのソファでくつろいでお待ちになって。息子の本棚や机は、ご自由に見ていただいて構いませんから」

「それとすみません、松江さん、メールでの打ち合わせでお伝えしていた、挙式上のご希望の一覧をもしお作りいただいていたら……」

「そうそう、それもお持ちします」

明るく請け合った後、松江夫人は「ちょっと冷えますわね」と言い置いて、全開にしてあった窓を閉めていく。それから、にこりと笑って一礼すると、重たい扉をゆっくりと閉じて出ていった。

廊下を歩く足音が遠ざかっていくのを確認してから、俺はようやく息をついた。

夫人が窓を閉めてくれたので、外から吹き込んでくる風の音や、遠くから響く車の音も途絶え、室内はしんと静かだ――と思いきや、音楽らしいものがずっと流れ続けている。

どこか和風の調べで、三味線や人の声が入っているので、何かの歌ではあるのだろう。音量が絞られており、切れ切れでどうにも判然としない。歌詞を聞き取ろうにも、どこかの方言なのか、耳慣れない訛《なま》りばかりが目立って、わからなかった。

そういえば、この部屋には増改築が入っていない様子だ。玄関や廊下と違い、奇怪な構造がまったくないので、その意味では少し気持ちが安らぐ。先ほどまで気づかなかったが、香が焚かれているようで、嗅《か》ぎ慣れないにおいがふわりとどこからともなく漂ってきた。本が多いから、紙魚《しみ》避けだろうか。抹香と同じく白檀《びゃくだん》は入っていそうだが、それだけにしては甘さが少なく、鼻の奥にピリリと刺激を覚える。

手持ち無沙汰《ぶさた》になって、何気なく部屋を見渡すと、写真がいくつか飾られている。写っているのは生前の旦那さんや息子さんらしい。そこでふと俺は、生前の故人の情報を得るも何も、顔すら知らないままだなと気づいた。

「……やっぱり変やね」

不意に、黙りこくっていたはずの慧が口を開いたので、俺は写真立てに伸ばしかけていた指を引っ込め、問いかける。

「変って、今度は何がだ？」

「だって松江の奥さん、青森出身やろ。東天兄ちゃん言うてたやん、花嫁人形の奉納は青森の風習やって。『故郷のそばにそういえばそんな習わしが』って、そのことに触れてもええはずやない？」

慧は大きな目を忙しなく動かしつつ、首を振る。なんだか身構えすぎた意見に思え、俺は眉根を寄せた。

「知らなかっただけかもしれないだろ？」

「せやろか。だって、一九八〇年代のアタマらへんにテレビ特番組まれて全国放送されたって話やったやろ？　当時のテレビの威力はすごかったんやって。地元がそんなに有名になったなら、知らんっちゅうのもおかしいんやないか？」

「青森県だって広いだろ？　俺たちだって、都内のことならなんでも把握してるわけじゃないんだから……」

嗜《たしな》めかけて、今度は自分でふと気づく。待てよ。

「……松江さん、さっき、幼い頃は三味線習ってて、地元の菓子がりんごのだって言ってたよな」

青森県で、三味線とりんごで有名な場所なんて、小学生の社会科でも習ったくらいポピュラーな話だ。

津軽地方である。……花嫁・花婿人形の奉納が行われているのと同じ。

「……」

俺もさすがに黙り込む。

事前に打ち合わせをした時の松江夫人は、花嫁人形も、むかさり絵馬も、どちらも「そんな風習があったんですね」と驚いたような反応だった。少なくとも俺には、初耳だという様子にしか受け取れなかった。メールでのやりとりだから、相手がその時どんな表情をしていたかなんてわからない。そして、五十代の松江夫人は、テレビの特番があった頃まさに話題に触れているはずの世代だったと言っていい。少なくとも、まったく知らないとは考えにくい。

「それじゃ松江さんは、……花嫁人形の奉納も、なんならむかさり絵馬も、知っていたはずなのにわざと知らんふりをしていた……ってことか？」

「うん。やっぱ、せやんなぁ。それにこの部屋、三年も使ってなかったわりに、書籍にもデスクにもホコリもちりも全然なかったで。ここの資料、奥さん定期的に読んでたんちゃうか。ボクさっきちらっと見たけど、民俗学関連の本めちゃあったやん。当然やけど葬送関連のも見っけたで。テレビ特番もあったやろし、息子さんの本棚からなんぼでも知識は得られるやろし、……自力で調べた情報を使って色々提案してきてもええもんやんか。なんで、なーんも知らん体《てい》を取り繕《つくろ》ってしらばっくれるんや？」

「……」

しかめ面で疑問を並べ立てる慧に、俺は何も返せなかった。

……東天は。

今この場に兄がいないことが、急に心細く感じてきた。

あいつは、あいつなら。散らばったピースから、どんなふうにパズルを組み上げていくだろうか。

「西待兄ちゃん。……ボクもういっこ、変なこと言うてええ……？」

黙り込む俺の前で、慧はしばらく何かを言い淀むように視線をめぐらせた後、ダボついたパーカの袖で己の腕をさするような仕草をした。

「……なんやボク、この家に入ってから、ゾーッと背筋が寒なってしゃあないねん。めっちゃ霊がおるで、屋敷ん中そこかしこに」

「え」

「霊の大群って言ったらええんかな、……それもこんな狭いとこに寄せ集まって、漬物みたいにギュウギュウ詰めになっとんの初めて遭《お》うたわ。ほんま、すごい数やで」

霊感の強いという慧ならではの話に、俺はぎくりとして目を丸くした。

俺は東天以外のものは一切視ることができないから、彼の言うことが本当かはよくわからない。ただ、この邸に入ってからというもの、メガネを外したことも含め、慧はたびたび様子がおかしかった。

――不浄も何も、ここ……。

――西待兄ちゃんはなんも感じひんの？

「ひょっとして、ここに来てから慧くんが何度か言おうとしてたのって、そのことか？」

「……うん。ちょっと奥さんの目が気になって、なかなか言えへんかってんけど」

けれど、それが本当だとするとおかしなことになる。

東天は、「松江邸の敷地内に入ろうとすると弾かれる」と話していた。そして実際、邸に入ろうとした腕の画像がほつれてグロテスクなことになっていたわけだ。

では、要するに「外」のものが「中」に入って来られないような『何か』が、この屋敷をぐるりと囲んでいる、——という話になる。少なくとも俺はそう認識していた。

だが、それにもかかわらず、ここに数多くの霊がいる、と……？　そいつらは、いつ、どうやって入ってきたんだ？

俺が戸惑っていると、慧はなおも続けた。

「……弱っとるんか姿は視えへん、代わりにずっと声が聞こえとる。迷ってんねん。『出られへん、助けて』ってみんな言うとる。大合唱やで。頭痛い、正直吐きそうや……」

「……慧くん」

そうだ。

もしかして、東天が弾かれた『何か』は、外のものを中に寄せ付けないためのものではなく。

逆に、内側に閉じ込めたものを外に逃さない目的のものだとすれば——？

「あの奥さん、なんか隠してそうやで。西待兄ちゃん、いっぺん外に出て東天兄ちゃんに意見聞いたほうがええんちゃう？」

そんな大袈裟《おおげさ》な、と切り捨てるには、考えれば考えるほど何もかもがおかしい気がした。

なにせ、東天を感じ取ることのできる慧の霊感は侮《あなど》れない。ここで俺に嘘をつく利点だって考えられない。

「西待兄ちゃん、ぶっちゃけこの依頼なんやけったいやなと思いつつ、わざと考えへんようにしてへんか」

「それは……」

「この質問で答えにくいんやったら、もうちょい踏み込んだ聞き方するけど堪忍《かんにん》やで。この依頼、東天兄ちゃんの懸念やなんや全部知らんぷりして即決めで受けたんって、……ホトケさんの年齢が若いから……東天兄ちゃんと近いからちゃうの？」

「――！」

痛いところを突かれた、と思った。

とっさに返す言葉に窮して俺が口籠ったのを見てとって、慧はさらに畳みかけてくる。

「そら身内死んだらショックやで、ボクやったら姉ちゃんが死ぬようなモンやもん。けど、いつまでも西待兄ちゃんが罪悪感抱いたり、引きずるんはちゃうような……」

「何も違わないんだ」

慧の言葉を聞き流して、わかったようなふりをすれば、この場は凌《しの》げただろう。けれど、気づいた時には、俺はたまらず途中で遮《さえぎ》っていた。

「慧くん。ここに来る時、兄さんの死因のこと少しだけ話しただろ。……君が中学の時で、事故だったたって」

慧は何も言わず俺の話に耳を傾けてくれる。

「事故というか、自殺だったんだ。……いや、正確には違う。自殺だった、……とされている」

「……どういう意味や？」

兄は、高所から転落して亡くなった。彼が死に場所に選んだのは廃ビルの屋上で、その下の空き地に墜落《ついらく》した。死因は首を折って即死。

その空き地は、かつて生垣の見事な和風庭園だった場所で、手入れされないまま半ば野生化した侘助《わびすけ》椿が咲き乱れていた。「椿の花は首から落ちるから、縁起が悪いと言って、侍《さむらい》の庭には植えないのだ」とは、かつて東天自身が語っていた蘊蓄の一つだ。その逸話通り、大輪の椿が花の形を保ったまま広げられた絨毯の上で、東天は亡くなっていた。

「捜査はされたけど、警察はすぐに事件性がないって断定した。……けど、不思議なんだよ。あいつの死体の下にびっしり落ちてた椿の花、明らかに自然に散ったものじゃないんだ。わざわざ首からちぎって、敷き詰めたんだ。誰かが」

命を失った兄の屍の様子を、俺は今でもまざまざと思い出せる。紅白とりどりに椿の花が咲き乱れる空き地の入り口に張りめぐらされた、ドラマでしかお目にかかったことのない立ち入り禁止の黄色いテープ。見張りの警官が止めるのも聞かずに、飛び越えて駆け寄った。

口から流れ落ちる一筋の血。固く閉じられた瞼と、頬に落ちる睫毛の影。

取り囲む花々の鮮やかさも相俟《あいま》って、それはそれは、あまりに美しい屍で。まるで眠っているようでもあった。そこにもう命が宿っていないなんて、とても信じられないほどに。

「死ぬ理由だってなかった。あいつは受験を控えていたし、将来の夢だってあった。あれは自殺なんかじゃない。あいつは自分で死ぬような奴じゃない。その証拠に、幽霊になってああして化けて出てるだろ。思い残すことがないと、そんなものになるはずがない」

「……東天兄ちゃん自身はどう言ってるん？」

「それは……」

もう、亡霊になったあいつと初めて出会った時から何度も尋ねたことだ。

なぜ死んだのか。本当は誰かにやられたんじゃないのかと。

その都度、あいつは微笑んで首を振る。そして、こう言うのだ。

「……あいつは、……『わからない。思い出せないし、もう忘れた』って」

本当にスッキリと笑うものだから、俺はそのたび苦しくなる。

「絶対に忘れてるわけがないって思っても、そう言われたら問いただせない。だって違うんだ。あいつは死ぬはずじゃなかった。だって、あいつが死ぬなら、俺は、俺が」

「西待兄ちゃん！」

不意に、肩を摑んで強く揺さぶられ、俺ははっと我に返った。

目の前には、心配そうに眉尻を下げた慧の顔がある。

「……悪かった、慧くんに話すことじゃなかった」

「それはええねん、けど。ボクは……」

そこで一度言葉を切ると、慧は顔をしかめ、ゆっくり言い含めるように俺に告げた。

「ボクが不安なんは、東天兄ちゃんがいまだにこの世に残ってるんは、生き残った西待兄ちゃんのこと向こう岸に引っ張ろうとしとるんちゃうかってことやねん」

「……それはない」

なぜなら向こう岸に行きたいのは、むしろ。

明らかに誤解されているのに、それを解いてからうまく納得させられるような言葉が見つからない。俺はため息をつき、彼から顔を背けた。

……ふと。

逸らした視線の先に、故人である息子さんの写真が留まった。

「……俺？」

そう。

息子さんの写真は、面差《おもざ》しがどことなく俺に似ていた。

もちろん、瓜二つなどというほどではない。が、髪型や背格好、目許など、自分でも「これは」と思うほどには、近しい気がする。いや待て、松江夫人が俺の顔なんて知るわけがないし……と思いかけたが、ふと思い直した。特殊葬儀屋のホームページからリンクを張ってある実家の葬儀社『似矢』公式ホームページには、式次第サンプルやら社員紹介やら、俺の顔がわかる写真もいくつか掲載されていたはず。

……ますます気味が悪くなってきた。

ついでに言えば、そこに置かれた大型犬用ケージもだ。息子さんが犬を飼っていたというが、それにしては新しすぎる。天板にシールが貼りっぱなしで、およそ購入から三年以上経っているようには見えなかった。

「……？」

ざらつきを増す気持ちを鎮めるべく視線を彷徨わせるうち、俺は、息子さんの勉強机の上に、付箋《ふせん》が貼られた書籍がまとめられて置いてあることに気づいた。ソファに掛けたままの慧と頷きあって近寄ってみると、『降霊術大全』や『霊界からの声』など、洋の東西を問わず、降霊術やら、霊を閉じ込める呪法などについての怪しげな研究ばかりだ。

――霊がみんな出られなくなっている。

さっきの慧の証言。

それに加えて、霊のために奇怪な増改築をし続けていたウィンチェスター・ミステリーハウスの話。

とどめに松江夫人が「ここにはまだ息子の霊がいる」と信じているらしいこと。

　そこから導かれる結論が、自分で考えついておきながら、あまりに荒唐無稽《こうとうむけい》すぎて。俺は思わず口をつぐんだ。

　——複雑怪奇な家は、息子の霊を成仏させないよう閉じ込めるためのものではないか？

　なんだそれは。非科学的にもほどがある。しかし、「馬鹿なことを」と即時に一笑に付せない自分もいるのだ。

　わからないことはまだあった。霊を成仏させないように屋敷に閉じ込めて、どうするつもりだ？

　俺が故人に顔が似ているのは偶然じゃないんじゃないか？　とすれば、俺にコンタクトをとってきた本来の目的は、冥婚ではない可能性だってある。彼女は俺に何をさせるつもりなのだろう。

　……思えば、この間の東北の件でも九州の件でも、ふと連想したものが思いがけないヒントに繋がっていることが多かったではないか。玄関で塩と酒とクリームをつけさせられたことから、俺は何を思いついただろうか。

　——まさか、気のせいでなく本当に、『注文の多い料理店』がヒントになっているのでは……。

「……慧くん。ここから出よう」

「もしかして……」

勝手にいなくなったことで、依頼人を怒らせてこの話がおじゃんになったとしても構わない。出直して、改めて東天にも意見を求めねば。

そうと決まれば行動は早いほうがいいと、いただいた前金を鞄から取り出してテーブルに置く。一筆添えるべきか逡巡してから結局やめ、俺が顔を上げた時には、慧はもうすっかり青ざめて息も荒くなっていた。

「慧くん!?」

「だいじょ、ぶ、や……」

一瞬虚をつかれたが、俺は慌ててそちらに駆け寄った。瞼を固く閉じた彼は、顔色は紙のように白くなり、額《ひたい》に汗が滲《にじ》んでいる。

「大丈夫って慧くん、ひどい顔色だぞ！」

ソファにぐったりと背を預けて沈み込んだ姿は、とてもではないが「大丈夫」には程遠かった。いつの間にここまで悪化していたのか。

「自分で立つのは難しそうだな。肩貸すからこっちに体重預けてくれ。にしても、霊の大群の影響って、そんなに大きいのか」

「や、……霊ちゃうねんよ。なんやわからんけど、さっきからえらい息苦しゅうて、頭ガンガンすんねん……ぅえ、気持ち悪……」

真っ青な顔色で口元を押さえる慧の前に、しゃがんで顔を覗き込むと、彼はどうにか笑いらしき表情を作ってくれた。口元が引き攣《つ》って余計に痛々しい。

「……？」

しかしその言葉で、俺もなんだか、同じく額の奥に疼痛《とうつう》を覚えた気がした。……頭がクラクラする。胸あたりに妙なむかつきもあって、気分まで悪くなってくる。

そこでふと、さっき「香が焚かれているのか」と考えたことを思い出した。あの香り、甘いだけではなくて不思議な刺激を覚えたような。

「！」

嫌な予感がして、室内を見渡してみる。

視線が低くなっていたおかげで気がついた。

本棚の陰《かげ》や机の下、カーテンの下など、あらゆるところに奇妙なものが置かれている。香炉《こうろ》かと思ったが、わざと目立たないように隠されているのは不自然だ。何よりも数が多すぎる。そして、形状からしてあれは……。

「……七輪」

それも、旅館や料亭などの卓上鍋用に出されるごく小型のものを、目立たせないよう周囲の色に合わせて染め替えて使っている。つまり、この急激なめまいや気分の悪さは、霊のせいではなく。

一酸化炭素中毒――？

ご丁寧に香まで焚き加えて誤魔化《ごまか》しているが。鼻の奥に感じた重苦しいひりつきは、おそらくは練炭を焚いた時のもの。

「今すぐ出るぞ!!」

始終穏やかな微笑を崩さなかった松江夫人の顔を思い出し、俺は背中に氷の塊を突っ込まれたような心地がした。そうこうするうち、俺のほうも身体《からだ》中に痺《しび》れが広がってくる。換気を、いや、それよりもとにかく外に。

慧を巻き込んでしまった。彼だけでもどうにかして助けなければ。一酸化炭素中毒は、下手をすると後遺症が残ると聞いたことがある。それ以前に、早くしないと命までもが。

もはや意識がほとんどないのか、ソファの背もたれに顔を埋めるようになつく慧の脇の下に腕を入れ、無理矢理背負うように身体を引き上げる。いくら小柄なほうでも、気を失った人間は重い。加えて、酸素を血から奪う毒煙は俺の呼吸器系にも着々と浸透しつつあった。巨岩でも運んでいるような心地で、どうにか慧をドアまで引きずっていく。

「くそ!　開かない……!!」

ガチャガチャと忙しなくレバーを回して押すのを繰り返すが、なぜかドアはびくともしなかった。

レバー自体は力に従って上下はするのだ。では、外からチェーンのようなものをかけられている可能性がある。おまけに力任せにこじ開けようとドアを揺さぶるたび、メリメリと不審な音がするのは、隙間《すきま》を向こう側からガムテープか何かで目張りされているためのようだ。

もはや疑いようがなかった。……全部、わざとなのだ。

客人が来るはずなのに、事前にお手伝いさんを屋敷から出していた理由も、きっと狙いはこれだった。――松江夫人は、どうあっても俺たちをここから逃す気がないらしい。

身体が重い。頭が痛い。耳鳴りが酷《ひど》い。手足は震え、目の奥がチカチカと明滅する。

呼吸はもう自分でもできているのかいないのか、空気を吸えば肺がひきしぼられるようだ。苦しい、苦しい、苦しい。パニックを起こして機能低下した脳では、ただそれだけしか考えられなくなる。そうだ窓、窓のところに引き返して換気をすれば。ああダメだ、到底できそうにない。足がふらつく。もう立っていられない。

誰か。出してくれ。ここから出してくれ。

気が遠くなりそうな中、やけになって俺は叫んだ。

「松江さん！　出してください!!」

きっと叫んだところで無駄だろう。訴えが聞こえる場所にいるとも考えられない。

こんなことをする目的は謎だが、相手は、俺たち獲物《えもの》が倒れる時をじっくり待っているだけでいいのだから。この広い邸のどこかで、優雅に高みの見物でも決め込んでいるはずだ、と――

我ながらわかりきっている結果に、歯を食いしばって顔を歪《ゆが》めた瞬間。

「ごめんなさいねぇ」

ドアのすぐ向こう、ほんの一枚挟んでそことしか言いようのない距離から、柔らかな響きで返答があった。まるで、すれ違いざまに軽く肘《ひじ》が当たったり、置いてあった荷物を取り違えてしまった時のような、それは自然な口調だった。

松江夫人だ。

まさか。

この扉の向こう、ここにいたのか。じっと息を潜めたまま、一酸化炭素の毒が回って、俺たちが倒れるのを待って？

一切の揺らぎも悔悛《かいしゅん》もなく、ただただ穏やかなだけのその声に、俺は目を見開く。

同時に、ぶつりと頭の奥で意識が途切れる音がした。慧を肩に担《かつ》いだまま、俺は自分の体がくずおれ、絨毯敷きの床が視界いっぱいに迫るのをなすすべもなく受け入れた。

覚えているのはそこまでだ。

――その先は、全てが闇《やみ》に沈んだ。

＊

さらり、さらりと。

どこかで水の流れる音がする。カラカラと何か乾いたものが回るような不可思議な音がそれに混じる。ひどく静かな、水と風の共演だ。

穏やかなその響きに釣られ、俺はゆっくりと目を開けてみた。むしろ、瞼を押し上げた瞬間、初めて己が目を閉じていたことに気づいたというべきか。俺は眠っていたのだろうか。それじゃ、慧は？　松江夫人はどうなったのだろう……。

そもそもここはどこだ。

まず視界いっぱいに広がったのは、晴れ渡った青い空である。

「……？」

頭の後ろに硬いごろごろとした感触がある。どうやら、石ころだらけの地べたに大の字になって伸びていたらしいと気づき、俺はゆっくりと身を起こしてみた。

「ここは……？」

本当に心当たりがない。ついさっきまで、俺は確かに依頼を受けたR台の松江邸にいて、そこで一酸化炭素中毒で倒れたはずだ。

改めて周囲を見回すと、真っ先に鮮やかな緋色が目についた。赤の正体はすぐに知れる。

「彼岸花《ひがんばな》……」

毒にやられてあんなに重かったはずの身体が、やけに軽い。弾みをつけて立ち上がってみる。からん、と下敷きになっていた石が転がる音とともに、あたりの景色がいっぺんに拓《ひら》けて見えた。

赤一色の彼岸花が競うように咲き誇る群生の向こうに、透明な水の流れが、ゆったりと果てなく続いている。

川だ。それもずいぶん広くて長い。それこそ「河」と表現したほうが正しいかもしれない。R台に行く途中にも市の名を冠する川があったが、その比ではない。

なにせ向こう側が見えない。

といっても、対岸の様子がわからないのは、川の半ばからうっすらと霧がかかり、それが遠くに行くほどに濃くなって、すっかり覆《おお》い隠しているせいでもある。けれど、流れの速さはゆるやかで、水は磨き上げられたガラスほどに透き通っていた。時折陽《ひ》の光をキラキラと弾くから、やっと水が確かにあるのだと存在を認知できるほどで、川底で銀色の身を翻して煌《きら》めく小魚も、水中の白い川石も、離れた場所からもすっかり見て取れる。

俺が寝そべっていたのは、どうやらその大河のほとりだ。

踏んでいる地面も奇妙だった。

振り返れば一面、見渡す限りの石の地面だ。彼岸花の他は草木の一本も生えていない。おまけに全部の石がまるでビー玉のように粒揃いで、染めたように真っ白い。玉砂利《じゃり》、という言葉が浮かぶ。

そしてところどころ、誰が刺したのやら、子供が縁日で買い求めるような、赤い風車が突き立てられている。乾いた音の発信源はこれらしい。柔らかな風が吹くたび、風車は健気に回っては音を立てた。カラカラ、カラカラ。

青一色に塗り潰《つぶ》したような空、白一色の玉砂利の地面。そこかしこに咲く、赤一色の彼岸花の群生と、赤い風車。

——奇妙な光景だ。

ひどく現実感を欠く景色を前に、俺は困惑したまま、呆然と立ち尽くした。目を凝《こ》らせば、小山を築くように積み石がされている。子供が砂浜で作る砂の城によく似ていた。

なんだろう。つい最近、そんな話を聞いたばかりだ。

——親よりも先に死んでしまった子供は、三途《さんず》の川のほとり、すなわち賽の河原で石を積ませられるというのさ。

思い出したと同時に、俺は思わずその単語を声に出していた。

「賽の、河原……」

……と。

風車と水の音しかしなかったはずの景色の中に、どこからともなく、不可思議な響きが混じり始めた。

「……?」

思わず耳を澄ましてみる。ややあって、あの屋敷内で流れていた不思議な曲だと気づいた。古めかしい和風の旋律の、どこかの方言と思《おぼ》しきあの歌だ。

屋敷の中では、歌が何を言っているのか、そもそも声質すらまったくわからなかった
――はずなのだが。

「中は中方、弥勒《みろく》ン浄土ォ」

さっきまで聞き取れなかったセリフが、今は妙に明確に聞き取れる。

歌い手は女性だ、ということも、なぜか即時に理解できた。疲れてしゃがれた声。……

インターホンから聴こえた、松江夫人のそれと同じ。

「南ン南方、観音《かんのん》浄土ォ、北ン北方、釈迦《しゃか》ン浄土。東ィ東方、薬師《やくし》ン浄土ォ」

耳を澄ませるばかりでどうすることもできず、俺が立ち尽くす間にも、歌は絶え間なく
続いている。

「西ィ西方、弥陀《みだ》ン浄土――」

西方《さいほう》浄土は知っている。そこからの阿弥陀《あみだ》の来迎を待つ。もう生まれた時から付き合い、
散々悩まされてきた、俺の名の由来だ。正直、嫌いな言葉。

けれど今は、別の意味でも敬遠するものとなった。

なぜなら俺は死んでも浄土には行けないだろう。仏教の示す通りなら。俺の行き先はお
そらく、地獄だ。

ふと。

俺は川のすぐそばに、見慣れた背中が立っていることに気づく。

黒い学ラン姿で、やや淡い色の短髪を風になびかせている。俺よりも小柄な背。見慣れた背。かつては、鬱陶《うっとう》しく感じる時はあれど、誰より頼もしく大きく見えていたはずの。

「兄さん!!」

東天だ。

顔を見なくてもわかる。俺は叫んだ。

兄は振り返らない。よく見れば、黒い袖先から突き出た青白い手に、いつもは胸にさしているはずの、椿を一輪持っている。

椿の花色は一見していつもと同じ紅《あか》なのに、半ばから別の赤で染まっていた。何かと思えば血だ。東天の手首から絶えず鮮血が流れ、花弁の色を変えているのだ。

おまけに兄は、一度も振り返らず無言のまま、川の中に革靴のまま足を踏み入れた。そして、向こう側へとざぶざぶ渡って行こうとするのだ。

「待て……どこに行くんだよ兄さん」

突然の兄の奇行に、俺は思わずその背を追いかけて駆け出した。学ランの黒い背を摑んで引き戻そうと手を伸ばす。その瞬間、自分の手に奇妙な違和感を覚えた。どうも何か変だ。俺は自分の身体を見下ろす。喪服ではなく学生服。少年の姿になっているのか。ちょうど、兄が死んだあの頃の。

なぜ、という疑問は、それこそなぜか砂のように溶け消えた。俺は、何も言わず自分を置いていこうとする兄を追って、さらに川べりへと走り続ける。

「兄さん！　止まってくれよ。おい、聞こえてるんだろ！」

東天は振り返らない。

「どこに、行くつもりなんだよ！」

問いかけに答えはない。

なぜ答えないいんだ。

なぜ振り返らないんだ。

なぜ、兄は俺を見ないんだ。

俺はたまらなくなった。

「なんで兄さんがそっちに行くんだよ。母さんも父さんも、必要なのは俺じゃない、あんたなのに！」

彼岸花をかき分け、へし折りながら踏み散らし、俺はとうとう透明な水のほとりに辿り着いた。兄の背は、もはや川の中ほどへと進んでしまい、今にも霧にかき消えようとしている。

躊躇《ためら》いはなかった。自分も早く、早く行かないと。

なぜって。決まっているだろう。

「戻れよ。戻ってこいよ。俺が行くから。代わりに逝くから。俺が」

そうだ俺が、俺があんたの代わりに死ねばよかったんだ。

兄の亡霊と連れ立っているなんて、どんな気持ちだと環は俺に尋ねた。答えてやるよ。最悪だ。罪悪感で死にたくならないか、だと。なるに決まっている。当たり前だろう。自分でもできるだけ考えないようにしていたくらいには。

優秀で、姿だって美しくて、社交的で明朗で寛大で。なんにでも興味を持って、葬祭業のことを学ぶのだって、琥珀色の目をキラキラさせて臨んでいた。

俺の前にはいつでも東天がいた。似矢の家業を継ぐのは、誰が見たって兄のほうがふさわしかった。父も母も、兄ばかり見ていた。

何をやらせても兄は完璧だった。彼は父と母の、家族の太陽だった。

そして、本当は。俺にとっても例外でなく、そうだった。俺だって、——輝かしいものをなんでも持っている兄が眩《まぶ》しかった。

「あんたみたいになりたかった。なれるわけない、近づけないってわかってても。妬《ねた》ましくないって言えば嘘になる。でも間違いなく自慢だったんだ。憧れだった。目標だった」

いつでも目の前に越えられない壁として存在する兄が、疎《うと》ましくて誇らしかった。いなくなってほしいという醜《みにく》いどろどろした引け目と、目指し続けたいと望む心が、反発しながら同居していた。荒れていたのだって言わずもがな兄が原因だ。どうやったってああはなり得ないなら、いっそ全部めちゃくちゃになってしまえばいいと思った。彼の死の直前には、俺は輪をかけてあいつを避け続け、ろくすっぽ話も聞かないようになっていた。

……すさみきった生活から立ち戻ったのも、兄が要因だ。兄自身がというより、兄の、死が。あの、優秀で無欠な存在が消えてしまったなら、どうにかして彼のいない隙間を埋めるしかないと思った。到底自分では届かない相手であっても。

あの、兄が死んだ日。生きている東天を最後に見た時、彼は何か言いたそうだった。様子がどこか違うと気づいていたのに、どうせいつも通りの無駄知識を披露したいだけだろうと勝手に決めつけて拒絶した。何かあったのかと、俺が訊いていれば結果が違ったかもしれない。幼稚な羨望《せんぼう》を拗《こじ》らせて不貞腐《ふてくさ》れていなければ。どこかへ出かけていくあの背を追っていれば。

俺は、あいつを裏切って見殺しにしたようなものだ。

むしろあの時、椿の花絨毯の上で死んでいるべきは、俺だったのだ。

そうだ。俺のはずだった。本来ならいなくなるのは、――そこにいるべきは、兄ではないのに！

急き立てられるように、俺が川の中に踏み込もうとした瞬間。

「西待!!」

後ろから手首を摑まれ、ガクンと力任せに引き戻され、俺はよろめいてその場でたたらを踏んだ。

「……え」

俺は、ノロノロと首を後ろに振り向けた。そして、そこにいた者に絶句する。

「兄さん……？」

「他の誰に見える。まったく、つくづく本当に、……お前ときたら手間のかかる馬鹿な弟だな！」

端整な白い面《おもて》には珍しくはっきりと焦りの色が浮かんでいる。息を切らして肩を上下させ、琥珀色の目でこちらをきつく睨みつけながら、俺と目が合った兄は開口一番に叫んだ。

「え、なんで……」

俺は思わず、川を渡って霧の向こうに消えていった学ランの背を振り返った。見間違いではない。あれだって確かに、兄のはずだったのに。

「あちらは幻だ。お前の罪悪感につけ込んだものが見せた、僕の影だよ」

何も言えない俺の心を読んだかのように東天が教えてくれる。

「こんな仕掛けに騙《だま》されるなんてねえ。……お前が僕の死にざまについて色々と思うところがあるのは知っているがね」

「兄さん、俺は……」

「それでも僕は、お前が生きていてくれて嬉しい」

清々しく笑う東天の両手にあるのは、モザイクじみた画像のほつれではなく。はっきりと皮が破れ、赤くザクロのように裂け、焼け爛《ただ》れた生傷だ。

ぎくりとして身を引かせる俺に「見た目ほど大したことはないのさ。痛みもね」となんでもないように断ってみせる。

そして。

「僕の影なんか追っていないで、お前は戻れ」

言うが早いか東天は、俺の肩に焼けた手のひらを伸ばすと、——予告もなく、彼岸花の群生に向かって突き飛ばした。まるで、川から引き離すように。

雷を受けたような衝撃が全身を襲い、脳髄《のうずい》が痺れる。もつれる舌で俺は叫んだ。

「待ってくれ……！」

ここが彼岸と此岸《しがん》の境目なら、せっかくここまで来たのなら。

もしも、あの時落とすべきだった命をここで東天に差し出して、もう一度やり直せるなら。あんたに代わることができるなら、俺は。

俺は。

「——兄さん！」

急速に遠ざかっていく彼岸花の群れに向かって、俺は文字通り必死に手を伸ばした——

＊

——ガシャン。

兄に向かって突き出したはずの手が思いっきり硬いものに当たり、その衝撃で俺ははっと目を覚ました。

「……？　俺は……」

頭がひどく痛む。周囲を見渡してみると、そこはもう、不可思議な玉砂利の敷かれた広大な河辺ではなさそうだ。

むしろ、開放的どころか窮屈なところだった。喪服に包まれた己の長身が折り畳むように収められている、四角く区切られたスペースは一畳あるかないかで、ひどく狭苦しい。何より驚くべきことに、銀色に光る鉄柵が己を囲んでいるのである。身を起こせば、頭が今にも天板部分につきそうだ。

いや、どこだここ。というか、これは。

「……檻《おり》!?」

それも、先日お世話になった——というと語弊《ごへい》があるが——留置所の一室などではなく、おそらくは大型犬用のケージだ。檻の種類が人間用ですらない。なんだ、どうなっているんだ。なんで、いつから俺はこんな場所にいる？

自分の現在地を把握して軽くパニックに陥《おちい》るが、額の奥がズキズキと激しく痛んで冷静さを強制的に取り戻させてくれた。ついでに目眩《めまい》が強くて視界が回るし、胸の奥から吐き気までも込み上げてくる。自分の中で脳みその存在感がいやにでかいというか、頭部が重力に負けて今にも落っこちそうだ。落ちるわけないのはもちろん知っている。

考え事で不調を誤魔化しつつあたりを見回すと、ケージの所在はやはりというか、先ほどまで滞在していた松江邸の一室——松江夫人の息子さんの部屋だと判明した。時刻はもう夕方らしく、西日がきつく差し込んできて、部屋を明るいオレンジに染め上げていた。

「そうだ、一酸化炭素……」

室内そこかしこで練炭が焚かれているはずだが、換気は——と慌てて窓を見ると、なぜか壁一面に広く切られた窓のガラスが、全部砕け散っている。おまけに、外側からよくわからない力と方法とで破られたらしい。ほとんど粉や砂と呼んでも差し支えないほど細かくなった破片が、絨毯敷きの床に薄く積もっていた。風である程度散ってしまったのか、量は妙に少ない。

強制的に全開となった窓から清涼な風が吹きこむたび、ガラスの粉が舞い上がっては、紅い夕陽に透けてキラキラと輝いている光景は、やけに美しく幻惑的だ。状況が状況にもかかわらず、北国で見られるというダイヤモンドダストというのはこういうものだろうか、などと考えてしまったものだ。

そして。

「松江さん!?」

ケージのすぐそばに寄り添うように、気を失ってうつ伏せに倒れた夫人を見つけ、俺は思わず檻の端まで飛び退《すさ》った。

さらにはその背後に、アンティーク風のスタンドランプをバットよろしく構えた慧の姿がある。派手な服装や茶髪が相俟って、そっち系の方の殴り込みにしか見えない構図なわけだが、これは。

「……ええ!?」

何が何だかさっぱりわからず、しきりに夫人と慧とを見比べてしまう。呆れたように俺を見つめていた慧だが、やがて「えらいこっちゃで……」と呟きつつ脱力してみせた。

＊

とりあえず、スタンドランプを下ろした慧は、「言うとくけどボクが来た時には倒れとったから、断じてこれで殴ったわけちゃうで」と一番気になっていたことを断ったのち、ケージから出るにも手間取ってまごつく俺に手を貸してくれた。

それから、揃って一酸化炭素中毒による頭痛と吐き気とに悩まされながら、室内据え付けの電話機を探し、「普段から屋敷に出入りしている者だが、どうやら様子がおかしい」

とお手伝いさんを装って救急に通報してから、その場を後にしたのだった。

正直、俺と慧は二人とも松江夫人に殺されかけたわけだから、立派に被害者として警察沙汰にしてもおかしくない話ではある。が、こちらが喪服姿の特殊葬儀屋とビジュアル系大学生という見るからに怪しい風体の男二人組なのに対し、あちらは社会的地位もある正式な家主である。このまま居座れば、逆に妙な嫌疑をかけられかねない。

「それにしても俺たち、なんで助かったんだろう……」

そしてあの、不可思議な力で破られた窓。あれのおかげで換気ができて、どうにか命が繋がったのは間違いない。

「……気づいてへんかったん？」

あからさまにげっそりした風にこちらを睨《ね》め上げつつ、慧はため息をついた。

気づけば、敷地の端がすぐそばにある。体調としてはしんどいが、鉄柵をよじ登って乗り越えるしかないか……などとぼんやり脱出方法を思案している俺に肩をすくめ、彼は前方を指さす。

「もうちょい歩いたとこに、命の恩人がおるで。東天兄ちゃんが、屋敷の結界に捨て身で体当たりして、衝撃で窓ぶち破ってボクを起こしてくれたんや」

「え――」

「気がついたら西待兄ちゃんはケージに入れられとるし、ごっつ焦ったわ」

慧は深く息を吐いて首を振った。

思い出すのは、粉々に砕け散った窓ガラスだ。どんなやり方で叩き割ったらああなるんだと思ったが、あれはまさかの、ポルターガイスト的な何かだったということか。

「……そうだったのか」

「ボク、東天兄ちゃんちょっと見直したわ。電話やSNSで物理干渉するんはうまくいかへんとか嘆いとったらしいのに、肝心な時にばっちり決めてくれるやん」

「俺も……」

気力を保つ意味でも口を動かしながら、二人して命からがらまろび出るように敷地から出た途端。

「心配しただろう、お前たち!!」

——案の定だが、脳みそをぐわんと揺さぶられるような大音声《おんじょう》が頭上から降ってきた。

「兄さん……」

いつもと変わらない声にどんな表情をしていいかわからないまま、俺は呆然とそちらを見上げた。

瞬間、ギョッとして息を呑む。

「兄さん!? その姿は……」

朝は片手が「ほつれている」だけだったのに。

今目の前にいるのは、兄どころか人間の姿ですらなかった。赤い椿が一輪、それも花の部分だけ、ぼうっとほの白い燐光《りんこう》を帯びながら宙に浮いている。だというのに、声は以前と同じく聞こえてくるのだから訳がわからない。口もないのに。

「なぁにが『兄さん』だ、大馬鹿ものめ。生きていた時分にも今回ほどハラハラしたことはなかったよ。とうの昔に火葬されてもうないはずの心臓が、破裂するかと思ったね」

語調を強めるたびにチカチカと明滅を繰り返しながら、椿の花は早口に捲し立てた。なにせ光る花なので当然表情なんてわかりようがないのだが、不思議と呆れ返ってこちらを見下しているのはよくわかる。

そして同時に、相変わらずの皮肉を並べ立てつつも、──安堵と苛立《いらだ》ちがないまぜになったような複雑な微苦笑を浮かべる、整った白い顔を。あの不可思議な川のほとりで、俺を引き止めてくれた時の兄の姿を、思い出させた。

「三途の川辺から、よくぞおかえりバカ西待。そして愚弟の監督お疲れさま、慧くん。……果たして無事、と言っていいのかはさておき、命があって何よりだ」

あれは──夢じゃ、なかったらしい。

＊

「なんで俺は依頼で出向くたびに、警察やら救急やら公《おおやけ》のお世話になってるんだろう……」

ピーポーピーポー、と遠くから響いてくる救急車のサイレンを聴きつつ、隣で歩調を合わせる慧に語りかけるでもなく、俺は額を押さえて愚痴をこぼした。

「日頃の行いちゃうん?」

返答はにべもない。

なにせ打率三分の二だ。よく考えれば真ん中の一件も、直接現場に立ち会ってはいないとはいえ、依頼主の旅館が放火で全焼したらしいから、それも含めれば百発百中である。内訳は警察二回――下手をすると三回でフル稼働――、消防一回、このたび救急一回が追加された。笑えない……。

いつの間にやら傾いた日はほとんど山の向こうに沈みつつあり、どんどん暗くなっていく石畳の道を、瀟洒なガスランプ風の街灯を頼りに進む。まだ二人とも本調子ではないのは明らかだったが、痺れの残る体を騙し騙し歩調を速めた。急がなくてはなるまい。連絡を受けて駆けつけてくれた救急隊員と鉢合わせないために。

R台の入り口を出てさらに歩き、慧と口々に「気持ちが悪い」だの「頭が割れそう」だの「昼のカヌレ、内臓ごと口から出そう」だの「病院が来い」だのとお互いに弱音を吐きあって励ましあう。なお、椿の花になった東天は、そんな俺たちの頭上を付かず離れずの距離で飛びながらついてきた。

その間、絶えず雨霰《あめあられ》と文句を降らせてくるのはご愛嬌《あいきよう》というべきか。なにせ紅椿なのでやはり表情はわからないが、纏《まと》っている光の明滅頻度《ひんど》が感情の動きと連動しているらしいというのはわかってきた。

いい加減不安になって「兄さん、いつまでその姿なんだ？」と確かめると、「さあ？ そのうち戻るよ。たぶんね」と雑な返答がある。……たぶんって。

果たして――ほうほうの体で、駅へと向かうバス停に落ち着いたところで。

「……死ぬかと思った……」

「うん……文字通りの意味やね……」

慧と二人してぐったりと硬いブリキのベンチになつきながら、俺は夜風の運んできた冷たい空気を肺いっぱいに吸い込んだ。……酸素を気兼ねなく血中に取り込めるのがこんなに幸せだとは思わなかった。できれば知らないままでいたかったものだ。

それきり会話を止めて、しばらく無言で呼吸を堪能する俺たちの上を浮遊していた椿の東天は、スイスイとなめらかに時刻表の前まで移動した。目もないのになぜか視覚はあるらしい。

「おや、ちょうどいい具合にもうじき来そうだよ。タクシーを呼ばずに済む。バスに乗ったらガン首揃えて病院に直行で決定だね。で、――何があったのだい？」

「……どっから話せばいいのやら」

「せやな……」

思わず慧と顔を見合わせる。幼さの残る顔は困惑をありありと浮かべていて、きっと俺も似たような表情をしているのだろう。本当に、なぜ怨恨《えんこん》どころか面識もない松江夫人に殺されかけたのか、俺たちにも何が何やらさっぱりなのだ。

それでもかわるがわる補い合いつつ、松江邸での一部始終を東天に話す。入り口で『注文の多い料理店』よろしく塩や酒やクリームの洗礼を受けたこと、夫人が「まだ邸内に息子が残っている」と信じていたこと。不可思議な構造の邸内、広大な図書室じみた息子さんの部屋と書籍ラインナップ、伏せられた出身地、やけに多い前金。屋敷じゅうにいる弱った霊の群れ、聞き慣れない方言の妙な歌が流れ続けるＢＧＭ、そして練炭。

俺たちの説明を聞き終えた東天は、しばらく黙り込んで思案している風だった。目線の高さまで降りてきた椿の花が、少し燐光を弱めているので、なんとなく「人間の姿なら顎《あご》に手をやって考え込んでいるんだろうな」とポーズの予測をつける。

しかし、兄の亡霊に常時取り憑かれているだけでもずいぶんアレなのに、その霊も画像がほつれたり椿姿になったり、なんというか。

「なんかもう、なんでもありだな……」

「そうだね。なんでもありだ」

ついこぼした独り言に本人が同意を返してくれた、かと思いきや。

「西待。そのご婦人は、まさになんでもありなチャンポン儀式で、冥婚にかこつけてお前を死んだ息子に仕立て上げようとしたのだろうね」

「え」

思ったより物騒な文脈での「なんでもあり」だったらしく、俺は返す言葉もなく唾を飲み込んだ。嚥下《えんげ》の音が、やたらと鼓膜に響く。

「というより、息子の魂を呼び寄せて西待の中に定着させるつもりだった、ってところだろうよ。まさにオカルトの極致だ。本当にそんなことができたのかどうかは、まさに天のみぞ知る、だろうけれど」

「え……っと、どういうことや……？」

慧も同じく首を傾げている。東天の椿は仕方なさそうに、くるりと宙で円を描いた。

「西待、お前さっき、紅色の封筒に入った前金を受け取ったと言ったね」

「ああ」

「赤い封筒――すなわち『紅包《ホンバオ》』は、台湾《タイワン》のご祝儀袋のようなものだ。めでたいことがあると、あちらでは赤い色を使う。花嫁衣装も花婿衣装も伝統的なものでは赤だから」

まあ、冥婚はどちらかというと亡くなった未婚女性のためのものなのだけれどね、と東天は続けた。

「彼《か》の国では、特に田舎のほうに行くと、結婚して夫の家に入り、子孫に祀《まつ》ってもらうことで死後の安寧を得るという古い信仰がある。だから、未婚で亡くなった女性が浮かばれるには『姑娘廟《クーニャンびょう》』、まあつまりは死者用の独身女性寮のようなところに位牌《いはい》を入れてもらわねばならないのだよ。それを哀れんだ親たちが、生きている男と亡くなった愛娘《まなむすめ》とを死後結婚させて弔いあげる風習を作ってきたのだがね」

その流儀として、赤い封筒に、結納金に当たる額の金銭とともに娘の遺髪や遺影を入れて、相手となる男性に渡す、という手順を踏むらしい。金封の受領が契約成立を示す。

死者との結婚を嫌がる人が多いので、紅封筒を道に置いて人に拾わせ、無理矢理に結婚相手に仕立ててしまうこともあるとか。「これを『撿紅包《ジエン》』という。撿は拾う、紅包は説明した通りだ」と東天は語った。うっかりと道端に置いてある紅封筒を拾ってしまうと、息を殺して様子を窺《うかが》っていた『新婦の親族』や『列席者』がわらわらと出てきて、婚姻の成立と祝いを述べてくるという。怖すぎる。

「もちろん、あまりよくある話ではない。というか、そもそも冥婚の風習自体が過去のものになりつつあるし、亡くした我が子の婚礼をあげるにしたって、偶然封筒を拾ったどこの馬の骨とも知れない男ではなく、ちゃんと然《しか》るべき手順を踏んで相手を見定める場合が多かろうからね。ま、半ば都市伝説のようなもので、もし台湾で赤い封筒が落ちていてもいたずらがほとんどだろうが、拾わないに越したことはない」

「……亡くなったのは息子さんだし、俺も、男だけど……」

納得しかねるので控えめに主張してみると、椿はフンと鼻を鳴らした。花だけに。面白くもない。

「だからなんでもありのチャンポンだと言っただろう。それに台湾の冥婚だけではなく、わざと大金の包みを落としておき、たまたま見つけて拾った相手に自分の禍《わざわい》を押し付ける風習は他にもある。たとえば殷《いん》・周《しゅう》といった中国古代には成立していた、とある呪術なんかがそうだね。お前たち蠱毒《こどく》は知っているかい？」

「コドク……？　あ、ボク漫画かなんかで読んだことあるで。なんやムカデとかヘビとか気持ち悪い虫をいっぱいおんなじ壺とかに入れて共食いさせといて、最後に残った一匹で呪いかけるやつやろ」

「お前、密教修行からではなく漫画知識なのかい……まあいいけれど。そうそう、その有名な一つに『金蚕蠱《きんさんこ》』やら『食錦虫《しょくきんちゅう》』というのがあって。呼び名の通り、姿は金色に輝く蚕《かいこ》に似た幼虫で、食べ物は桑の葉ではなく高級な錦《にしき》なんだけれどね。己を使役する人間に莫大な金銭をもたらしてくれるが、錦の他にも人間の命を食らうので、定期的に人を殺して与えないといけない。で、他人を殺さないと術者が食い殺される。または術者の家族が命を奪われる。金蚕蠱は死なないから、使い始めたら最後、そんな地獄の三択が一生続く羽目になる」

「うげ」

巨大な虫に食い殺される自分を想像したのか、慧がブルリと身を震わせて腕をさすった。

「話を続けるよ？　一度こいつに使い手として選ばれてしまうとね、もう他の人間に蟲《むし》を移すしか逃れるすべがないのだけれども。金蚕蠱から得た財産にさらに上乗せの金銭をつけ、蠱と一緒に道端に捨てておき、欲をかいてそれを拾った人間に押し付けるっていうのが、唯一助かる方法なのだよ。この方法を『嫁金蚕《か》』という。要は、赤の他人に無理矢理蠱毒を嫁がせるということさ。なんとなんと、これまた文字が偶然にも『嫁』繋がりだね」

蠱毒の術はやがて日本にも伝わったが、あまりに厄介《やっかい》なその性質ゆえに、使用を律令で厳しく禁じられていた。当然ながら、本家中国の歴代王朝でも死刑相当の罪として定められていたという。「もっとも、呪術なんてオカルティックなシロモノ僕は使ったことはないから、実際に効くのかは知らないよ」と、もはや内実のみならず外見からして人外魔境なオカルトの権化となった兄の霊は嘯《うそぶ》いてみせた。どの口が言うんだ。いや、今は口そのものがないのだが。

それにしても。

「うへぇ……ボク、もう絶対道端に落ちてるもん拾わへん……。いや、もともと拾わんけど……」

げっそりしたように額を覆う慧に、俺は深く頷いた。

「撿紅包でも嫁金蚕でも、高額な金銭と一緒に、生贄《いけにえ》に仕立てたい相手に厄介を押し付ける面では変わらない。というか、正直、松江さんにとっては正体が何でもよかったのかも